O HOMEM COM ASAS

ARTHUR JAPIN

O HOMEM COM ASAS

Tradução
Cristiano Zwiesele do Amaral

TUSQUETS
EDITORES

Preparação: Araci Borges
Revisão de tradução: Daniella Verburg
Revisão: Fernando Nuno e Carla Fortino
Diagramação: Maurélio Barbosa | designioseditoriais.com.br
Capa: Adaptada do projeto gráfico original por Compañía

CIP-BRASIL. CATALOGAÇÃO NA PUBLICAÇÃO
SINDICATO NACIONAL DOS EDITORES DE LIVROS, RJ

J39h

Japin, Arthur
O homem com asas / Arthur Japin ; tradução Cristiano Zwiesele do Amaral. - 1. ed. - São Paulo : Planeta, 2016.

Tradução de: De gevleugelde
ISBN: 978-85-422-0754-5

1. Romance holandês. I. Amaral, Cristiano Zwiesele do. II. Título.

16-30646 CDD: 839.313
CDU: 821.112.5-3

Nederlands letterenfonds dutch foundation for literature

Esta obra foi publicada com o apoio da Fundação Holandesa de Literatura.

2016
Todos os direitos desta edição reservados à
EDITORA PLANETA DO BRASIL LTDA.
Rua Padre João Manoel, 100 – 21º andar
Ed. Horsa II – Cerqueira César
01411-000 – São Paulo-SP
www.planetadelivros.com.br
atendimento@editoraplaneta.com.br

A liberdade vale o que pagamos por ela.
Júlio Verne
20.000 léguas submarinas

A J.&J.
Confiança, amizade e *panache!*

Sumário

Sabemos que ele bate, mas ainda falta entender por que as pessoas dão tanto valor ao coração. Um *design* engenhoso, um funcionamento eficiente, um material obstinado, uma mecânica espantosa e, em vida, bastante essencial; uma vez que ele pare de bater, porém, já não tem sentido manter-se agarrado a ele. Câmaras grandes, câmaras pequenas, tudo produto de um milagre pensado e executado, mas, temos de admitir, chega uma hora em que elas ficam desabitadas: a vida se esvai. Cortemos o órgão fora pela graça da coisa e, uma vez solto, deixemo-lo escorrer até perder todo o sangue, deixemo-lo secar num recipiente de porcelana; depois de três dias, a aparência do coração humano é uma decepção só.

Acabou-se o que era doce, pensaríamos então. Ledo engano; também há quem fantasie, quem atribua ao coração certos poderes mesmo após ele deixar de prestar seu serviço.

Não faltam exemplos nos quais esse músculo com suas válvulas e cerca de trezentos gramas dá origem a um verdadeiro culto após a morte de alguém; vide o caso de Chopin, o pobre-diabo cujo instrumento tiquetaqueante acabou indo parar a mais de trezentos quilômetros do resto do corpo, sob a igreja da Santa Cruz de Varsóvia, numa urna diminuta. O de Ricardo Coração de Leão foi expedido por via marítima a Rouen; o de Canova, a Veneza. Dom Pedro I ofertou o seu aos cidadãos do Porto a título de agradecimento por sua luta contra o absolutismo. O coração de infante do delfim da França, Luís XVII, foi resgatado de seu corpinho açoitado até a morte, a fim de poder ser coroado *a posteriori* na eventualidade de a Revolução Francesa ser um evento passageiro. E Shelley, o poeta, perdeu seu coração de afogado para um amigo inconsolável, que no final foi obrigado a entregá-lo a Mary, a esposa de Shelley, que, por sua vez, não sabendo que fim dar a ele, guardou-o até a morte numa bolsinha de seda debaixo da cama.

Mesmo que o coração esteja curtido como um naco de couro ou, depois de embalsamado, tenha a aparência de uma sola de sapato muito gasta, os vivos sempre hão de considerá-lo o assento de seus sentimentos. O pensamento de que chegará um dia em que ele vai evaporar, assim como qualquer esperança de ver mais um nascer do sol, lhes é insuportável.

É por isso que eles guardam tal órgão, quando por destino - ou, no caso em questão, por um médico-legista excessivamente zeloso - ele é salvo da decomposição, de preferência guardado dentro de uma custódia reluzente.

Mas é tudo em vão. Com a carne, decompõem-se também os nossos dias, e tudo o que fomos se desintegra em fatos.

Se a vida se esvai do coração, o coração se esvai da vida.

A única maneira de fazê-lo bater de novo é buscando a história por detrás dele.

A ODISSEIA DE UM CORAÇÃO

24 de julho de 1932
Guarujá

Só faltava mais esta: o interruptor emperrado. O doutor Haberfield soltou um palavrão.

Tinha acabado de fechar as janelas e, no escuro, topado dolorosamente com algo. Irritado, mexeu no botão de baquelita até que a lâmpada se acendeu de repente sobre a mesa de preparação. A calha de escoamento que circundava a mesa tinha uma ponta maldita. Walther Haberfield lançou-lhe um olhar furioso, como se tivesse sido atacado, e massageou a perna até a dor esmorecer.

Olhou ao redor.

Para realizar o embalsamamento, na verdade, a luz era insuficiente.

Ele só tinha até as seis da manhã. Antes de o sol raiar, não apareceria uma alma viva por ali. A chance de que alguém o pegasse em flagrante era mínima, mas, mesmo assim, em tempos como aqueles, não dava para ter certeza de nada. Ele não se atreveu a acender mais as lâmpadas.

O corpo não pesava muito. Ergueu-o da maca sem a menor dificuldade. Era como se tivesse um bebê nos braços.

Apertou-o por alguns segundos contra o peito. Tinha a impressão de que o corpo já sentia o frio da superfície sobre a qual seria colocado.

O médico leu a etiqueta presa no dedão do pé. Fez isso por rotina. Era desnecessário. O mundo inteiro conhecia aquele rosto.

Estava virado de lado, como se tentasse olhar para trás.

Haberfield o desvirou, devolvendo o pescoço torcido para o devido lugar.

Lavou as mãos, dispôs os bisturis numa linha reta, o algodão ao lado da gaze. Deixou as mangueiras de borracha preparadas de modo que pudessem ser introduzidas de uma só vez, já que nessa noite não tinha assistentes.

Se alguém o visse absorto naquela tarefa, de que poderia acusá-lo? Possivelmente lhe perguntaria por que estava trabalhando sozinho. E com razão. Ainda mais num horário tão infeliz. Mas então ele não estava em seu pleno direito de fazer o que fazia? O embalsamamento daquele morto tinha sido delegado a ele. Como medida de precaução, antes de sair de casa, havia enfiado no bolso o documento de autorização. Quem poderia implicar com ele? O documento levava o selo oficial.

Porém ele tinha de reconhecer: embalsamar era uma coisa, mas o que ele estava prestes a fazer era algo bem diferente.

O silêncio dominava. À meia-noite, o governo tinha dado ordem de cessar-fogo.

Pela primeira vez desde 9 de julho, os homens embarricados em suas posições ao redor de São Paulo tiveram uma pausa para recuperar o fôlego. Os rebeldes resistiam bravamente em Mauá e Diadema, mas não tinham a menor chance de vitória.

Os tempos de lutas a partir de trincheiras eram página virada. Agora os ataques aéreos eram decisivos nas batalhas. O ditador tinha adquirido uma frota de aviões, que bombardeavam das alturas os paulistas. Estes caíam às centenas a um só tempo.

Getúlio Vargas tinha certeza de sua vitória. Podia conseguir um acordo sem maiores dificuldades, o que só aumentaria seu prestígio. Para demonstrar seu compromisso com o maior filho que o país já havia produzido, anunciara em pessoa um cessar-fogo de três dias.

Nesse período, Getúlio manteve seus aviões no solo em homenagem ao homenzinho que Walther Haberfield tinha, à meia-luz, diante de si.

A pele encerada, o peito caído, o sexo sem sangue, ou seja, seu trabalho cotidiano.

A morte tinha sido oficializada no dia anterior. Walther conferiu o relatório. Roberto Catunda, um de seus colegas de estudos, então de plantão, é quem tinha registrado a ocorrência.

Seu parecer:

Alberto Santos-Dumont, brasileiro, branco, solteiro, com 59 anos de idade, inventor.
De estatura pequena, musculoso, de constituição forte.
Data da morte: 23 de julho de 1932.
Local da morte: Grand Hotel La Plage, Guarujá.
Causa da morte: infarto.

Bastava uma olhada para saber que a informação não procedia, mas a prioridade de Haberfield agora não era colocar mais pontos de interrogação.

Por menor que fosse a margem de dúvida, dado o cheiro espalhado no ambiente, antes de iniciar o trabalho em seu cliente ele era obrigado a realizar uma série de procedimentos para assegurar que a passagem do homem desta para melhor era definitiva.

Haberfield levantou as pálpebras para examinar as córneas. Vítreas. Constatou *pallor, rigor* e *livor mortis* - especialmente os antebraços e as nádegas apresentavam uma coloração azul-arroxeada - e considerou que era o suficiente.

Virando os olhos, que lhe pareciam ternos e juvenis, voltou-os à posição normal, fechou os lábios e alisou os traços do rosto até que lembrasse outra vez o das fotos dos jornais.

Enquanto Walther estudava a melhor maneira de proceder, apanhou uma das mãos e a massageou - força do hábito - para afrouxar-lhe os ossos.

Em um gancho na parede estava pendurada a roupa na qual o morto soltara o último suspiro: um terno caro e sob medida de casimira negra, uma gravata vermelha, botas pretas. Tudo recém-lavado e com aparência impecável. Assim que terminasse o trabalho, Haberfield ergueria o cadáver e o enfiaria outra vez dentro da roupa. O alfinete da gravata no devido lugar, as abotoaduras de ouro, o relógio no punho. Acertaria até a hora e daria corda para que voltasse a tiquetaquear. O corpo dentro do caixão pareceria tão vivo e radiante que não passaria pela cabeça de ninguém ajeitá-lo ainda melhor.

Ninguém, nem mesmo os homens de Getúlio Vargas, se atreveria a desabotoar a camisa bem passada para ver o que havia por baixo. Aliás, que motivo teriam para isso? Se Haberfield fizesse seu trabalho da maneira mais cuidadosa, não daria margem à menor suspeita. Além disso, num velório, a última coisa que ocorre a alguém é verificar se por acaso falta algo ao finado.

Passou etanol no tórax, deu um passo para trás e esperou até que a solução evaporasse.

Era de fato um corpo enxuto, sem gordura. De estatura baixa, um aspecto antes pueril que voluptuoso, pensou Haberfield, afastando para longe um pensamento que não lhe serviria de nada. O morto vivera 59 anos e dava a impressão de não ter conhecido muitos braços que o houvessem acolhido o suficiente.

Um coração jamais se despedaça por conta de grandes golpes. Já nasce preparado para tais eventualidades. Sobrevive, pulsante, a tudo o que seu dono pensa não conseguir suportar. É pelas decepções cotidianas que ele termina por sucumbir.

Os dentes da serra para esterno tinham acabado de ser afiados. O doutor Walther Haberfield os observou com sua lupa. Pôs os instrumentos de lado e examinou o tórax de perto. Exceto ao redor dos mamilos, quase não havia pelos, não o suficiente para que precisasse raspar antes de proceder à incisão.

Esse filho da pátria, com suas proezas fora do comum, havia conquistado um lugar no coração de todos os brasileiros, ainda que naquele mesmíssimo instante alguns paulistas eufóricos talvez estivessem brindando sua morte. Ainda que fosse somente porque o óbito os presenteasse inesperadamente com três dias de descanso no momento mais acalorado do combate. Três dias de sossego até que a frota aérea de Getúlio voltasse a decolar.

Sabe-se lá se, durante os bombardeios, não havia quem tivesse amaldiçoado aquele homem, o gênio que habitara o pequeno corpo que tinha diante de si. Sem ele não existiria avião algum. Ele mesmo estava mais que ciente disso e acabara amaldiçoando a si próprio. Nesse sentido Santos-Dumont não passava de mais uma vítima da guerra civil que assolava o país.

Haberfield dispôs a ponta do bisturi sobre a pele logo abaixo do pescoço, fez uma incisão até a parte inferior do tórax, dobrou as duas fatias de pele para os lados e apanhou a serra.

Fosse de quem fosse o corpo que tivesse diante de si, Walther sempre parava alguns instantes para pensar que estava desfrutando do último momento de intimidade do finado. Essa pausa o mergulhava na introspecção. Dava um toque de humanidade à relação entre eles. Assim, quaisquer atos perdiam seu caráter degradante. Com isso em mente, mesmo o procedimento mais duro era transformado numa carícia.

Nessa noite, pôs uma dose extra de amor em seu trabalho. Na madrugada seguinte, entregaria o cadáver aos cuidados de Getúlio Vargas, para quem aquilo não passava de um objeto de propaganda.

Ninguém sabia ainda ao certo quando aconteceria o enterro no Rio. O próprio morto tinha providenciado um túmulo para si naquela cidade. Entretanto, para que ocorresse o transporte do corpo até lá, era preciso que a paz voltasse a reinar. Nesse ínterim, o ditador sem dúvida arrastaria o corpo embalsamado por toda São Paulo, até os confins mais recônditos do Estado insurgente, para reacender nos brasileiros o sentimento de unidade nacional. Para demonstrar que ele próprio, ao contrário dos rebeldes, se colocava ao lado dos brasileiros, que os entendia e até – vejam só! – que chorava com eles. Afinal de contas, era ele quem levava Santos-Dumont, radiosamente exposto num lustroso caixão de ébano pago pelo Estado, para que seus súditos em luto pudessem chorar com ele, Getúlio, seu líder, a perda de um dos maiores cidadãos na história da nação brasileira.

Com reverência, no entanto, aquilo não tinha nada a ver.

Reverência para com Santos-Dumont tinha sido demonstrada pela última vez naquela noite, ali, sobre a superfície de escoamento trabalhada em granito, sob uma luz tênue, num espaço repleto de fantasmas.

Era isso que o doutor Walther Haberfield repetia a si mesmo enquanto abria as costelas do homem e começava a cortar com cuidado o tecido por debaixo delas.

Tinha visto o homem ao qual agora dispensava seus cuidados uma única vez em vida.

E isso não fazia mais de uma semana, na tarde de domingo.

Walther estava na praia com sua mulher, almoçando no terraço do Grand Hotel. Florbela dera-lhe uma cotovelada e dissera que não se virasse de imediato, mas que um personagem famoso acabava de sentar-se logo atrás deles.

Sua aparência não deixou de surpreendê-lo. O sujeito tinha um aspecto descuidado, quase maltrapilho. Perto do jovem formoso que o acompanhava, sua figura ficava ainda mais acinzentada.

Esse homem, que ditara as diretrizes da moda, um multimilionário que posava para as revistas sempre elegante e bem-apessoado, no Bois de Boulogne ou nos degraus da Opéra, de braços dados com Anna Pavlova ou com a imperatriz Eugénie, um sorriso de orelha a orelha, parecia ter decidido não dar mais a mínima para qualquer convenção.

Um tipo excêntrico, Walther teria pensado, se Santos-Dumont estivesse ereto sobre a cadeira e comendo com gosto. Mas ele estava sentado com os ombros encolhidos.

Passara uma carreta de praia, colorida alegremente de amarelo-alaranjado e azul. Quando o jovem condutor tirou o chapéu de palha ao passar diante dele, o homem assentiu à guisa de cumprimento, mas sem qualquer alegria.

O doutor Haberfield deu uns passos em sua direção.

Antes que pudesse se apresentar, o jovem comensal se levantou num salto. Com um gesto gracioso, mas firme, apanhou o doutor pelo cotovelo, quase com intimidade, e o afastou do inventor em direção ao bulevar.

— O meu tio tem de comer com toda a tranquilidade — declarou, como quem se justifica. — É assediado o tempo todo por pessoas que o reconhecem. Sei que sempre com boas intenções, sempre mesmo, mas esse tipo de atenção é, no momento, mais do que ele pode aguentar. Ele está convalescendo.

O que Walther diagnosticara à primeira vista se confirmou em grande parte.

Como estava lidando com um médico, Jorge, o sobrinho, confiou-lhe que o tio estava com a saúde debilitada. No ano anterior havia viajado para a França a fim de tirá-lo de uma casa de repouso em Biarritz. Inicialmente tinham vivido sob o mesmo teto no centro de São Paulo, mas não demorara nada para que os médicos lhe prescrevessem resguardo total.

— É o que nós desejamos fazer aqui no Guarujá. Assim sendo, espero que o senhor não me leve a mal por me empenhar para preservar o sossego do meu tio.

— Não vai ser fácil — disse Walther — nestes nossos tempos tão atribulados.

— Eu me levanto todos os dias antes do amanhecer. Vou buscar os jornais dele na recepção antes que os mandem para cima. Tento lhe esconder as piores notícias, mas, desde os bombardeios das tropas federais, é um trabalho fadado ao fracasso. As informações sobre a luta civil estão em toda parte. Ninguém fala de outra coisa. Essa é outra razão para eu manter as pessoas longe dele.

Jorge voltou-se na direção do tio. Estava sentado sozinho, com o olhar perdido, cravado no mar. Quando o sobrinho lhe acenou, ele acenou de volta.

— Não saímos muito do quarto. Costumamos comer por lá mesmo. Também não temos alternativa, porque ele nem quer mais se vestir. No terraço eles não têm regra de vestimenta, de modo que ainda almoçamos aqui. Mas no restaurante é obrigatório o uso de terno e gravata, e o meu tio se recusa a continuar se vestindo assim.

Jorge semicerrou os olhos diante da luz intensa que vinha do mar e apontou para a pequena ilha mais além da orla marítima.

— Ali ele gosta de se sentar, naquela prainha que não é frequentada por banhistas. Não numa cadeira ou numa espreguiçadeira, não: ele gosta de se sentar na areia. Lá ele conversa com as crianças à caça de conchas. De vez em quando ele até ajuda na busca. Mas de contato ele não precisa. Ele se diverte bastante. Às vezes, quando vou buscá-lo, só acho a sua cabeça, porque ele se enterra inteirinho na areia. Quando faço de conta que não consigo encontrá-lo, ele dá uma gargalhada.

O homem tinha um coração enorme.

Haberfield não conseguiu extraí-lo na primeira, na segunda nem na terceira tentativa. Precisou introduzir os dedos por detrás de ambos os lados, as mãos enfiadas no tórax até os pulsos, a fim de erguer aquele colosso o suficiente para conseguir cortar por completo o que o mantinha preso.

Quando finalmente o teve em mãos, observou-o, desconcertado. Esperaria encontrar algo assim num boi, não num ser humano. Raramente se tinha deparado com um daquele tamanho, o que era ainda mais assombroso em se tratando de alguém da estatura de Santos-Dumont. Walther teria se dado por satisfeito em sua missão noturna com um tamanho menor.

Que coisa! Estudou-o contra a luz.

Generosidade, espírito heroico; era difícil não inferir a um coração com tais dimensões mais do que se via. A ideia de que um homem com um grande coração deve ter amado muito em vida estava enraizada no próprio idioma. Em quantas e quantas canções não se dizia isso? Não se tratava de um bíceps, em cujo tamanho se podia ler que o braço em questão tinha sido sobrecarregado, tampouco de uma panturrilha arredondada, na qual se via que seu dono talvez houvesse praticado salto com vara.

Aquele era um músculo forte, sem sombra de dúvida. Tinha vindo de longe e cumprido sua obrigação. E fim de conversa.

Walther carregou o coração até a pia e deixou a água escorrer sobre ele.

Ele não ouviu, por causa do barulho do jato d'água, mas naquele momento um veículo militar chegava sulcando o terreno em declive.

Enquanto a água corria, Walther Haberfield teve tempo de pensar em qual seria o próximo passo.

De imediato não lhe ocorreu nada.

Florbela tinha despertado algumas horas antes, quando ele saíra da cama para começar a se vestir. No momento em que ela acendeu a luz e lhe perguntou o que diabos pretendia fazer, ele teve certeza de seus planos. Disse que o que ia fazer era um segredo de Estado, mas que ela não se preocupasse com ele. Seu tom de voz tinha soado tão calmo e decidido que tranquilizara a ambos. Ela assentiu, virou para o lado e caiu outra vez no sono. Ele fechou a porta atrás de si e saiu para a rua com absoluta convicção de que tinha de fato um plano.

Se tivesse mesmo, Walther percebia agora, a coisa teria morrido ali.

Um ruído vindo de longe o tirou de seu devaneio. Sua consciência se aguçou. Por um instante pensou ouvir alguém, um tremor nas catacumbas. Mas na mesmíssima hora se recompôs. Aquilo já lhe ocorrera com frequência.

Aquela casa pertencia aos mortos. Só o ato de respirar ali já provocava nos vivos um sentimento de culpa. À luz do dia ainda podia repetir para si mesmo que os finados de fato não se importavam em ser enfeitados para a eternidade, mas, depois do pôr do sol, um vivo não tinha razão alguma para estar ali. Sua presença parecia indecorosa. De seus catafalcos, eles acompanhavam seus movimentos, como se estivesse ali para lhes esfregar na cara que estavam mortos. O mero "piuí" de um pássaro já fazia o coração culpado do vivo ir parar na garganta. O som do ar através das cortinas abertas. O barulho de uma porta, o rangido de uma dobradiça. A todo momento ele precisava repetir para ele mesmo que aquilo não passava de um alarme falso.

— Que besteira! — disse Walther em voz alta. — Nenhum ser inanimado faz barulho.

Havia obedecido a um impulso para chegar até ali, um delírio do qual despertou com um susto agora que tinha nas mãos o coração de Santos-Dumont. O que ele pretendia com isso, afinal? Estaria cometendo aquela burrada realmente só para zombar de Getúlio Vargas?

Desde o primeiro dia, Walther desconfiara daquele baixote e prevenira todos os seus amigos contra ele. Alguns deles, que inicialmente haviam caído no papo populista de Getúlio, sorriam um sorriso amarelo desde que a Junta Militar o nomeara presidente interino.

Mas que sorte miserável de resistência era aquela que ele preparava ali, naquela penumbra, perguntou-se Walther de repente. Meu Deus, correndo um risco tão grande, para quê? Toda aquela operação no final das contas não faria a menor diferença. Não passava de um ato simbólico. Até que Getúlio caísse, ninguém, mas ninguém mesmo, poderia desconfiar de nada, e só Deus sabia quanto tempo ainda demoraria para isso acontecer. Se o engano fosse descoberto antes disso, só a cabeça de Walther rolaria, e a de mais ninguém.

Além do mais, com ou sem coração, era de qualquer maneira o ditador quem se aproveitaria da memória de Santos-Dumont quando batesse em retirada.

A água que espirrava na bacia já tinha clareado. Haberfield consultou o relógio, já eram quase duas e meia da madrugada. Deu ao coração uma virada de noventa graus e enxaguou a aorta. Em alguns pontos se viam resíduos de sangue endurecido. Detritos amalgamados, medulares, iam junto com a água e se dissolviam, abrindo um leque de aquarela sobre o esmalte branco.

Walther sentiu-se ruborizar.

Estava afogueado porque de repente aquilo assomou diante dele, o nada absoluto, o ridículo, a infantilidade que o impulsionara àquela decisão. Ao mesmo tempo entreviu o conjunto de implicações de seu plano nefasto. Não eliminava a possibilidade de que fora um acesso de loucura que o fizera levantar-se da cama, em vez de permanecer deitado junto ao corpo quente de Florbela.

Era uma freada de carro! Dessa vez não havia dúvida. No pátio a porta do veículo bateu. Alguém berrou uma ordem.

Enquanto corria para a janela, Haberfield deixou o coração deslizar por entre os dedos. Ricocheteou sobre o esmalte e escorregou para dentro da bacia da pia.

Walther puxou uma das beiradas da cortina.

Soldados saltaram de um veículo militar coberto com lona, estacionado à frente do edifício principal, e o cercaram. Diante de cada porta e de cada janela se postaram dois militares.

Apressado, Haberfield topou contra a mesma ponta da calha de antes, mas dessa vez sem soltar palavrão. Alerta como um médico diante de uma emergência, fez somente o que deveria ser feito antes de qualquer coisa.

Quando Roberto Catunda entrou na sala, assustou-se com Haberfield tanto quanto Haberfield com ele. Walther foi quem se recompôs primeiro do susto.

A única coisa que lhe ocorreu fazer foi blefar.

— Roberto!

Estendendo a mão, andou em direção ao antigo colega como se cumprimentasse um convidado atrasado para uma festa que já chegava ao fim. Com um gesto amplo, apontou para o corpo de Santos-Dumont, sem ocultar seu orgulho, lembrando uma criança que ao final de um dia na praia mostra à mãe seu castelo de areia.

— Esse meu camarada aí agradece de coração a honra da visita. — Olhou Catunda de relance, como quem espera uma congratulação por seu trabalho. — Como você pode ver, o nosso herói se alegra com o seu interesse.

O rosto exangue apresentava àquela luz a sombra de um sorriso sem vitalidade. Debaixo dos ombros e do crânio, Walther dispôs às pressas um apoio vertebral, de maneira que Santos-Dumont, parecendo um enfermo encostado nos travesseiros, ficasse mais ajeitado para o horário de visita. O lençol justo, esticado sobre ele, estava puxado até o queixo, como se o paciente ainda pudesse pegar um resfriado.

Haberfield havia fechado o peito a toda pressa, mas o tempo fora insuficiente para costurar a ferida. Era essencial, portanto, estar a um passo de distância entre o corpo e o outro.

— Não esperava encontrar você aqui... — gaguejou Catunda.

— Então quem é que você esperava encontrar? — Walther riu. — Não vá dizer que a sua mulher já está no rastro dos seus outros endereços e que agora é para cá que você traz os seus flertes?

— Não venha me dar ideias... — riu o outro.

Os dois homens procuraram um no olhar do outro um vislumbre da alegria com a qual tinham varado tantas madrugadas juntos.

— Foi nas minhas mãos que veio parar a tarefa de deixar esse senhor aí apresentável para o encontro dele com a eternidade. Achei que você soubesse — disse Walther.

— A esta hora? — Catunda olhou ao redor. Começara a se perguntar por que não estavam acesas mais lâmpadas. — Fui eu quem redigiu o atestado de óbito.

— Eu vi: *infarto*! — Walther, em desafio, brandia no ar o documento. — O que você veio fazer? Conferir se o coração falido por acaso voltou a bater?

— Vamos parando, Walther! — Catunda deu um pontapé na mesa de preparação. — Já entendi o recado.

Ambos se viram pensando numa certa noite em Santa Teresa em que acabaram rolando na areia por causa de uma garçonete, a qual por fim encerrara a briga de bêbados ao decidir levar os dois amigos para sua quitinete.

— Você não deveria estar aqui, Walther. Não agora. Se não gostou, desapareça! Pode deixar que faço o trabalho sujo. Suma da minha frente! Eu termino isto aqui para você sem que ninguém precise ficar sabendo. Você não precisa descer do seu pedestal, mas me deixe em paz.

Walther saltou como um tendão partido.

Por conta do esbarrão na mesa, o corpo se deslocou. A cabeça deslizou para o lado, mas Walther chegou a tempo de impedir que voltasse a torcer para trás.

— Você já endireitou o pescoço para mim — constatou Catunda, resignado.

— E para o próprio também. Não sei quais planos vocês têm para ele, mas quero que ele esteja apresentável.

Catunda assentiu. Inclinou-se para examinar os hematomas.

— Foi isso que você veio fazer aqui? — perguntou Walther, sério. — Retocar o corpo para que ele corrobore o seu atestado?

— Ninguém se beneficia das verdadeiras circunstâncias dessa morte. Nem o próprio Santos-Dumont. Isso é jeito de um herói morrer?

— Pior jeito ainda para a maldita propaganda de vocês.

— Não existe "vocês"! Não se faça de superior, Walther, pelo amor de Deus! Pode ir parando com essa história de "vocês". Sou tão pouco amigo do Getúlio quanto você é.

— Aposto que ele tem outra opinião a respeito, a partir do momento em que você oferece violar o seu juramento de Hipócrates em benefício dele.

— Oferecer eu não ofereci. Muito pelo contrário, eu não queria, acredite em mim. Mas não tinha alternativa. — Começou a transpirar. — Só estou sendo manipulado. Não tenho opção. São as circunstâncias...

— Bombardear os civis — ironizou Haberfield. — Isso sim se pode chamar com a maior naturalidade de "circunstâncias".

— Eu me refiro a circunstâncias *pessoais*. — Catunda desviou o olhar. — Eles estão me encurralando, camarada. Fiz uma grande burrada. Você me conhece. Ou talvez não, mas seja como for... Desta vez eles têm uma prova contra mim. Você está me entendendo? Não estou numa posição em que possa me opor.

— E esses homens aí do lado de fora, você também trouxe em caráter *pessoal*?

Catunda ficou calado. Tirou o casaco e começou a arregaçar as mangas.

— Volte para casa, Walther. Esses homens estão aí só para impedir a entrada dos curiosos. Você está liberado. Volte para a sua Florbela. Se o comandante lhe perguntar alguma coisa, você o manda vir falar comigo. Aí digo quem você é e peço que o deixem em paz.

Roberto Catunda atirou o casaco num canto e fez menção de pôr mãos à obra. Deu uns passos até o corpo para concluir a tarefa. Puxou o lençol por um dos cantos, a fim de arrancá-lo por inteiro, mas percebeu que as beiradas estavam presas sob o corpo como por medida de precaução. Para que diabos tanto decoro?

Antes que conseguisse formular a pergunta, Haberfield o apanhou pelo pulso.

— Foi bater o olho para entender que o atestado de óbito era uma farsa — disse em tom baixo, mas carregado. — Mentir sobre a morte de alguém, que absurdo é esse? Se essa informação vazar, você está acabado, seu idiota! Você não traiu só a ele, mas a si próprio!

Catunda resistiu, quis se desvencilhar e lutar, mas Haberfield imobilizou também seu outro pulso e puxou-o para perto de si. Ficaram peito a peito.

— É para o seu bem que estou aqui — disse Walther. — Corri esse risco. Dei um jeito em Santos-Dumont. Fiz o que você próprio queria fazer. Fiz eu e somente eu, e agora vou terminar o que comecei. Roberto? Você está me ouvindo? Faço isso por você. Vou dar um bom jeito nele para que a sua mentira não venha à tona.

Catunda poderia gritar por ajuda. Retorceu-se de dor, mas Walther não afrouxou a pegada. Bastaria um grito para que os soldados irrompessem na sala e o libertassem. Mas permaneceu calado. Sentia a respiração de Walther, curta, mas profunda. O calor que emanava daquele corpo. As batidas cheias de fúria do coração. Em vinte anos, nunca haviam estado tão próximos um do outro. Não desde a noite na cama estreita da garçonete de Santa Teresa, quando, terminado o ato, passaram a evitar ao máximo qualquer contato ou alusão àquelas poucas horas anteriores.

— Por quê? — perguntou Catunda. — Por que você faria isso? Para salvar a minha pele é que não seria. Não tente me convencer. O que você veio fazer aqui?

Eis a questão.

Walther não tinha resposta.

Pior: se a tivesse, soaria ainda mais inverossímil que todo o resto.

Afrouxou a pegada.

— Ponhamos a coisa da seguinte maneira: por conta de certas *circunstâncias* — gaguejou. — Circunstâncias *pessoais*, assim como as suas. Deixamos a questão morrer aqui?

Santos-Dumont levantou a mão.

Fora no domingo anterior, enquanto o doutor Haberfield conversava com seu sobrinho no terraço. Inicialmente o tio ficara sentado por um tempo com o olhar perdido, cravado no mar. À sua frente estava o prato com a comida que ele não havia terminado.

Walther ainda se lembrava dele bem vivo na sua frente, o rosto estreito e alongado sob o chapéu claro de verão com a fita negra em volta. Havia seguido com o olhar uma fragata que chegara planando até ali. Incrível pensar que um rosto pudesse parecer-se tanto com as caricaturas graças às quais as pessoas o reconheciam. Seu bigode, o olhar triste...

Num dado momento, o sobrinho acenou na direção do tio. Aquele ato conseguiu chamar a atenção do homenzinho, que levantou o braço para acenar de volta. Por um breve momento, um lampejo irrompeu das trevas de sua solidão, animando aqueles grandes olhos. É certo que acenara para o sobrinho, mas parecia que acenara para ambos. Uma faísca de alegria atravessou o corpo de Walther. Inexplicável, uma emoção que ele próprio raramente se permitia sentir. Levantou um braço para retribuir o gesto com um entusiasmo pueril. Ou melhor, não levantou um braço, levantou ambos. Faltou pouco para que acompanhasse o gesto com uma exclamação de euforia. Lá estava ele, ambos os braços no ar, num aceno efusivo.

Na verdade, porém, tinha feito papel de bobo. O olhar de Santos--Dumont já tinha se perdido de novo.

Ficou nisso. Por mais que Walther escarafunchasse à procura de um motivo mais profundo, não havia mais nada. E ponto final. Ali estava a razão pela qual se levantara da cama e se encontrava agora em apuros. Um entusiasmo não correspondido que ainda fervilhava em seu âmago; que o fizera, num impulso, agarrar com as duas mãos a oportunidade de prestar serviço a um desconhecido daquela maneira. Seria realmente verdade que fora aquilo que o impulsionara havia pouco a enxaguar o coração daquele homem, como uma última chance de poder acenar para ele?

O doutor Roberto Catunda abandonou Walther na sala sem falar uma palavra sequer.

Se tivesse encontrado ali, em plena madrugada, qualquer outro, teria entregado aos homens de Getúlio Vargas. Mas Walther e ele já tinham passado juntos uma madrugada com um mesmo objetivo, lado a lado, sem entender nem um ao outro nem a si próprios.

Ó, Senhor, os corações dos homens! Como tudo neles grassa sem que tenham coragem de explicar! Mesmo em desacordo com seu pobre entendimento. Como se deixam arrastar por uma ideia, indo parar onde quer que seja...

Pela luz principal do aposento que acabara de abandonar, Catunda avistou no teto a sombra de seu colega de estudos, que retomara o trabalho.

Sem que esperasse, viu-se de novo no mesmo barco que Walther. Por alguns segundos, isso compensou todas as incertezas. A pressão exercida sobre ele por ordem superior diminuiu brevemente por conta dessa ideia, aliviada por aquele nada, o beijo de uma mãe no joelho machucado do filho.

Saiu pelo corredor, ao ritmo do eco de seus próprios passos.

26 de julho de 1932

Há duas maneiras de amansar um coração: recompensando-o por seu afeto ou despedaçando-o.

O da senhora Haberfield tinha sido treinado com mão firme para dominar qualquer impulso, reprimir tentações e deixar esfriar todas as situações antes de reagir a elas. Era filha de um coronel que cuidara da educação das filhas como cuidava de suas campanhas militares.

Se tinha de se levantar cedo, como hoje, então ela passava a noite como um soldado raso antes da primeira batalha. No fim das contas, acabou se levantando uma hora antes do alarme. A preparação para a batalha é meio caminho andado em direção à vitória. Lá embaixo, no hall, antes que, às sete, chegasse o carro que viria buscá-los, passou mais uma vez em revista tudo o que deveriam levar a São Paulo. Conferiu a mala e se deu por satisfeita; sua *nécessaire* também estava no jeito.

Pois é, pensara, o planejamento e a organização eram a chave da tranquilidade e do equilíbrio mental.

A chapeleira, na qual tinha guardado cuidadosamente seu chapéu predileto antes de dormir, poderia ter sido fechada se não houvesse precisado ainda colocar nela os fumos. Visto que Walther e ela fariam parte do cortejo, eram imprescindíveis.

A tampa estava entalada, mas, quando colocou aquele objeto enorme sobre o colo, conseguiu imprimir-lhe mais força. O chapéu era elegante com suas largas abas esvoaçantes, tal como o que vestira Corita Cunha em *Cousas nossas*. Quando o usava, as bordas largas balançavam ao ritmo de seus passos, exatamente como no filme. Afagou o feltro e lhe veio a tentação de desfilar com ele pelo corredor.

Foi apanhá-lo quando deparou com o órgão que Walther ocultara por debaixo dele. Deu um grito.

Depois de Roberto Catunda sair da sala de preparação, o doutor Haberfield quis acelerar a finalização do embalsamamento, mas seus dedos trêmulos não colaboravam. Havia se picado duas vezes ao dar os pontos na carne morta, mas por fim estava a pele novamente estirada sobre o tórax. Com uma camisa abotoada até a gola, sob outra camada de roupa, ninguém desconfiaria de absolutamente nada.

Dadas todas as injeções, e removidas as mangueiras de borracha, Walther realizou uma segunda lavagem. Após mais uma untadura hidratante, levantou Santos-Dumont e o colocou dentro do terno em que estaria pela última vez sob a luz do dia. Colocou nele a gravata vermelha, a mesma com que o morto fora encontrado e que vestia nas inúmeras ocasiões nas quais acenara a seus admiradores. Walther ajeitou a ponta, ocultando-a sob a lapela. Essa tarefa de menos importância na verdade cabia ao agente funerário e a seus funcionários, mas, a fim de impedir que alguém tivesse de mover o corpo, ele próprio o enfiou no caixão, cruzando-lhe as mãos, alisando a pele do rosto e abrindo-lhe levemente os lábios para que parecesse alguém em sono profundo.

Somente depois de limpar a mesa, enxaguar as bacias da pia e desinfetar seus próprios braços e mãos, esfregando várias vezes os dedos sob a água corrente, foi que esteve em condições de refletir sobre o próximo obstáculo.

Afivelou seu relógio de pulso.

Eram cinco e meia da manhã.

Walther Haberfield guardou o objeto saqueado debaixo da camisa. Engoliu em seco, reprimindo o sentimento que lhe provocava a pilhagem cometida. Enquanto cruzava o terreno às pressas, sentiu as batidas de seu próprio coração atravessarem o coração do outro.

— Ele vai conosco.

— Na *minha* chapeleira? E quando é que você pretendia me avisar?

— O mais tarde possível — respondeu Walther, com sinceridade. — De preferência, nunca. Para que fazer você carregar essa culpa?

— Eu deveria ter seguido o conselho de papai — disse Florbela. — Você é maluco!

Lançou um olhar de repreensão ao órgão e pensou no homem que vira no domingo tomando café da manhã com ele ainda batendo dentro de si.

— Essa coisa aí. — Ela deu um chute na caixa. — Que trote exatamente você quer dar no Getúlio com isso?

Tendo chegado em casa, Walther tinha colocado o coração num pote grande de conserva com formol, no qual ele sacudia de um lado para o outro.

— Não faço ideia... Só não queria que ele chegasse às mãos do Getúlio.

— E eu queria que você tivesse mostrado comigo a mesma consideração.

— Segui um impulso — disse Walther. — Não levei em conta as consequências do meu ato.

— Como eu quando dei a você o meu "sim" diante do altar.

Deus do céu, como ela parecia à vontade quando abria a boca para falar à toa, aquela filha de coronel, orgulhosa como um soldado da cavalaria durante uma investida.

— Não havia quem se opusesse com mais veemência à ditadura que Santos-Dumont — o marido se defendeu —, e agora ele estará de corpo presente durante o ato. Todo o rebuliço organizado em cima disso, o cortejo de hoje, o funeral de Estado pomposo daqui a pouco, tudo não passa de propaganda. Ao passo que o coração dele sempre esteve junto do povo.

— E agora está dentro da minha chapeleira.

— Depois da solenidade eu o entrego à família. Ela que o guarde até que se restabeleça a democracia. Uma vez que o Getúlio caia, esse coração se transformará no símbolo da liberdade, de tudo o que sobrou de independência e perseverança que a ditadura não corrompeu.

Florbela pousou uma das mãos na bochecha.

— O seu coração, querido, esse sim está no devido lugar. Se você se depara com injustiça, lá vai lutar contra ela. Quando você acredita em alguma coisa...

— Como em você. — Aproximou seu rosto do dela. Um beijo costumava baixar a guarda entre os dois.

— ... você se agarra nisso e não larga.

— Foi à primeira vista que agarrei você e não larguei.

— Essa sua teimosia chega a ser insuportável. — Irritada com a própria falta de firmeza, cravou as unhas na bochecha do marido e as pressionou. — É verdade, foi a sua obstinação estúpida que na época me conquistou. Mas desse jeito, Walther, puxa vida, qualquer hora vou acabar me arrependendo!

Deixou-se beijar e atirou seu chapéu preferido sobre o vidro de conserva.

— Insuportável, mas inevitável, e ponto final — concordou, a contragosto. — Um coração pertence àqueles por quem ele bateu.

Por conta da distância enorme a percorrer, um Chevrolet Ramona 1929 com motor de seis cilindros e uma estrutura de madeira monumental fazia as vezes de carro fúnebre. Antes que o caixão fosse disposto dentro dele, Walther constatou, satisfeito, que estava hermeticamente fechado com o anel de borracha aplicado ao redor. Desde a cirurgia, ninguém mais havia perturbado aquele corpo. O rosto, visível sob o vidro, apresentava o mesmo sorriso descontraído que ele lhe dera. Por alguns segundos se sentiu dominado pela intimidade que havia compartilhado com aquele sujeito. Um segredo mais profundo e perigoso que com os vivos. Pressionou seus lábios sobre o vidro e logo o esfregou a fim de apagar o embaçado.

O que seria normalmente uma viagem de duas, três horas do litoral à capital do Estado levou praticamente metade de um dia. Guarujá estava tão apinhado de curiosos que a maria-fumaça parou em meio à multidão. Corriam boatos de que Alberto Santos-Dumont faria seu último percurso, apropriadamente, por via aérea, de modo que na praia de Pitangueiras uma aglomeração de pessoas esquadrinhava os céus, como se estivesse à espera de um milagre. Outros iam e vinham, correndo entre Itapema e o forte São Felipe, mas, no final, as salvas de honra foram dadas por canhões no forte dos Andradas, ao que foram abertos os portões. Os veículos, porém, logo pararam diante de um grupo de mulheres vestindo luto, contratadas pelo regime, com os rostos encharcados de lágrimas e gemendo como se tivessem perdido um ente querido. Um pouco adiante, o luto soava mais sincero e impressionante, ainda que com uma deferência calada: alguns gatos-pingados de mão levantada e cabeça inclinada.

Só o trajeto da ilha de Santo Amaro a Cubatão levou cerca de uma hora e meia. A partir daí foi possível acelerar em alguns trechos, apesar de que, aqui e ali, surgia dos campos algum trabalhador correndo em direção ao carro, brandindo no ar uma faca ou um lenço. Várias vezes se ouviram salvas de canhões, quase com certeza disparadas por insurgentes que, temendo a escolta militar, não se atreviam a sair de seus esconderijos, mas que tampouco queriam deixar de participar com entusiasmo da festividade.

Em cada povoado eram obrigados a andar a passo de tartaruga a fim de que as crianças pudessem cantar as canções de despedida ensaiadas na escola. Em todos os lados se aglomeravam meninas e mulheres para jogar flores sobre o carro fúnebre. Uma vez fora dos limites dos povoados, em vários trechos se pôde pisar no acelerador. Lá se iam as flores sobre o capô. Sendo o carro de Florbela e Walther Haberfield o quarto na ordem do cortejo, passaram o resto da viagem vendo chover sobre o para-brisa rosas, camélias cor-de-rosa, flores de ipê-amarelo e orquídeas brancas.

Durante o trajeto não podiam falar livremente graças à presença do prefeito e do comandante municipal no carro, mas, na altura de São Bernardo do Campo, onde as crianças, eufóricas, seguiram o cortejo ao lado do féretro, quilômetro após quilômetro e de pés descalços, a senhora Haberfield segurou em sua mão a do marido e a apertou em sinal de aprovação.

27 de julho de 1932

O sobrinho de Santos-Dumont abriu a porta, mas não se lembrava de Walther.

— Faz tão pouco tempo, o senhor diz? Puxa vida... — suspirou Jorge, sem dar mostras de alegria ou reconhecimento. Ele tinha tantas outras coisas em mente para aquele dia. — É mesmo?

Não transcorrera nem uma semana e meia desde aquele domingo de manhã em que se encontraram no terraço do hotel.

— Eu era aquele insolente que tentou perturbar o seu tio — gaguejou Haberfield.

— Acredito no senhor agora.

— Dei uns passos na direção dele sem ser chamado — tentou esclarecer Walther. — Só num impulso de euforia, sem ter na verdade o que dizer.

— E o senhor agora está dando continuação ao hábito com a geração seguinte?

— Eu sou médico.

— Acredite: isso não é desculpa.

— O senhor me pegou pelo braço e me afastou para longe dele.

Jorge olhou ao redor à procura de alguém que fizesse o mesmo por ele.

— Demos um pequeno passeio juntos. — Walther apertou sua maleta de médico contra o peito, buscando palavras. — O senhor me confiou, pela minha condição de médico, duas ou três informações sobre o estado de saúde do seu tio, mas entre elas não havia nada que indicasse que...

— Com efeito, nada.

— ... nada que indicasse que ele tinha uma constituição tão fraca.

— A morte sempre acaba encontrando um meio de nos surpreender. — A troca de amenidades tinha chegado ao fim. — Meu senhor, no que diz respeito aos pêsames, gostaria de indicar-lhe o registro na prefeitura. O senhor há de entender que esta casa está em tempos de luto.

— Mas é claro, entendo perfeitamente. Ainda mais sabendo que a cerimônia na igreja começa daqui a pouco, e o senhor deve querer se preparar psicologicamente. Tem todo o meu apoio. Talvez tivesse sido melhor eu esperar...

— De fato, me pareceria o mais sensato.

Jorge tentou fechar a porta, mas o doutor Haberfield o impediu, com o pé, de fazê-lo.

— ... mas esperar até o fim da cerimônia não me parece correto.

— De um médico seria de esperar um pouco mais de sensibilidade na hora de expressar suas considerações. — Jorge se perguntou se teriam de partir para o braço. Um médico sobraçando sua maletinha de couro como uma bolsa de mulher não seria páreo para ele. — Meu senhor, pode ir tirando esse pé daí!

— O senhor não me leve a mal. — Walther obedeceu no mesmo instante. — De fato não me expressei bem. O que tenho para dizer é algo absolutamente fora do comum. Quero que saiba que, depois daquele domingo de manhã, eu voltei a ver o seu tio. E mais: depois de sua morte.

A informação deixou o outro boquiaberto.

— A causa do óbito tal como consta no atestado já de cara não me convenceu. E não só...

— Será que nem morta uma pessoa escapa da bisbilhotice de indivíduos como o senhor?!

— Era o meu dever! — Walther balançou a cabeça. — Fui eu quem teve a honra de embalsamar o seu tio, e o senhor há de entender, logo à primeira vista percebi que um infarto não poderia ter sido a causa do óbito. Muito pelo contrário. O coração dele era enorme, saudável e poderia ter continuado funcionando até uma idade bem avançada. — O que se seguiria agora exigia muito tato. — Suponho que o senhor tenha conhecimento de causa, estou certo?

— Se isso fosse verdade, doutor Haberfield, eu consideraria o fato uma questão deplorável e chocante, mas que, ainda assim, diz respeito aos seus entes mais próximos e a mais ninguém.

— Exatamente. Foi por isso mesmo que me atrevi. — Walter apresentou sua maleta de médico como se mostrasse a uma parturiente o recém-nascido, os braços estendidos, com cuidado para a eventualidade de ele pôr-se a espernear. — Tenho aqui algo que pertenceu ao seu tio.

O sobrinho observou a maleta como santo Antão do Deserto contemplou as harpias.

— Isto aqui era dele — insistiu Walther. Passou-lhe pela cabeça abrir o fecho e mostrar o conteúdo, mas logo concluiu que aquilo não apaziguaria os nervos do outro. — O melhor lugar para ele seria aqui com o senhor. Eu tenho um plano que o envolve. Uma estratégia que, com o passar do tempo, vai reivindicar o seu tio de volta das mãos do Getúlio Vargas para devolvê-lo ao povo brasileiro. Quando esse dia chegar, a verdade vai vir à tona, e Alberto Santos-Dumont poderá obter a compreensão que tanto lhe faltou.

O outro fez um sinal de negativa com a cabeça, decidido.

— Se o senhor me conceder alguns minutos do seu tempo, posso explicar o que me traz até aqui.

— Sinto muito. — Jorge começou a transpirar. — Não sei do que se trata e não quero saber. Ouviu bem? Não é não! — Olhou ao redor para assegurar-se de que ninguém o ouvia e sussurrou: — O senhor não faz ideia das forças com as quais está brincando, doutor. Nós estamos sendo pressionados. Como família. Mais que isso não posso dizer. Estamos desempenhando o nosso papel nessa comédia, o senhor desempenhe o seu. Pelo amor do seu interesse doentio pelo meu tio, eu lhe peço: deixe-o em paz. Por favor. Conforme-se com a causa do óbito dada por ordem superior. O senhor sabe ao que me refiro.

O doutor Haberfield soltou a maleta no chão.

Quanto mais andava com ela, mais absurdo lhe parecia todo o plano. Já não tinha praticamente nada a acrescentar e durante alguns segundos se sentiu mesmo aliviado de que assim fosse.

— O que é isso? — perguntou Jorge, como um pequeno gesto de consideração para com o médico desiludido, que fez com a mão um sinal de quem descarta a pergunta. — Se o senhor tem dentro dessa maleta algum pertence do meu tio, ele faz parte do espólio. Leve-o ao nosso notário, Godofredo Cavalcanti, no largo de São Bento. Ou, melhor ainda: como ele obviamente vai estar presente na cerimônia daqui a pouco, pode entregá-lo a ele lá. Só quando ela tiver terminado, faço questão de frisar, porque essa é uma lição de tato que, ao que tudo indica, o senhor ainda não aprendeu. — Anuiu com a cabeça, dando a entender que a conversa terminava ali. — O senhor Cavalcanti foi nomeado executor e cuidará para que tudo saia como deve.

Walther Haberfield fez uma leve reverência e desceu às pressas a escadaria.

Jorge lutou contra uma inexplicável tentação de sair correndo atrás dele. Aquele sentimento ganhou de repente tanta intensidade que ele se apressou em entrar em casa. Fechou a porta com toda a força, usando o peso das costas, como se quisessem derrubá-la pelo lado de fora.

Passou um tempo parado no hall, diante das escadas com os largos degraus por onde descera tantas vezes com o tio Alberto, o homem mirrado que sempre seguia alguns passos à sua frente, sempre com sofreguidão em relação à vida, ávido pela próxima aventura.

Dobrou os joelhos e deixou-se cair, primeiro só chorando baixinho, depois com sonoros soluços.

Um bando de pássaros brancos subiu pelos ares.

Não eram oriundos daquelas terras nem jamais tinham sido vistos na cidade. Fizeram sua aparição assim que o cortejo se aproximou do sepulcro.

Aquele passaredo é lembrado como um dos grandes milagres brasileiros. Nem mesmo quem o viu com os próprios olhos se atreveu mais tarde a afiançar onde terminava a verdade e começava a fábula.

Os pássaros voaram diretamente para o andor, traçaram três círculos acima dele, deram uma guinada nos ares e desapareceram como a indicar o caminho na direção da catedral, onde pousaram um pouco depois, colorindo a cúpula com uma alvura de neve.

O espetáculo dado pelos insurgentes não provocou menos furor. Três mil rebeldes haviam se aventurado a sair de seus esconderijos. Formaram uma cerca humana de honra desde o último trecho da avenida Paulista até a esquina da praça da Sé.

Ao lado da jovem milícia de guarda uniformizada, que marchava rigidamente em fileiras diante deles, os trabalhadores rurais formavam um amontoado desordenado de indivíduos de aspecto deplorável. O que contava, porém, era que estivessem ali, inermes, vulneráveis.

Por alguns minutos, os partidários a favor do regime e os contrários a ele — homens que, a partir da meia-noite, retomariam as armas — puderam olhar-se nos olhos.

Quando Alberto Santos-Dumont passou por eles, os rebeldes exultaram, jogando seus barretes e chapéus de palha pelos ares.

A cerimônia teve início com um discurso patriótico de Getúlio, que deu a entender que o finado e o ditador eram camaradas de longa data, engajados numa única causa: a honra, o crescimento e o fortalecimento da gloriosa e invencível nação brasileira.

Então foi a vez de o prefeito de São Paulo ler em voz alta alguns telegramas recebidos, como o grito vindo do fundo do coração de Louis Blériot, que considerava o morto seu grande inspirador e único exemplo de vida. Da América, tanto o presidente Hoover como Orville Wright transmitiram suas saudações. Guglielmo Marconi fez o mesmo da Itália, ao passo que o ministro francês da aviação, Paul Painlevé, comunicou que, em homenagem a Santos-Dumont, todas as luzes da torre Eiffel tinham sido apagadas.

O arcebispo de São Paulo foi quem presidiu a cerimônia, assistido pelos bispos auxiliares de Campo Limpo e Caraguatatuba. O reverendo declarou sua convicção de que Alberto Santos-Dumont seria recebido pelos anjos na condição de igual. Dariam asas a seu coração, de maneira que pudesse subir com eles às alturas às quais tanto tinha aspirado.

Involuntariamente, Walther conferiu se ele continuava entre suas pernas debaixo do banco da igreja.

Após o caixão com o corpo ser introduzido na cripta da igreja, onde ficaria até empreender a viagem a sua última morada, no Rio, teve lugar na sacristia uma sóbria cerimônia para os convidados. Se alguém aproximasse demais a cabeça do chapéu de Florbela, poderia perder um olho. Quando uma de suas amigas se aventurou a colocar-se debaixo da aba do chapéu, Walther voltou para dentro da igreja vazia.

Sentou-se no banco dianteiro, perto do altar principal, com sua maleta de médico no colo, como se fosse uma mãe solteira com o fruto de seu pecado. Cogitou abandonar o coração em um dos confessionários vazios como um filho ilegítimo. Quantas jovens, perguntou-se, não teriam já se sentado ali, dilaceradas entre o amor e a vergonha?

— O senhor tinha algo que apresentar em relação ao espólio? — Cavalcanti, o notário da família, olhou-o através de seu pincenê. — Escolheu tanto a hora quanto o lugar errado, mas desembuche logo, assim resolvemos isso de uma vez por todas.

— Infelizmente, a questão não é tão simples. — Walther hesitou. — Preferia marcar uma hora com o senhor para falarmos a sós...

— Espero que o senhor não seja uma dessas pessoas que vêm reivindicar alguma coisa, ou é? Já vou avisando que o testamento não deixa margem para qualquer dúvida.

— Ainda assim não consta nele nenhuma referência ao objeto em questão, pode crer.

— Há alguns anos, o senhor Alberto Santos-Dumont veio me procurar e, juntos, tratamos de todos os detalhes, minuciosamente.

Se todos fizessem o mesmo a tempo, menos famílias veriam os seus membros jurando morte uns aos outros, e notários teriam úlceras de estômago com menos frequência. A palavra-chave é antecipar. O meu cliente chegou a ponto de escavar a própria cova e, veja bem, literalmente. De joelhos, com as mãos na terra, pá vai, pá vem, cavou um buraco para si próprio no cemitério de São João Batista. A julgar por tal gesto, o senhor acha mesmo possível que ele tenha deixado qualquer detalhe à mercê do acaso?

— Insisto em dizer que o que espero dar ao senhor em consignação não consta no testamento.

— Em consignação? Consignação até quando, meu senhor? Se deseja conseguir algo nesta vida, deveria aprender a não falar tanto por meio de charadas.

— É extraordinário demais para o domínio público este tesouro que quero lhe pedir que guarde.

— Tesouro, diz o senhor? — O notário baixou a voz. — Queira me dizer: representa um grande valor?

— Emocional? Um valor inexprimível em palavras.

— E financeiro?

— Absolutamente nenhum. Bem, o valor dele é unicamente simbólico.

Godofredo Cavalcanti recuou.

— O senhor está desperdiçando o meu tempo. Os desejos expressos pelo meu cliente foram explícitos. Os bens imóveis continuam na família, mas uma soma considerável foi destinada ao provimento de uma certa pessoa em Paris, que receberá tudo o que for de valor emocional. Não quer me deixar um cartão de visita para a eventualidade de essa pessoa vir buscar o que lhe pertence pela disposição testamentária? Nesse caso entro em contato com o senhor. É possível que se interesse pelo seu "tesouro".

Uma corrente de ar frio se fazia sentir no jazigo em que Walther descia; ele, porém, sentia sobretudo o calor de um reencontro. Por poder estar um pouco mais a sós com Santos-Dumont, como naquela outra noite, em que ele estivera deitado nu, entregue a seu contato. Era como se o sentimento de culpa que vinha ganhando força decrescesse na companhia do morto. Pela primeira vez em dias - sim, ele sabia o quanto aquilo era estranho - sentia-se compreendido como se estivesse na presença de um velho amigo que fizera parte do complô desde a estaca zero. Se havia alguém que não o levaria a mal, esse alguém era o próprio, o homem desprovido de coração.

Um burburinho da discussão informal que se seguira na sacristia logo acima ondeava pela catacumba como o zunido de um enxame de abelhas. No dia seguinte se formaria no local uma fila de centenas de pessoas desejosas de lançar um último olhar a seu herói. No momento, porém, ele se encontrava ali sozinho.

O primeiro susto de Walther foi quando um filhote de andorinha, tentando voar em pânico, deu contra a parede. Tinha caído ali de um ninho no alto da nave central e tentava agora fugir, apavorado, por aqueles corredores sombrios.

O doutor tentou acalmar seus nervos, depositou a maleta sobre o piso e esquadrinhou o caixão através da pequena vidraça.

O corpo parecia não ter se deslocado durante a viagem. Walther podia dar-se por satisfeito com seu trabalho. Apesar de alguns buracos fundos por que passara na estrada, o pescoço permanecera no devido lugar. O rosto irradiava a tranquilidade que Walther lhe dera. Mesmo àquela luz a pele aparentava algo de vida.

Esfregou o vidro com a ponta da manga para apagar as marcas de seus dedos gordurosos. Fez isso com tanta concentração que não ouviu o ruído de passos que se aproximavam.

— Pois é, aqui estou — grunhiu a negra que surgia das sombras. — Mas não porque queira!

Sua voz grave - ainda mais pesada naquele porão de pedras -, que ressoava com indignação, fez com que Walther tremesse como os sinos de Belém. Não conseguia adivinhar de onde vinha aquele ser, tampouco entendia por que lhe falava com aquela entonação.

— Ou o senhor acha que uma criatura velha como eu estava esperando ter que acabar fazendo uma maldita viagem como essa?

Não respeitava minimamente o sagrado silêncio. A mulher parecia centenária e tinha na cabeça um tufo de cabelos grisalhos revoltos. Vestia uma saia velha de um tecido de seda amarelo terrivelmente desbotado.

— Eu devia ter me segurado, era isso o que tinha que ter feito. — Seus olhos grandes e úmidos estavam voltados para Walther, mas não demonstravam surpresa ao vê-lo ali; olhavam-no antes com expectativa. — Eu devia ter dito a eles: "Vocês que se virem e tratem dos seus assuntos sozinhos", mas o senhor sabe como é, a minha experiência é que eles nunca estão satisfeitos.

— Eles quem?

— Os mortos. Eles não têm mais nada para fazer e não largam mão. Mas nenhum deles entende o sacrifício que é para mim vir para estas lonjuras e depois voltar com as minhas pernas do jeito que estão.

Espichou uma delas para a frente e levantou um tiquinho a borda da saia, coquete como uma atriz durante uma audição. A articulação do joelho estava inchada, o tecido em volta dele parecia infeccionado e o pé tinha uma deformação reumática. Walther se perguntou se a mulher esperava um elogio ou um diagnóstico.

— Nesta vida não existe igualdade, meu senhor. Minha esperança está no além. Ninguém mais para intimidar, ninguém mais para olhar com desdém; é mais ou menos assim que imagino o lado de lá.

Antes que ele pudesse perguntar a que ela se referia, aquele pedaço de gente mergulhou outra vez nas sombras. De quatro, esgueirou-se por debaixo do andor, assobiando na direção do filhote de andorinha, que continuava saltitando nervosamente de um lado para o outro. Assim que ela estendeu o braço para o bichinho, ele saltou para dentro de sua mão em forma de cuia.

— Viu só? — Levou-o para perto dos lábios e sussurrou: — O que dá mais medo costuma ser a nossa salvação.

— A senhora parece muito indiferente diante da morte — disse Walther.

— Na minha idade, a gente acaba adquirindo certa familiaridade com ela. — A negra se levantou, apoiando uma das mãos sobre o caixão. — A morte me impressiona tanto quanto vou impressioná-la, muito pouco, quando nos encontrarmos, e não falta muito.

Com um dedo que era puro osso, frágil como o biquinho faminto do passarinho, ela o afagou e o deixou deslizar cuidadosamente para dentro do bolso da saia, onde ele ficou quieto, espreitando por um orifício do tecido descosturado.

Walther indicou com a mão a vidraça no caixão.

— A senhora não vai dar uma espiada no finado?

— Essa é uma indiscrição que gente demais vai cometer nos próximos dias. Muito simpático da sua parte, mas não, não vou. Restos mortais são sempre iguais. Tendo visto uma vez, é o suficiente.

— Mas, se não foi para vê-lo, por que a senhora veio?

— Na verdade... — Olhou para Walther, tentando avaliar qual seria sua reação se lhe dissesse sem papas na língua o que tinha a dizer; àquele senhor que, a julgar pela maleta, era um médico, um homem das ciências. — Na verdade, era justamente isso o que eu esperava ouvir do senhor.

— Pelo amor de Deus, o que a senhora veio fazer aqui? — insistiu Walther. — Um trajeto tão longo! Ainda mais com as pernas da senhora do jeito que estão!

Uma rajada de ar percorreu as catacumbas, soprando por entre aquelas pernas afastadas uma da outra. Uma longa mecha de cabelo caiu diante dos olhos da mulher, que a soprou vigorosamente, pelo canto da boca, para cima da cabeça.

— O senhor tem uma coisa para mim. — Aproximou-se arrastando os pés e apontou para a maleta de médico. — Está aí dentro?

BRASIL
1873 – 1891

Se um único homem imaginar,
os outros podem realizar.
Júlio Verne
A volta ao mundo em 80 dias

1
A pedido do imperador

— O galo...

— Voa.

— A gralha...

— Voa.

— A cacatua...

— Voa.

— A mula...

— Não voa.

Não havia melhor lugar para fazer essa brincadeira que em Cabangu, onde tudo, tudo voava. A qualquer hora do dia, o céu estava apinhado desses seres que tinham encontrado um meio de se locomover pelo ar. Bastava uma pessoa se deitar de barriga para cima para se divertir com a animação sobre ela, no ar.

Pássaros, é claro, centenas deles, dentre os quais os favoritos de Alberto eram sempre os mais frenéticos, os paradisíacos, com os penachos abertos em forma de leque e os bicos retorcidos, as caudas compridíssimas, ostentando com brilho excepcional suas cores bizarras, mais intensas, mais berrantes do que ele jamais conseguiria reproduzir com os lápis de cera de sua caixa Conté.

Chegavam sempre em bandos. Se ele jogava um punhado de grãos de milho no chão, lá vinham eles pousar de tal maneira que, chilreando, coloriam com sua plumagem tudo a seu redor, com um laranja esbraseado, de repente vermelho ou ainda um verde brilhante. Os macacos se penduravam e saltavam num vaivém nas copas das árvores, as serpentes escorregavam de galho em galho, os esquilos voadores esticavam sua membrana enrugada para planar nos saltos, as aranhas oscilavam nos longos fios de suas teias ao sabor do vento, à procura da presa.

Em Cabangu, um ser vivo não tinha exatamente a impressão de estar preso ao solo.

E isso sem falar dos insetos, que podiam formar no ar um anel tão denso de sombras circulares que eram de deixar qualquer um tonto. Seus pais consideravam aquilo uma praga, mas, para Alberto Santos-Dumont, aquela impureza no ar era acima de tudo uma fonte de prazer.

— A barata...

— Voa.

— A perereca...

— Voa.

— A capivara...

— Não voa.

— O jacaré...

— Não voa.

"A pomba voa" era o nome da brincadeira. As regras eram tão fáceis e ligeiras como os dias que Alberto passava fora de casa com os filhos dos empregados.

Formavam um círculo. Num ritmo veloz, cada um dizia por sua vez o nome de um mamífero, um inseto ou qualquer outro ser animado. Quando se tratava de um ser que voava, levantava-se a mão; do contrário, não. Quem errasse caía fora.

Resumindo: uma brincadeira das mais banais. O fato de que os mantivesse ocupados por mais de uma hora dizia muito sobre o doce cotidiano de Cabangu. Não havia muito mais a fazer; pela manhã,

Alberto, o filho temporão, ou acompanhava o pai e os irmãos mais velhos às obras para ficar de bobeira até a noite sob o sol tórrido, ou ficava à sombra, em casa, lendo sentado em algum lugar, sozinho. Às vezes ainda dava um pulo na ala dos empregados para ver se Pedro, seu amigo, estava com vontade de brincar.

— O peru...

— Voa.

— A piranha...

— Não voa.

— O camaleão...

— Não voa, a Jana cai fora!

— Não é verdade, eu mesma já vi camaleão voar!

— O que ele faz não é voar: é pular. Você levantou a mão, cai fora!

— Mas que já vi ele voar umas vezes, eu vi.

— Jana, o que você viu voar não foi camaleão, foi salamandra. Não adianta, você está fora, e agora é a vez do Alberto.

— A serpente...

O que os próprios moradores chamavam de povoado era na verdade um cocozinho de mosca endurecido no mapa pendurado na parede do escritório administrativo de João Aires, batizado de Cabangu por um funcionário entediado, sem mais nada a fazer numa tarde chuvosa.

Nos primeiros anos só havia ali a casa de Henrique Dumont e sua família, além de um acampamento, fora de vista, para os homens que trabalhavam sob o seu comando na implantação das vias ferroviárias imperiais. O desbravamento dessas paragens remotas e impenetráveis do Brasil foi um dos projetos de prestígio de dom Pedro II.

Inúmeros grandes engenheiros concorreram para conseguir o encargo, mas o monarca o delegou ao pai de Alberto, que por isso sempre o defendeu, mesmo muito depois de o próprio imperador passar a duvidar da possibilidade de subsistência da monarquia num país como o Brasil.

Nesse apego à monarquia foi apoiado pela mulher, a mãe de Alberto. O pai dela, um político conservador influente, havia batido em retirada de Portugal com o então príncipe regente, futuro dom João VI, fugindo de Napoleão, sob comando das fragatas inglesas, que zarparam com destino ao Novo Mundo. Francisca de Paula Santos enxergava o imperialismo como um de seus dois últimos elos com a nobreza portuguesa e com a terra pátria que jamais tinha visto. O outro elo era seu credo. Ela o lustrava da mesma maneira que fazia com sua louça esmaltada, porque, enquanto luzisse, via refletido nele seu passado.

A cada ano que passava, mais aumentava seu isolamento em Cabangu e mais se apegava à figura de Cristo, como se temesse que Ele também a abandonasse naquele grande nada.

A exemplo dos trabalhadores, frequentava fielmente a igreja para assistir às missas oficiadas por algum padre ambulante das missões jesuítas.

Passado algum tempo, porém, quis poder estar a sós com Ele. Apanhou as tinas da área de serviço para dispor nelas imagens da Sagrada Família, de São Francisco e de Santa Clara. Abaixo delas, com uma tábua velha de passar roupa, em volta da qual enrolou um pano roxo, construiu um pequeno altar e sobre ele acendia velas.

Passou a partir de então a estar a sós com Ele por pelo menos uma hora, tanto de manhã como à noite. Alberto, quando passava por ela, a ouvia murmurar ou cantarolar, como fazia nas igrejas e conventos de sua juventude. Queimava incensos que encomendava das freiras do mosteiro de Santa Clara-a-Velha e mandava vir bilhas de água benzida pelo arcebispo de Braga, na qual molhava os dedos antes de fazer o sinal da cruz.

Talvez seu casamento sofresse por conta de sua devoção, ou talvez se aferrasse a ela justamente porque sentia o afeto do marido arrefecer. Fosse como fosse, empreendia aquela viagem para dentro de si própria como uma fuga ao marido. Certo dia, como as travessas de comida mais uma vez estivessem esfriando à espera de ela pronunciar seu "amém", o marido decidiu não esperar mais; serviu-se e começou a comer.

Ela arregalou os olhos, mas ele fez questão de continuar mastigando com vontade.

A partir de então, começou a ironizar abertamente a religiosidade da mulher e suas superstições, que só faziam multiplicar. Ele era uma pessoa racional e refutava todos os argumentos que a mulher apresentava em defesa da igreja, até que ela decidiu calar-se de uma vez por todas.

Passou então a sentar-se à mesa com aquele seu olhar de bem-aventurança, convencida como estava de que Henrique, que começava a estalar a língua e sorver a comida sonoramente assim que ela entrelaçava as mãos, lhe tinha sido enviado como mais uma provação.

Alberto encontrava a mãe diariamente na varanda, sentada, bordando suas lembranças.

Para irritação do pai, que achava aquilo inapropriado para um menino, ela ensinava ao filho caçula tanto o bordado como outros trabalhos de linha e agulha. Alberto gostava do silêncio que acompanhava aquela reunião íntima e calada com a mãe.

Lado a lado bordavam até encher as paredes com os brasões de todas as famílias que dona Francisca conhecera no Rio e cobrir todas as almofadas com as bandeiras de Coimbra e do Porto, sobre as quais se deitava tranquilamente para ler os versos que cantavam todos os contratempos e perigos enfrentados pelos filhos de Luso em suas peripécias a fim de descobrir tantos mundos.

Se ela às vezes fazia uma pausa, era para relembrar - dizia entre soluços - os heróis e sua bravura, e tudo o que certas pessoas haviam tido de enfrentar em prol da felicidade das gerações seguintes.

— A esperança cega, Betinho, e a coragem deles.

Certo dia o atraiu de supetão para perto de si e soltou alguns soluços entrecortados.

— Sem saber para onde o barco os levava, sem saber o que havia além do horizonte, se é que havia alguma coisa, mas, mesmo assim, mantendo o olhar erguido, meu bem, para o que desse e viesse, querendo avançar sempre mais, nem que se dessem mal! Você consegue imaginar?

Era assim que ele a via ler, dia após dia, sob a abóbada escura e pesada da mata tropical, com os olhos cintilando, de vez em quando provando nos lábios o sabor daquelas palavras, sem emitir som algum.

Assim distante de tudo era a solidão deles. Se algum dos filhos reclamava, Henrique afirmava, despeitado, que aquilo era apenas uma questão de tempo, que toda a família no final compartilharia do prestígio que ele, na condição de engenheiro-chefe, desfrutaria por causa do projeto de construção ferroviária. A frugalidade da vida na mata traria à família influência e fortuna, após o que todos eles - nesse ponto ele apanhava dona Francisquinha pela mão e a beijava terna e respeitosamente, como só acontecia na Corte - viveriam o resto de suas vidas tal como ele prometera à esposa diante do altar.

Isso tudo, porém, de nada valia para abafar os gritos esganiçados dos macacos a noite inteira, nem para aliviar as picadas dos pernilongos.

— E ao resto do mundo? — perguntava a mãe de Alberto, crítica, quando ele falava um português desleixado. — Você não tem nada para dizer a eles?

As palavras que as crianças absorviam do falar mineiro eram imediatamente riscadas de seu vocabulário, assim como o sotaque de Guilhermina, a ama negra. Arrastando as palavras, ela falava como se moesse noz-de-cola, com exceção dos momentos em que seus finados antepassados *baixavam*, como dizia, e ela desandava a falar num descompassado e agudo iorubá.

Dona Francisca vivia o constante medo de que, caso chegasse o dia tão esperado em que pudesse devolvê-la à civilização, sua prole fosse motivo de chacota do *beau monde* por conta dos modos caipiras.

— Não pensem que, mais para a frente, alguém na Corte vai perguntar a vocês: "Como? Poderia repetir?". Muito pelo contrário, vão simplesmente lhes dar as costas e assinar seus atestados de óbito!

Assim que Alberto e o pai ficavam a sós, passavam a falar em francês. Esse era o idioma de seu avô, joalheiro em Paris; eram os sons dos sonhos de infância de Henrique, ecos dos sussurros apaixonados de seus tempos de estudante.

Quando completara dezoito anos, Henrique Dumont fora à Europa a fim de estudar na capital francesa. O mesmo oferecera aos três filhos. Aos mais velhos faltava talento, e acabaram trabalhando para o pai como fiscais de obras. Todas as manhãs iam de dresina – uma vagoneta que se locomovia com a tração das mãos – até o trecho final dos trilhos para aumentá-los em mais algumas dezenas de metros, que iam colocando sobre os dormentes.

Henrique já estava avançado na casa dos quarenta e oprimido por conta do trabalho e das preocupações, o que o fazia parecer distante e alienado do mundo infantil de Alberto, um desânimo cansado que tentava superar transmitindo-lhe seu amor por aquele país longínquo que lhes corria nas veias.

Ensinou ao filho caçula uma canção do ultramar sobre uma cotovia depenada. Pronunciava nomes de escritores franceses e filósofos com tanta ênfase que era como se fossem joias nobres que ele lhe apresentava, retirando-as de um estojo. Se houvesse em qualquer parte das redondezas uma governanta francesa, ele a teria contratado para que já lhe fosse ensinando a língua de Montesquieu, Montaigne e Molière, mas, dadas as circunstâncias, teve de se conformar com o fato de que o garoto ouviria só as suas narrações.

Como a do verão em que havia escalado sozinho o Mont Blanc, durante a qual leu passagens de uma pequena obra de Rousseau, encadernada em couro verde, que tinha levado consigo na mochila por ocasião da escalada. Quando Alberto mostrava interesse, a rigidez perturbadora do semblante de Henrique se apagava, seu bigode se retorcia e, finalmente, sua barba espessa se abria, traçando os contornos de um sorriso.

Certo dia chegou de Marselha, especialmente para Alberto, uma caixa com livros.

Tratava-se de uma encomenda magnífica, com a obra de Júlio Verne, cada tomo de um vermelho profundo ou azul-escuro, cuja encadernação apresentava na parte da frente uma inscrição em dourado cintilante, tão rica e fantasiosa que só de olhá-la a imaginação corria solta. Do lado de dentro, a cada certo número de páginas, aparecia uma gravura ilustrativa das aventuras narradas.

Que maravilha quando as névoas que encobriam as narrativas iam se dissipando à medida que a língua francesa se tornava viva para o menino! Que mundos foi descobrindo, cada vez mais nítidos e detalhados!

— Ah, quer dizer que é assim... — dizia Alberto. — Quantas coisas infinitamente diferentes existem! — E também, como se suas hipóteses se confirmassem, algo dentro dele começava a se alegrar: — Então, veja só, são possíveis mesmo muito mais coisas do que as pessoas imaginam!

— O pombo de barro...

— Não é ser vivo. Não vale: fora!

— O pássaro de penacho...

— Voa.

— O gavião-de-penacho...

— Voa.

— O periquito de penacho...

— Até parece, ha, ha, ha!

— O canário de penacho...

Segundo Guilhermina, além de tudo o que se via no céu, este também estava cheio de uma outra espécie de vida.

— Cada arrepio que você sente, cada suspiro numa noite sem vento — ria, onisciente —, você acha que eles vêm do nada, Betinho?

No passado ela tivera de enterrar uma criança, um menininho que morrera no berço. A partir de então, passara a sentir muito mais do que via ou podia explicar. Encontrava em todos os lugares da natureza parentes mortos; mas o mais evidente eram as sombras que passavam planando no ar do crepúsculo. O seu menininho era quem sempre a guiava em meio àquela confusão.

— Durante tanto tempo vocês viveram escravizados — ela falava, dirigindo-se às nuvens e aos pássaros como se fossem velhos conhecidos de passagem por ali. — Mas agora vocês não vão mais se deixar prender por pessoa nenhuma!

Aparentemente, a única coisa para a qual esses espíritos com penas abriam exceção eram as migalhas de pão. Guilhermina às vezes as espalhava para eles sobre a grama na forma de um grande coração. Então aquele enxame de almas pousava sobre a comida, e o coração ganhava rapidamente vida, chilreando, as asas tremeluzindo, com o vermelho esbraseado dos uirapurus, o amarelo dos periquitos dourados ou o azul-real das centenas de tem-tens.

O impulso de Alberto era sempre o de correr na direção daquele espetáculo fascinante, mas Guilhermina o detinha.

— Como você se sentiria, Betinho, se fosse uma alminha voando em círculos, eternamente, com o tanto que algumas delas já estão suspensas no ar, imagine só! E, justamente da única vez que você pousa para descansar as suas asinhas, vem um menino correndo para caçar você?

Quando pousavam, os pássaros traziam uma mensagem. Disso ela estava convencida. Se os homens não entendiam o recado, era culpa deles, que não sabiam ouvir um morto.

De vez em quando, enquanto as migalhas iam sendo consumidas lentamente, Guilhermina meneava a cabeça ou soltava do fundo do ventre um "isso mesmo!", cordata, generosa.

Certo dia Alberto lhe perguntou se, entre todas as mensagens dos antepassados, havia alguma para ele.

— Dos *seus* antepassados?

Estendeu-lhe o braço como sinal de que queria que ele a ajudasse a levantar.

— Será que tem alguma para você? — disse, enquanto batia na lombar larga e nas coxas arredondadas para retirar a grama aderida. — Vamos ver.

Escarafunchou a sujeira grudada debaixo das unhas e entre os dedos.

— Um dos seus avôs morava com o imperador — disse, com o peito arfante subindo e descendo, sem olhar o menino no rosto. — O outro vendia diamantes para o rei de Paris. Já os meus eram eles próprios mercadoria, acorrentados a grilhões de ferro no porão de um navio, vindo parar aqui, sem nome, nesta terra profana. — Esfregou as palmas das mãos uma contra a outra e olhou para ver se todo vestígio de terra tinha saído delas. — Não, Betinho — disse, virando-se e recuando para longe —, não acho que os seus avôs e os meus transmitam as mensagens deles do mesmo jeito.

Somente quando começou a ler francês fluentemente e, graças a Júlio Verne, se deu conta de quão grande era o mundo e de sua infinita diversidade, foi que Alberto compreendeu por que e em que ele era diferente de Guilhermina.

Na companhia de Verne, atravessou a África, descobriu a Antártica, a existência dos pigmeus que batiam na altura do umbigo e das tribos indígenas que subsistiam graças à caça dos bisões. Gradualmente, o menino ia entendendo que Cabangu era apenas uma preparação para o mundo, um extenso isolamento no qual podia ir se aprontando livremente, tomando impulso para o que estava por vir. Na natureza de Minas Gerais, sua fantasia ia ganhando forma, enquanto se habituava a tirar sempre suas próprias conclusões, independentemente de sua realidade cotidiana; uma liberdade que ia sendo enriquecida e alimentada pelas imagens e pelos pensamentos do senhor Verne.

— O galo de luta...

— Voa.

— O... ah, sei lá eu!

— Fora!

Certo dia - todos eles já estavam enjoados da brincadeira, a maioria dos jogadores tinha caído fora, e praticamente todos os animais que respiravam já tinham sido citados -, chegou a vez de Alberto, o último. Todos estavam convencidos de que ele também já tinha dado o jogo por terminado. Um deles já se levantara, outros dois começaram a fabricar um estilingue com gravetos. Era o momento pelo qual ele vinha esperando. Levantou a mão.

Não hesitou nem um segundo para o que estava por vir.

— O homem! — exclamou.

Levando tudo em consideração, o mais estranho em toda a história talvez fosse isto: que justamente alguém como ele, tão absolutamente inseguro em tantas questões, fincasse os pés no chão em relação a algo tão completamente absurdo.

No mesmo instante, quando Pedro quis desclassificá-lo e os outros meninos se puseram a rir dele – como também aconteceria mais para a frente, quando todos diriam que ele era louco –, manteve-se firme, sem jamais hesitar um segundo que fosse.

Ele sabia.

Ele simplesmente sabia.

Não era um mérito, de jeito nenhum. Jamais foi uma escolha, um ato de resistência, uma brincadeira sem graça, uma birra, nem mesmo uma convicção. Do que ele tinha tanta certeza? De que algo estava por acontecer, e mais nada. Não sabia nem que aconteceria a ele próprio. Não tinha ideia, nem pensava a respeito.

Provavelmente era esse o segredo: deixar a ideia fluir sem capturá-la com a mente. Só havia a convicta e premente percepção de que, independente do que os outros querem fazer crer, as coisas não eram necessariamente como se ensina.

Muito mais é possível. Sempre, em todos os campos do conhecimento. Por isso é preciso que façamos sem refletir essa coisa única que ninguém mais vê dentro de nós, esse grande desconhecido.

Quando ela surge em nosso interior, sem deixar dúvidas, não podemos seguir uma ideia preconcebida. Caso contrário, não damos início ao que importa, perdemos a orientação, por exemplo, ou o amor, não nos desprendemos do que conhecemos, não buscamos o céu.

— O homem! — exclamou, levantando a mão. — Voa!

2
Ribeirão Preto

Assim que se concluiu a construção da ferrovia, a família Dumont se mudou para o sul, pois, como recompensa pelo serviço prestado ao imperador em 1879, Henrique recebera um extenso lote de terreno fértil em Ribeirão Preto. Mandou construir ali uma casa enorme, uma mansão como as que havia visto em Saint-Tropez durante a juventude. Cada um dos filhos ganhou um quarto para si, espaçoso e de teto alto. Uma pérgola ao redor da casa oferecia sombra, e, como na Côte d'Azur, os telhados eram de um rosa clarinho, e as paredes revestidas de estuque branco para refletir o sol de dia e captar o luar de noite. O lugar tinha uma varanda ampla, onde Henrique aparecia por uns dez minutos assim que acordava pela manhã, o olhar voltado para o verde ondulante, como se tivesse vistas para o Mediterrâneo.

Na verdade, ele olhava para a natureza selvagem.

Dos dois lados do ribeirão da propriedade que carregava o seu nome — largo, mas raso, de águas escuras por causa das folhas apodrecidas que nelas flutuavam, lúgubre à sombra da mata impenetrável —, o terreno era tão vasto que jamais havia sido medido em toda a sua extensão. Era uma selva densa que deveria ser desbravada, queimada ou remodelada.

Assim que todo o terreno foi desbastado e a vegetação retirada, liberaram o solo das velhas raízes. Os futuros campos tiveram de ser completamente escavados, nivelados e providos de canais de irrigação para finalmente cederem lugar aos cafezais. Henrique encomendou cinco milhões de cafeeiros, que eram trazidos em forma de rebentões e plantados à mão.

Ao mesmo tempo, tiveram início grandes obras para que dali em breve pudessem ser armazenados, secos e processados os grãos de café. Não tardou para que surgissem pequenos vilarejos em que os contramestres e seus trabalhadores podiam se alojar, já que muitos, jovens e velhos, tinham sido atraídos a Ribeirão Preto em busca de trabalho; às vezes eram famílias inteiras de regiões dos arredores, de Itajubá a Guaxupé. A fim de alimentar tantas bocas, foram construídos extensos prados para a pastagem de todo tipo de gado, e grandes parcelas de terra foram semeadas com várias espécies de grãos.

Ali também, sob a supervisão do pai, os irmãos de Alberto construíram trilhos para a ferrovia dentro de suas terras. Esse trajeto privado acabaria abrangendo quase cem quilômetros, incluindo pontes sobre o ribeirão e alguns vales. Os trens não serviriam apenas para facilitar o transporte e o fornecimento da colheita, mas também para vigiar aqueles terrenos intermináveis.

Os riscos envolvendo o empreendimento cafezeiro de Dumont eram de deixar os cabelos em pé; as dificuldades, infinitas, mas Alberto nunca vira o pai se sentir tão realizado. Arquitetura, construção de ferrovias, engenharia hidráulica, ele tinha como fazer uso de todas as suas habilidades, todo o seu conhecimento técnico, o seu espírito empresarial e aventureiro. Desfrutava de sua própria inventividade e brilhava naqueles anos como se nada nem ninguém pudesse com ele.

Os riscos a que havia exposto a família, tanto física como financeiramente, e as consequências que tudo aquilo poderia ter para o futuro dos filhos só ficaram claros muito tempo depois. Os problemas, porém, pareciam estimular Henrique Dumont, e os contratempos o encorajavam, porque, em seu coração, era e continuava sendo um aventureiro, o mesmo que derrotara o Mont Blanc, ao escalá-lo, etapa após etapa, sem guia nem carregador de equipamentos.

Um homem não deve se deter diante de um rochedo nem de um barranco. Uma floresta pode ser desbravada; um poço, escavado. O mundo deve se adaptar ao homem, e não o contrário.

Sua mãe vivia em Ribeirão Preto como um pé de café pouco antes de desabrochar pela última vez.

Em sua juventude, no Rio, dona Francisca de Paula Santos era de um esplendor único nas festas dadas na corte dos Bragança, e Henrique, que ela ali encontrara, brejeiro, empreendedor, parecia caber sob medida no papel de príncipe. Após a mudança para o interior, quando ele foi se tornando mais e mais introspectivo, ela não atribuiu esse fato ao trabalho duro ou ao isolamento da família; jogou a culpa em si própria.

Cada tentativa de trazer à baila os problemas do marido acabava em briga. Era como se ela falhasse em algo, e em algo que ela não conseguia entender. Assim como a floresta tropical faz apodrecer todo e qualquer tipo de vida, seu amor adoeceu e se deteriorou.

Tinha saudade dos primeiros anos de casamento, quando ele ainda a chamava carinhosamente de Chiquinha, mas, quanto mais ela tentava resgatar o romantismo daqueles tempos, mais o irritava. Aquilo só o fazia se lembrar de que ela pedia algo que ele não podia mais lhe dar.

Quando Henrique encontrou na filha de um mandachuva local um colo em que podia se perder sem precisar se comprometer, sua mulher decidiu salvar para si algo de terreno daquele solo apodrecido.

Do lado de fora corria o ribeirão Preto, mas, entre quatro paredes, dona Francisca delimitava a vida tal como podia vivê-la. Com o mesmo dinamismo com o qual o marido ia construindo seu patrimônio, reconstruiu no coração desse patrimônio, do lado de dentro, algo da grandeza à qual estivera acostumada quando criança.

Nos anos em que o capital da família dela se consumia para manter em andamento o empreendimento de Henrique, ela não levantara a menor objeção, mas, a partir do momento em que o empreendimento passou a gerar lucro, não hesitou em reclamar para si o restante de seus próprios fundos. Mandou vir do Velho Mundo antiguidades portuguesas do rococó, entre as quais um guarda-roupa alto de nogueira, dois pilares retorcidos, ricamente enfeitados com figuras de anjos, e algumas mesas com os pés em forma de garras de leão. Os banheiros, a cozinha e a área de serviço foram acrescidos de todo tipo de novidade, inclusive uma máquina de fazer sabão. Os empregados da casa ganharam uma maquinaria em cuja tina podiam centrifugar, enxaguar e cilindrar todo tipo de roupa, tornando desnecessária a lavagem à beira do ribeirão.

Dona Francisca tirava ideias da *Miroir de Paris* e do *Journal des Dames*, cujas assinaturas lhe tinham sido presenteadas por Henrique. A roupa ela mandava vir da França, assim como a seda e o jacquard de veludo para os móveis e cortinados, mas a roupa de cama e as toalhas de mesa ela encomendava de uma pequena tecelagem no Douro.

— O que vou dizer a você vem diretamente dos lábios dos seus antepassados, Alberto — declarou, com a mão no coração. — Com a ajuda do Todo-Poderoso. O próprio Camões já cantava nos *Lusíadas*: em nenhum outro lugar do mundo se fabrica um damasco tão fino como no Douro!

No segundo ano, o pai de Alberto começou a obter tanto lucro que comprou sete locomotivas das mais pesadas. Os jornais do Rio e de São Paulo o chamavam de Rei do Café, um título que atraía atacadistas e importadores ultramarinos, o que fez com que sua plantação crescesse em tempo recorde e se transformasse na maior da América do Sul.

Acompanhando esse sucesso, chegaram à casa governantes e governantas. Cada um dos filhos, inclusive os mais velhos, que só pensavam em casar, começou a ter lições numa autêntica sala de aula, que seguia critérios rigorosos, com o objetivo de recuperar o tempo perdido em Cabangu.

Alberto foi entregue aos cuidados de um casal vindo diretamente de La Rochelle, os De Saint-Pompon, pois o pai punha as esperanças de seu sonho francês na figura do caçula.

A febre amarela e o reinado eram naqueles anos os únicos elementos pelos quais o Brasil era conhecido internacionalmente. Na Europa existia uma ideia de que as plantações no Novo Mundo eram estações terminais desoladas, perdidas nas desesperançadas vastidões dos pampas, tão pouco familiarizadas com as carroças como com a telefonia e a eletricidade.

Os Pompons, como as crianças os chamavam, ou então Pompon e Pomponette, para especificar de qual dos dois se tratava, haviam se preparado para o pior.

Trouxeram na bagagem alguns poucos utensílios de mesa e cozinha, como sua louça de porcelana de Limoges, para não ter de beber água diretamente do ribeirão com as mãos em cuia; a madame, além de um estoque de sais estomacais e voláteis para seu fraco sistema nervoso, suficiente para um ano, trouxe consigo sua própria panela e um facão de caçador, para o caso de que esperassem dela que apanhasse, esfolasse e cozinhasse seu próprio jantar.

O senhor De Saint-Pompon era um homem irrequieto, alto, magro e, de certa maneira, acabado. Essa aparência, que não podia ser atribuída à longa viagem, como os filhos pensaram no começo, era reforçada por um casaco largo e comprido, quente demais para aquelas paragens, que ele não tirava e no qual se haviam costurado mais bolsos do que Alberto jamais vira numa única peça de roupa, cada um deles estufado de libretos, cartas e cadernos, lacre e canetas, canivetes, lápis, grafite e esfuminho, um par de réguas, um cilindro de vela e uma acendalha, uma série de carimbos com almofada de tinta, óculos, uma lupa e mais umas dezenas de cacarecos dispensáveis, que iam aparecendo de dentro dos bolsos com o passar dos anos.

Além disso, tinha também uma graça e um bom humor que às vezes tentava dissimular, porque a severidade angariava e infundia mais respeito. Mas a máscara de severidade nunca demorava a cair, e ele mergulhava outra vez numa ausência despreocupada.

Sua esposa o complementava bem, não só fisicamente - ela era toda roliça, mas firme -, como também no sentido de levar sua própria inquietação mortalmente a sério. Passou a zelar por Alberto fora do horário escolar, para grande irritação de Guilhermina, que cuidava do menino como se fosse seu filho desde a época em que lhe trocava as fraldas, adquirindo a confiança de todos.

Madame de Saint-Pompon não deixava jamais transparecer em seus modos algo de vivacidade. Sua única frivolidade eram três pares de sapatinhos de fivela, mais apropriados para calçar em Paris do que na podridão daquele ribeirão. Na companhia de outros, jamais se soltava do braço de *monsieur* seu marido, como uma criança medrosa. Parecia estar sempre na ofensiva em relação à vida, medindo cada palavra e fazendo cada movimento como um soldado de infantaria durante um treinamento para a batalha, parcimoniosa até com seus mais leves suspiros.

Os Pompons tiveram uma agradável surpresa ao descobrir que os Dumont não eram criaturas selvagens indomáveis. É verdade que estavam afastados do mundo, mas, naquele isolamento, formavam um universo por si só. Por mais longe que Ribeirão Preto estivesse de São Paulo e pelo pouco que a vida de São Paulo se parecesse com a de cidades europeias, entre as paredes daquela casa se vivia como se ela ficasse numa das frondosas alamedas do Chiado.

Quando o senhor e a senhora De Saint-Pompon pisaram pela primeira vez na sala de aula, encontraram as crianças dispostas entre paredes revestidas com chintz de Alcobaça. Sobre as mesas se viam enciclopédias, uma coleção completa sobre os filósofos e a história desde Roma até a Terceira República. Repararam num globo terrestre novo com a ordem mundial atual e as mais novas colônias na Costa Oeste da América do Norte. De algumas *monsieur* De Saint-Pompon nunca tinha ouvido falar. Isso porque a maior parte de seus conhecimentos versava sobre as obras teatrais francesas. Sabia fazer referências a elas partindo de outros campos do conhecimento, até mesmo da aritmética. Assuntos de que pouco entendia ele descartava com um gesto que não teria ficado mal em Montfleury.

O silêncio era algo a que madame de Saint-Pompon nunca pôde se acostumar, porque não o encontrava dentro de si mesma. Punha a boca no trombone e dizia que havia sido um erro lamentável ter ido até ali. Aferrava-se a essa convicção como uma piranha enfia os dentes nas partes moles de um banhista desavisado.

Sentia falta das amigas e da família como se o sentido de seus dias dependesse delas, como se não pudessem ser vividos agora que ela não podia falar do cotidiano, como se ela não existisse a partir do momento em que não era vista pelos olhos de terceiros. Tinha períodos sombrios, nos quais o marido, com pinta de ator para público de matinê, vez após vez, tentava arrastá-la pelos braços.

Pomponette compreendia a timidez de Alberto. Ela a atribuiu à vida solitária e alienante na plantação e expressou sua preocupação com relação à distância que separava as crianças da vida social e que as deixava totalmente à mercê de si mesmas. Dera-se conta do desconforto do menino na presença de estranhos, de sua hipersensibilidade a impressões, de seu embaraço ao estar entre muitas pessoas.

Verdade seja dita, Alberto era pouco adaptável à vida em sociedade, nisso Pomponette tinha razão; mas é um erro pensar que uma pessoa precise estar no centro da vida para poder desfrutar dela. É que alguns preferem estar um pouco mais à margem para obter da vida mais prazer.

Por muito tempo os pais de Alberto consultaram o horizonte de suas ambições, o pai com os olhos em Paris; a mãe, em Lisboa. Um aspirava à renovação, enquanto o outro remexia nas memórias, mas ambos sabiam dar forma a seus desejos.

Tudo pode ser recriado, ensinavam ao menino. Não aceite o mundo como ele é, mas processe-o para que ele seja o que deveria ser.

Assim, Alberto aprendeu que o inacessível pode tornar-se acessível com engenhosidade e força de vontade. Da mesma forma que Minas foi desbravada pelo imperador do Brasil, seu pai transformava a mata fechada em campos de cultura de café, e o salão de sua mãe revivia a velha Portugal. Dentro do mundo tal como ele era, seus pais reconstruíram uma existência mais suportável. De longe, voltados para diante e para trás, buscavam com o olhar um antigo hemisfério, um século futuro, um outro trópico, um novo tempo, uma velha latitude. Sempre, de onde estavam, espreitavam o horizonte.

Alberto jamais se sentiu atraído pelo horizonte.

Preferia estar deitado de costas, olhando para cima.

3
Trilhos na mata

Locomotivas passavam zunindo pelos ares. Deslizavam por cima de Alberto, ferro forjado e cobre cintilantes, escondendo o sol. As sombras que projetavam tinham o tamanho de uma casa.

Dois guindastes içavam os colossos do pontão, um por um, e os pousavam vagarosamente, deslizando primeiro acima dos trilhos, os últimos centímetros conduzidos suavemente por mãos humanas. As rodas largas e pesadas, de raios mais grossos do que um homem e com o dobro da altura dele!

E os maquinistas, ainda inexperientes, subiam nos estribos e escalavam os monstros de ferro, pouco à vontade com aquele seu novo material indisciplinado, resmungando diante dos mecanismos de distribuição de vapor, puxando as alavancas, testando o funcionamento das válvulas e dos fechos. Preenchendo os reservatórios de água, depositando um primeiro carregamento de carvão, um hectolitro por máquina, recolhido com sacho e amontoado no reservatório solto atrás da cabine de comando. As pás jogando no forno o carvão, que se inflamaria ao ser aceso e espevitado, a reverberação da porta ao ser fechada e trancada, os ponteiros subindo nos painéis medidores sob a gradual dinamização do vapor, os tremores, as vibrações das juntas de cobre incandescentes, os propulsores e os terminais das caldeiras e do cimo, o chiado dos cilindros e dos êmbolos e das comportas e das válvulas e da hélice, a amolação raspando, lixando, arrastando no ritmo da biela, da manivela e do fole.

Desde o dia da chegada, Alberto acompanhava com os olhos arregalados as *locomobilas*, como seu pai as chamava. Passada uma semana, teve permissão para subir na cabine de comando e, no colo, fez um passeio pelas plantações.

Com seis anos já conhecia todas as peças. Se alguma por acaso precisasse ser trocada, deixavam o menino fazer uma vistoria, de brincadeira, para ver se ele conseguia indicar de qual se tratava. Se não representasse perigo, deixavam-no ajudar a desmontar a peça e ver como a ruptura era consertada na ferraria, a fundição da fissura, a nivelação das rebarbas.

Um ano depois, estava tão familiarizado com as máquinas a vapor que certa vez, ainda sob supervisão, pôde dirigir ele próprio uma das locomotivas. Todos achavam que aquilo era só uma fase, uma brincadeira de criança que passaria com a inocência.

Henrique estava contentíssimo com o interesse de Alberto pela técnica, mas não conseguia entender por que o caçula se recusava a assemelhar-se a ele. Perguntava-lhe insistentemente por que não queria sair para caçar com ele, não mostrava interesse pela luta, por brincadeiras mais rudes, ou melhor, por que tanta aversão àquilo tudo. Por que não se deixava convencer a ir assistir a uma luta de galos ou encaminhar os touros em laçadas para o curral?

A verdade é que o menino podia sentir a dor dos outros seres vivos, mas isso era algo que Alberto, por prudência, guardava para si.

Não tinha a menor necessidade de participar das bravatas do pai e dos irmãos, assim como mais tarde nunca procurou tal comportamento em outros. Sentia-se mais feliz na companhia dos livros ou na paz da regularidade mecânica. Esta última ele encontrava no ritmo das facas ao descascar feijões, mas também ao manipular os carretéis do tear de Guilhermina.

— Você não acha que está na hora de parar com isso? — gritou Henrique certo dia ao encontrá-lo tecendo.

Alberto explicou que a urdidura e a trama, o bombear de um poço e de um sifão surtiam nele o mesmo efeito que o ritmo de um volante, um pistão ou um cilindro; que a técnica de alinhavar e atar não o fascinava menos que a pressão e a extensão do vapor.

No final, o pai teve de se conformar com o fato de o caçula não se parecer com os irmãos e se entregou com paixão à única fascinação que os dois compartilhavam: a mecânica se tornou o elo entre eles.

Agora que os negócios prosperavam, Henrique investia em tudo o que era invenção e novidade. Seu cultivo estava a tal ponto automatizado que o café, desde a colheita até o embarque, não passava mais por mãos humanas.

Nesse parque de diversão da mecânica, com a ordem imperando entre o verde indomesticável, com toda a sua vida e o seu movimento, Alberto passava muitos dias desde a doçura da hora matinal, em que o café fresco era transportado dos campos, até tarde da noite, quando partiam rumo ao barco.

Transportados pelas locomotivas, vermelhos como cereja, os frutos frescos, duros, chegavam à estação central de Ribeirão Preto. Com ajuda de funis enormes, ali eram distribuídos em bacias enfileiradas nas quais a água era mantida fresca pelo contínuo movimento. Uma corrente efervescente limpava o carregamento, levando consigo lama e parasitas, britas e cascalhos. Através de redes largas, que retinham gravetos e folhas, os frutos eram resgatados das bacias e enxaguados.

Uma cascata de água, da cor do sangue por causa das cascas púrpuras molhadas cintilando ao sol, levava na sequência os frutos imaculados ao despolpador, uma máquina que os amassava e abria para soltar da polpa crustosa os dois grãos contidos em cada fruto.

A partir daí o processo se tornava mais crítico, porque, sem a couraça, a polpa do fruto se fragilizava como um coração fora do peito. Rolando, os grãos continuavam seu trajeto através dos tubos longos com as extremidades enviesadas onde giravam no ar quente até que o calor os secasse por completo. Ao cabo desse processo, colocados em contentores, eram erguidos cuidadosamente por elevadores e levados até o próximo galpão, onde voltavam a ser peneirados. Com outro elevador, ascendiam mais ainda para serem atirados do alto no descascador, a máquina que retirava a membrana dos grãos. Esse era o procedimento mais delicado: se o espaço entre as lâminas e os grãos fosse grande demais, estes não eram descascados; se fosse muito estreito, se quebravam.

Os grãos pelados eram transportados por um conduto de cobre grande e cônico, que os distribuía de acordo com a qualidade e o formato, desde os menores, mais baratos, até os mocas, mais finos e redondos. Conforme a aparência, eram finalmente pesados e, através de finos funis, apanhados em sacos de juta, que, uma vez cheios, eram fechados e cosidos de maneira completamente automatizada.

As sacas prontas para ser despachadas eram providas das etiquetas corretas e conduzidas pelas esteiras transportadoras até os vagões do trem, que, com o carregamento completo, rumavam para a estação de baldeação, de onde o café era transportado até os navios que já estavam à sua espera.

Alberto, com o passar do tempo, acabou conhecendo cada uma das máquinas. Se via que algo em algum lugar corria o risco de travar, corrigia o defeito sem chamar nenhum dos supervisores. As máquinas que mais risco tinham de apresentar algum defeito eram as de filtragem. Emperravam de duas a três vezes por semana. Alberto reparara que, em todo o processo, eram as únicas máquinas que, em vez de rotar, faziam um movimento lateral, impulsionadas por uma alavanca.

Uma vez que aquilo parecia um ponto fraco a Alberto, apesar de sua pouca idade o garoto surpreendeu o pai com um presente em seu aniversário: o desenho de uma máquina de filtragem movida sobre rodas e rodinhas.

Henrique recebeu o presente com a benevolência de qualquer pai ao receber um desenho do filho: um exagerado elogio. Lançou ao papel uma segunda olhada, estudou-o, abaixou o braço, olhou para o filho, ergueu o braço, examinou outra vez o esboço, anuiu com o queixo, não disse nada, mas bateu no ombro de Alberto como fazia com seus camaradas.

Henrique deu a seus engenheiros a ordem de construírem a máquina de acordo com o desenho. Feito isso, as sete máquinas funcionaram semanas a fio sem precisar de qualquer manutenção.

Quando Alberto fez doze anos, a confiança de todos em sua competência técnica era tamanha que fizeram dele um maquinista. Para diversão geral, ganhou um avental de couro de foguista na medida de seu corpinho mirrado e um barrete de maquinista enorme que lhe chegava até abaixo das orelhas.

O primeiro passeio sozinho ele fez na Baldwin, a maior das locomotivas, sendo objeto da comoção geral e alvo de rezas da mãe. Terminada a corrida, até ela passou a acreditar que o filho sabia o que fazia, e depois disso, quando algum maquinista estava de cama com febre amarela, lá ia ele substituí-lo.

Estar por detrás do volante, arrancar com todo o seu ser, determinar por si só a velocidade, cada vez mais rápido, deixando os outros para trás...

Dirigir a vida para onde se quer!

Uma vez ou outra, em trajetos que ninguém via, já a todo vapor, Alberto deixava o seu posto, içava-se sobre a parte dianteira abaulada de aço e escalava o colosso trepidante. Buscava se equilibrar, erguia-se até conseguir se manter de pé, o vento quente e úmido quebrantando-lhe o corpo. A contrapressão era por vezes tão forte que o menino se inclinava para a frente e conseguia se manter imóvel. Acontecia de cambalear, mas ao final recuperava o equilíbrio e se mantinha como estava.

Das duas, uma: ou nos deixamos cair diante da primeira resistência, ou a usamos justamente para nos elevarmos.

A exemplo do navio que singra as ondas, lá ia ele, singrando os ares, com os olhos fechados e os braços abertos.

4
Viagens mirabolantes

Do lado de fora, maquinaria, livros do lado de dentro. Os últimos eram sua outra grande felicidade. A casa à beira do ribeirão Preto estava cheia deles. A partir do anoitecer, às seis, Alberto começava a ler e não parava mais.

Seus pais, que tiveram de se conformar com o fato de o filho não ser como as outras crianças, tentavam direcionar suas leituras: se chegava uma coleção sobre a vida dos santos, dona Francisca a deixava por perto, assim como quem não quer nada. Já Henrique preferia vê-lo às voltas com manuais técnicos, e certo dia lhe deu sua antiga apostila com a sinopse do programa escolar da École Centrale des Arts et Métiers.

O papel ácido, do qual jamais conseguira se desfazer, tinha sofrido sob as condições dos trópicos tanto quanto ele próprio. A umidade os deixara mofados e quebradiços, mas Henrique continuava a sorrir para encorajar o filho, mesmo quando, ao virar as páginas, os cantos do papel se pulverizavam entre os dedos do menino.

Nenhum livro agradava mais a Alberto que o *Histoire des grands voyages et des grands voyageurs,* de Júlio Verne. A partir do momento em que retirara a coleção do suave papel de embrulho azul, a magia em torno daquelas histórias nunca mais seria igualada por nenhum outro livro. Todos os dias o pegava em mãos, lia e relia. A cada vez, seus sonhos o elevavam por cima daquelas páginas enquanto começava a ver o mundo pela ótica de Verne.

No início, quando seus conhecimentos da língua francesa ainda eram insuficientes, perdia-se nas ilustrações das paisagens desoladas e cruelmente ameaçadoras, nas quais mergulhava sem a menor dificuldade, em companhia das figuras desenhadas, tremendo entre montanhas de gelo, fugindo das labaredas nos arquipélagos, deslizando para dentro de grutas de cristal. Suava em busca dos veios de ouro do Yukon e limpava os ponteiros de cobre e os botões de instrumentos do Nautilus até que brilhassem.

Ele acreditava cegamente em tudo o que lhe contavam, característica que fazia seus irmãos rirem e se divertirem com frequência.

— Cuidado com ele! — alertava Guilhermina. — Esse menino é feito de vidro!

Ela sempre o fazia rir ou chorar com suas cantorias. Contos de terror era melhor nem pensar; o menino sofria com os sentimentos e emoções dos outros. Em relação aos seus próprios, não tinha nem defesa.

Refugiava-se nos textos em francês, que estudava tão atentamente quanto o professor Lidenbrock fazia com as runas que lhe indicavam o caminho até o centro da Terra. Assim como o professor descia dentro do vulcão inativo, Alberto mergulhava nos contos de Verne, hipnotizado pelo desconhecido, atraído pelos terrenos ainda inexplorados pelo homem. Cheio de emoção, ficava horas a fio imerso em todos aqueles mundos alucinantes repletos de perigos e descobertas inauditas até, por fim - às vezes passada a meia-noite, depois de sua candeia ter se consumido até a mecha e todos terem se retirado a seus quartos -, ser violentamente cuspido dos refolhos de granito de sua fantasia como Lidenbrock pelo Stromboli.

Ainda que, mais para a frente, fosse viajar na vida, nunca percorreria tantas milhas como em sua cadeira, abaixo da candeia, onde embarcava todas as noites a bordo do Abraham Lincoln, do Nautilus ou da cidade flutuante do Grande Leste. Na companhia do lorde Glenarvan, navegou o Duncan; na do capitão Hatteras, o Avante. Com Dolly Branican, foi à procura de Franklin, em busca do Britannia investigou o trigésimo sétimo grau de longitude. Ficou preso no gelo com o Jeune-Hardie e desceu o Amazonas em uma jangada.

A liberdade, pelo que tinha entendido, estava ao alcance de todos. Se não gostasse de algum lugar, não precisava se entregar à nostalgia, era só pôr as caldeiras para funcionar a fim de soltar o vapor e zarpar!

Para isso eram necessários coragem e espírito de empreendimento, conhecimento e otimismo o bastante para enfrentar as objeções dos fatalistas, dos quais sempre havia um em cada livro, andando para lá e para cá, preso a tudo o que era velho e esperando do novo apenas perigo e desastre.

Mais que o fundo do mar, as abóbadas de gelo abaixo do polo e todo o ouro do Klondike, mais que o coração inflamado de nosso planeta ou o lado escuro da Lua, mais que os povos longínquos e as regiões inexploradas, fascinava-o a técnica que levava seus heróis até lá.

Interessava-o, assim como nas plantações, o funcionamento de todas essas invenções modernas, os dados técnicos e a construção exata dos submarinos, as explicações físicas da velocidade vertiginosa que as cápsulas conseguiam atingir e a pressurização do ar que mantinha viva a tripulação dentro delas. Queria aprender a construir os gigantes instrumentos de escavação e as couraças resistentes ao calor, as câmaras da máquina e a plataforma de lançamento, entender a composição da matéria motriz de impulsão, do gás hidrogênio, a força do vapor e a eletricidade.

O que o menino lia não parecia tão diferente das informações técnicas da apostila do pai, e Alberto absorvia as informações das narrativas da mesma maneira que fazia com aquele material.

Eram vertiginosas as possibilidades que se abriam para ele quando tomava conhecimento dos avanços técnicos de seu tempo. Em seu entendimento, Júlio Verne era um verdadeiro cientista, técnico, físico, geólogo, além de geógrafo, mecânico - um abençoado inventor que, através de suas narrativas magnéticas, fazia um relato objetivo dos empreendimentos e das descobertas mais recentes.

Não tinha razões para crer que o autor fosse apenas um visionário, um lunático ou, pior, pouco mais que um escritor romântico. Muito pelo contrário: sua obra ia sendo pouco a pouco impressa e publicada em Paris, segundo Henrique Dumont o centro de conhecimento de todo o mundo. Seu filho interpretava todas as descrições técnicas e científicas de Verne como se tivessem sido divulgadas pela École Centrale des Arts et Métiers e fossem parte de seu currículo.

Que utilidade tem um livro se não espelha uma versão melhorada da realidade? A verdade ele já conhecia. Ela lhe era familiar, cotidiana, pouco absurda e tão previsível que não havia maneira de interessá-lo. Por que ler sobre algo que ele já conseguia muito bem imaginar? O que ele via com seus próprios olhos por toda parte não precisava ser expresso por meio de palavras.

Existem os que não conseguem e se perdem na história de um romance porque nele se brinca com os fatos. A fantasia os deixa inseguros; escoram-se no que já conhecem e se sentem ludibriados assim que se confrontam com algo que lhes parece não existir. Desconfiam de tudo o que eles próprios ainda não experimentaram e praticamente não querem acreditar em algo inventado para eles.

Desse mal Alberto certamente não sofria.

Se algo instigava sua compreensão, era aí que começava a se interessar. Só demonstrava atenção quando o limiar do possível era ultrapassado. O simples fato de que alguém pudesse ter inventado algo já tornava tal feito possível a seus olhos. Se parecia realizável em seus pensamentos, então por que também não fora deles? Era quando começava a avaliar a probabilidade de sucesso, de contratempos e perigos, tentando imaginar os obstáculos para que pudesse superá-los. Quantos mais eles fossem, mais se entusiasmava, porque essas especulações o transportavam para longe do mundo real e de seu marasmo.

Entre os desenvolvimentos técnicos inexplorados que ninguém contava a Alberto serem irreais, Júlio Verne oferecia ao seu coração jovem, que parecia bater ao ritmo de suas frases, ainda outra visão.

Mais que as viagens marítimas, atraíam-no a navegação aérea, os balões que sobrevoavam grande parte de suas narrativas: na companhia de Cyrus Smith, era transportado por via aérea à ilha perdida no mar do Sul; com Servadac colonizava um cometa; a Lua ele rodeava com Barbicane; com o doutor Samuel Ferguson decolou no Victoria a fim de procurar nos céus as fontes do Nilo que Burton e Speke não haviam encontrado por via terrestre.

Após todos os desejos horizontais de seus pais – a ambição do pai e as saudades da mãe –, esses heróis lhe ofereciam um desejo inteiramente novo, sem fronteiras: eles só queriam subir, viajar na vertical. E mais: eles o faziam!

Presunção era o nome que Pompon dava ao desejo humano de poder voar. Citava as linhas que Racine dedicara a Ícaro e seu pai e descrevia sua queda nas palavras de Eurípides.

Desejava manter o menino com ambos os pés no chão, mas, num intelecto como o seu, aquilo tinha efeito antagônico. Saber que antes dele outros haviam sentido o mesmo desafio! Quanto mais nomes seu mestre citava de pessoas que haviam sofrido quedas no passar dos séculos, mais Alberto pensava: "Pode ser, mas, de qualquer maneira, até aquilo acontecer eles chegaram a se soltar da terra por alguns segundos".

Homens que não se conformavam só com os sonhos. Achava-os muito mais corajosos que seus irmãos. Os insensatos que haviam usado seus casacos como asas, as penas presas com cola e as bexigas de porco infladas com ar quente: eles é que lhe serviam de exemplo. Ele ainda era um menino em busca de outros que se parecessem com ele. Não estava nem aí se conseguissem; o importante era que tivessem a coragem de tentar. Sentia-se compreendido. Aqueles sujeitos acreditavam tanto no impossível que agiam em razão dele. Apesar de tudo, mantinha-se a esperança. Existia um traço humano mais atraente que aquele? Eram os mais sensatos entre os tolos!

Aquilo sim é que parecia um traço másculo, não a maneira como seus irmãos agiam: de torso nu sempre lutando entre si ou com outros jovens, movendo-se e gritando de forma grosseira. Seus irmãos, que se vangloriavam de sua bravura, robustos, estavam sempre em combate, brincando de empurrar uns aos outros, belicosos, tão mais fortes que o caçula. Tiravam sarro de Alberto porque o encontravam lendo ou com o olhar perdido. Tinham-se uns aos outros e nunca souberam que uma pessoa podia viver grandes aventuras dentro de si própria.

Os heróis de Alberto eram viris de uma maneira que dispensava a companhia de outros, que os deixava para trás, uma força que amadurecia em silêncio até resumir-se, com valentia, a não terem de provar nada uns aos outros nem a terceiros, mas unicamente a si próprios; uma dinastia de solitários que, enfrentando o sarcasmo, afivelavam a si mesmos um par de asas e voavam de um lado para o outro.

5
Os apanhadores de nuvens

Os homens sobre os quais Alberto lia o faziam pairar por sobre o ribeirão. Ali se encontravam seus pais, em silêncios cada vez mais obstinados. Se falavam à mesa, era para servirem um ao outro velhas feridas em postas escaldantes e racionadas.

Ninguém ficava dentro de casa mais tempo do que o estritamente necessário para as refeições. Assim que cada um fazia o sinal da cruz às pressas, esvaziava-se o ambiente no qual dona Francisca tentara unir a família em comunhão. Ela passava o resto do dia andando sozinha de um lado para o outro, sempre ligeiramente atônita, pelo que parecia, dando voltas sem rumo como uma galinha choca cujos ovos são retirados do ninho. Vez por outra tirava um fiapo das cortinas ou rearranjava as flores de um vaso, como se fosse isso o que faltava ao seu próprio ninho.

Alberto fugia da tristeza da mãe praticamente da mesma maneira que o pai, que, agora, muitas vezes nem mais passava as noites em casa. Seus irmãos e irmãs tinham como refúgio namoradas e namorados ou noivos e noivas; e ele, seus livros. Assim foi que se aprofundou no conhecimento de Verne sobre as correntes aéreas e aerostáticas. O mesmo ocorreu com o conhecimento sobre a pressão atmosférica, o hidrogênio e o fato de que a densidade molecular dentro de um balão é diferente da que existe fora dele. Era essa sua maneira de se esquivar das sombras da discórdia dos pais.

No décimo terceiro aniversário do filho, Henrique lhe deu de presente uma conta na Garnier, sua livraria preferida no Rio, e foi assim que Alberto começou a formar uma coleção de livros com seus heróis.

Admirava inventores como Arquitas de Tarento, amigo de Platão, que construíra uma pomba mecânica que realizava voos curtos. Boquiaberto, conheceu as máquinas voadoras que Roger Bacon, o chamado doutor Mirabilis, projetou em Oxford. Penetrou nos segredos dos métodos de voo que John Wilkins, cunhado de Oliver Cromwell, descreveu em seu *Mathematical magick*. Leu a teoria de Borelli sobre o funcionamento das asas e o estudo de Leonardo sobre os princípios do voo dos pássaros.

Mas amava sobretudo os homens que não se conformavam com um projeto e que, de acordo com seus tratados, passavam à ação, preparando asas, que dobravam a fim de tentar abri-las em seguida; os que se atreviam a dar um salto segundo suas ideias, entregando o corpo à mercê do vento; os homens-pássaros, ou, como Pompon os chamava sarcasticamente, os "cérebros-pássaros": Eilmer de Malmesbury, que, no século XI, permaneceu no ar duzentos metros antes de quebrar ambas as pernas, ou Giovanni Battista Danti, que, antes de chapinhar no lago de Trasimeno, voou um bom trecho sobre as ruas de Perúgia.

Dona Francisca ficava satisfeita quando encontrava o filho lendo. Costumava então sentar-se a seu lado com seu missal, após o que mãe e filho se encontravam na sincronia de um gesto com o braço, para afugentar em pensamento as mariposas atraídas pela lâmpada que iluminava suas páginas.

O interesse de Alberto pelos aviadores parecia pertencer, na visão da mãe, ao terreno dos homens, onde ela pisava tão pouco, como nas galerias das fábricas ou nas plantações. Mecânica era coisa para o marido. As maquinarias pertenciam ao mundo dele, o mesmo das amantes e de outros assuntos masculinos que lhe provocavam tanta dor.

Conversas como as que Henrique tinha com Alberto sobre as mais recentes técnicas britânicas em relação ao vapor ou sobre o funcionamento da central elétrica que havia entrado em uso em Manhattan eram diálogos que ela seria incapaz de seguir. O entusiasmo de Henrique em relação às ideias de Alberto, como a construção de um gerador próprio para a casa na corredeira do ribeirão, faziam-na temer que, como os filhos mais velhos lhe tinham escapado no meio-tempo, também Alberto certo dia passasse para o lado de seu marido.

Ao final, porém, deu-se conta de quão etéreo era o desejo dele; atingir as nuvens era menos importante que ansiar fazê-lo.

Isso, ao menos, ela entendera.

Afinal, eram tantas as coisas fora de seu alcance.

Certa noite, dona Francisca foi sentar-se com o filho. Por um bom tempo, só se ouviam as respectivas respirações e o zunido da mata, os guinchos do filhote de um macaco com pressa de ser alimentado. Passado um tempo, puxou sua cadeira para mais perto dele, pousou-lhe uma das mãos sobre a nuca e passou os dedos por seus cabelos. Alberto deixou o livro cair sobre o colo e fechou os olhos.

Isso acontecera no silêncio da noite. Ele se pusera a pensar sobre as nuvens; ela, seguramente, num patamar ainda alto.

— Você sem dúvida já soube. Sobre o Gusmão — falou por fim, em tom de confidência, como se se tratasse de alguém que conhecessem. — Não vai me dizer que se esqueceram de mencioná-lo nesses seus livros — emendou, quando o filho não ligou de imediato uma coisa à outra. — Bartolomeu Lourenço de Gusmão!

— O Padre Voador...

— Nós o conhecemos, sabia? — Tratava-se ali do orgulhoso "nós" que dona Francisca utilizava e que podia se referir a qualquer membro de sua genealogia, do século que fosse. — É possível que os livros não falem dele, cada referência histórica é apenas uma entre tantas outras, mas entre nós, sim, comentou-se a respeito. Um dos nossos parece até ter sido testemunha...

— Ocular? — perguntou Alberto, sem perder tempo. Ele havia lido sobre ele, e quanto! O único compatriota nas escrituras, um jesuíta brasileiro, o voador, o primeiro que construíra um veículo que demonstrara ser mais leve que o ar e no qual ele embarcara. — Um de nós estava no pátio interno do palácio?

Dona Francisca franziu as sobrancelhas.

— Pátio interno, pátio externo, o lugar exato não tem importância. No reinado de dom João V todos os portões de Lisboa estavam abertos para nós. Fosse qual fosse a corte, ali estávamos.

— Um dos nossos viu Bartolomeu de Gusmão voar? Como é possível que eu não tenha ouvido isso antes?

— Nós estivemos presentes em tantos acontecimentos históricos! — exclamou, sacudindo os ombros para afugentar o pensamento. — Se nós tivéssemos de enumerá-los, uma vida seria curta demais. — Abriu o leque num rompante e abanou na direção de ambos, de maneira que o frescor chegasse também a Alberto. — Pelo que me contaram, ele se elevou vinte pés do chão, o padre Bartolomeu, diante do olhar do casal real e do cardeal Conti, que depois seria papa, não sem ajuda nossa; mas o que agora importa é que ele era jovem, não tinha chegado nem à casa dos vinte. Tinha entregado o plano de construção de um veículo aéreo, que foi aprovado. Ao que tudo indica, ele havia sido brilhante, porque, diante de todos aqueles olhares, tinha se elevado vinte pés. Vinte pés!

— E que aparência tinha o veículo dele?

— Pelo que me contaram, a de um charuto de papel, mas não sei ao certo.

— Papel.

— Papel colado em forma de tubo, não me pergunte como. Tinha pendurado na parte inferior um receptáculo com carvão, de modo que todo o artefato rodopiou com o ar quente, para o alto, cada vez mais, como as partes rasgadas de uma carta de amor indesejada queimando na lareira, subindo pela chaminé. Cada vez o colosso subia mais, sim senhor, com jesuíta e tudo. No final, o zelador ficou com medo de que as cortinas diante das janelas da torre pegassem fogo. Atirou sobre ele uma bacia com água para apagá-lo, e com isso Gusmão despencou sobre os sapatos de Sua Santidade, o futuro papa Inocêncio. O que estou lhe contando – o Todo-Poderoso é testemunha – vem diretamente da boca dos seus antepassados!

— E então?

— E então nada. A Inquisição declarou que a propriedade dos céus era Daquele que os criara. Encontraram uma citação na Bíblia com base na qual Gusmão poderia ser perseguido. Foi então que ele destruiu o invento, passou à clandestinidade em Alcântara e fugiu no primeiro navio com destino ao Brasil. Morreu na indigência, sem glória e esquecido.

Ela fez o sinal da cruz.

— Não há dúvida de que é uma coisa boa tentar ganhar nesta vida um par de asas, meu bem, mas criar as próprias asas e batê-las não costuma ser visto com bons olhos. — Segurou a mão do filho junto à bochecha por um tempo e fechou os olhos como se se tratasse de uma despedida. — Ah, Deus meu, se eu pudesse proteger você, se alguém que ama pudesse proteger a pessoa amada, eu daria a vida por você, sem pensar duas vezes, sabia? Pode imaginar a minha aflição? Rezo todos os dias para que você seja poupado dos infortúnios da vida, mas as minhas preces não serão atendidas. Afinal, quando olho para você, meu menino, percebo que nada posso fazer para ajudá-lo!

Alberto preferiria que ela lhe devolvesse sua mão, mas a mãe não afrouxava a pegada, de maneira que acabou cingindo-a com o braço livre e lhe acariciou os cabelos.

No dia seguinte, ela não pareceu envergonhada da cena que fizera, e sim, pelo contrário, mais tranquila que em muitos anos, mais íntima do filho, como se ambos compartilhassem algo que excluía todos os demais.

Com exceção daquela vez, jamais voltou a tocar nesse tema.

A aliança entre os dois a partir de então passou a se manifestar num discreto balançar de cabeça de aprovação sempre que dona Francisca o encontrava absorto na leitura de Júlio Verne, numa piscada à mesa ou no cuidado com que recolhia no final do dia todos os livros do filho, espalhados pela casa ou na varanda, para que ele os encontrasse pela manhã cuidadosamente empilhados: sempre limpava com a manga do vestido as marcas gordurosas dos dedos nas capas, dispondo com leveza um livro exatamente sobre o outro, os maiores por baixo, os menores por cima, tamborilando sobre eles os dedos, satisfeita, em sinal de boa-noite.

6
A arte de voar

A primeiríssima xícara de café, quem fez?

É possível ter vontade de algo que nunca se experimentou? O desejo por algo que não existe, pode ele ser tão intenso que no final se acabe pensando "não sei como se faz nem de onde vem, mas hoje vou tentar preparar uma jarrinha". Não se sabe o que é nem que gosto tem; não se sabe nem mesmo se aquilo não mata quem resolver beber. Talvez seja uma beberagem insípida. É o mais provável. Mesmo assim, decide-se que é assim que tem de ser.

Receber uma maçã na cabeça, como Newton, para descobrir que tudo cai para baixo e não para cima é uma coisa. Basta genialidade; mas idealizar todas as etapas necessárias até que uma xícara de café chegue à mesa, isso já é coisa de louco.

Para começar, é necessário ir à procura de uma floresta selvagem muito acima do nível do mar, uma região com índice pluviométrico nem muito alto, nem muito baixo, com incidência de sol razoável, mas não exagerada. De todas as plantas que lá crescem, qual escolher? E após escolher, só Deus sabe por quê, o gênero *Coffea*, de uns doze metros, calculando de forma grosseira, escalar a planta, correndo o risco de morrer.

O que é que se colhe? As folhas, como se faz com as plantas de chá? Opção é o que não falta, porque o ciclo de florescimento e amadurecimento da planta do café recomeça após cada temporada de chuvas, de modo que os frutos vermelhos e verdes surgem todos ao mesmo tempo. Como é que se determina quais são os corretos, se ninguém antes fez uma pesquisa sobre isso? E então se desce com um punhado deles, sem machucá-los, para depois descobrir que a polpa não é comestível.

Ainda assim, essa pessoa não se dá por vencida.

O que é esse impulso que a move?

Alguém sensato diria: perda de tempo, vou beber o que tenho em casa e fazer algo de útil. A sensatez, porém, é descartada diante da perseverança. A sede prevalece.

Assim sendo, esses frutos são espalhados sobre o chão - não muito perto uns dos outros, porque podem se machucar e apodrecer - e deixados sob o sol forte. Um mês, dois meses, meio ano? Eles são virados regularmente para que não fermentem, até que se decide fazer fogo para tostá-los. Aí é esperar os grãos perderem toda a umidade ou ficarem marrons, ou então aguardar até que estejam cozidos ou que rachem e se abram. Retira-se a pele ou não?

Se depois de muito trabalho se obtém um grão esturricado, este é triturado - talvez pela frustração de ainda não ser comestível - até virar pó e se joga água fervente sobre ele. O resultado é um produto sordidamente amargo, um amargo cortante. Não há a menor chance de que algo assim agrade a qualquer paladar, mas o indivíduo se enche de coragem, já que, no fim das contas, se esforçou demais todos esses meses para que o resultado seja decepcionante; até que, passado algum tempo, parece acostumar-se ao sabor. O sujeito fica tão entusiasmado que pede aos amigos - que já se perguntavam o que ele andava fazendo todo aquele tempo - que o provem. Então planta mais um broto a fim de que, em cinco anos, quando o rebento finalmente se desenvolver e apresentar frutos, possa oferecer mais uma xícara da bebida.

Newton jamais conseguiu isso. Teria de chover café antes de ele ter a ideia de apanhá-lo num guarda-chuva de ponta-cabeça.

No fim das contas, em algum lugar, um indivíduo já há muito esquecido teve de empreender todos esses passos. Por estar com vontade, e fim de conversa.

A vontade de Alberto surgiu em Cabangu. Enquanto ele ainda usava fraldas, quando havia roupas para lavar, Guilhermina o levava dentro de um cesto até o ribeirão, onde deixava a criança sobre uma rocha ao lado da pedra que fazia as vezes de tanque. Assim que ele começava a chorar pedindo atenção, ela apagava o cachimbo que sempre tinha entre os lábios, limpava-o, enchia-o com água de sabão e assoprava.

— Era tiro e queda para você ficar quieto, Betinho. Nunca falhava — contou-lhe mais tarde. — Você ficava de boca aberta olhando para onde iam as bolas de sabão.

Uma bolha de sabão era, para Guilhermina, um veículo de seus antepassados. Ela sempre as encontrava em todos os lugares. Presas entre as raízes aéreas, nadando na companhia das trutas, dançando entre a neblina que se elevava dos cafeeiros após a chuva. Às vezes, parava quieta de repente, apontando com os olhos esbugalhados para algo que ninguém mais via, e murmurava uma de suas preces africanas.

Ninguém a levava a sério, exceto nos dias em que se vestia como sacerdotisa. Era quando aparecia com o olhar esgazeado, uma nobreza espiritual que dissuadia qualquer um de se aproximar. A caminho de um ritual, vestia uma túnica de renda alva e larga, e tinha a cabeça coberta por algo indefinido, alto e branco. Em suas cicatrizes, em cada bochecha três incisões rituais, havia vestígios de pó branco. Em volta do pescoço, colares longos formados por dentes humanos que, pelo que ela dizia, tinham sido enxaguados na época de chuvas, junto com a lama do cemitério.

— Com as suas mãozinhas no ar! — Sentia tanto prazer ao contar a história de Betinho e as bolhas de sabão que seus ombros começavam a balançar, assim como os brincos. — E você não tirava os olhos delas, Betinho, enquanto eu torcia os lençóis. E eu dizia para mim: "Este aqui é um que qualquer dia vai sair correndo atrás dos espíritos dos mortos!".

Batia palmas e balançava a cabeça. A memória de Guilhermina parecia um instrumento musical distante que a chamava à dança.

Certa noite, estavam sentados na varanda Alberto, a mãe e madame De Saint-Pompon.

— Nenhuma notícia do velho continente — resmungara Pomponette, pois as duas mulheres tinham encontrado uma à outra na saudade. — No meu testamento, os meus afilhados estão à frente de todos, mas, para encabeçar a fila diante do barco de correspondência, eles não fazem o menor esforço. A última coisa que recebi, pela graça de Deus, já mostrei à senhora, dona Francisca. Aquela fotografia do meu sobrinho com o corpo de fuzileiros navais.

— Que orgulhosa a senhora deve estar!

— Daí a ele ser enviado a Tonkin e ter a cabeça vendida por valor irrisório aos chineses, para se juntar ao resto das cabeças dos nossos jovens como enfeite na Grande Muralha, é um pulo. No fundo, uma tia é só uma tia e não uma mãe, a quem se contaria uma atrocidade assim.

— O uniforme — interrompeu a mãe de Alberto —, aquele casaco maravilhoso dele, a senhora me descreveria outra vez, com as ombreiras, os trancelins...?

— Os botões cobertos de ouro.

— Uniformes irrepreensíveis. Ah, os tempos em que eu os via naquele branco brilhante e imaculado! Já nem me lembro mais deles. E lhe digo uma coisa: na época dos meus avós, na Corte portuguesa não se via mais nada além de homens circulando, lustrosos, irradiantes...

Em certo momento daquele falatório, Alberto ergueu o olhar do livro.

O que chamara a sua atenção fora um ponto de luz. Parecia flutuar ao longe sobre as águas do ribeirão. Deslizava vagarosamente. Pouco depois o seguiu um segundo ponto de luz; o menino se levantou e foi até lá.

Tratava-se de pequenas velas de igreja, pavios finos mergulhados em cera. Tinham sido dispostos em globos de papel de linho, uma pequena frota marulhante de luzinhas de ouropel, cada uma envolta por um halo cintilante de insetos.

Era uma dessas noites em que as almas saem para velejar.

Sua capitã de porto estava à frente com a água até a cintura. Na cuia que formava com as mãos, Guilhermina segurava no alto um dos balões cintilantes e, cantarolando, descrevia no ar o movimento das linhas luminosas das velas. Olhava o garoto, mas sem vê-lo, como costumava acontecer quando estava em um de seus transes.

Alberto tinha aprendido a não incomodá-la nesses momentos. Apanhou um dos balões de papel. Não pesava nada. O linho mostrou ser impermeável, forte o suficiente para carregar algo e tão leve que não afundava.

É evidente que o homem que tomou o primeiríssimo gole de café não foi o mesmo que saiu em busca do grão para prepará-lo. Mesmo assim, também bebeu dele. Não é necessário sair à procura de algo para encontrá-lo.

— Os compassos se ouvem daqui, sim senhora... Se há uma coisa que eles sabem fazer é tocar tambor. — Alberto ouviu a mãe reclamar, quando, pouco depois, delirante, voltou correndo para a varanda.

— Cantar os locais também sabem — emendou Pomponette, concordando —, do jeito deles, é claro. Nos barracões daqui eles cantam todas as noites, mas nada que me permita reconhecer alguma melodia. A senhora?

— Ah, a última vez em que ouvi música, música autêntica...

— Mozart, Beethoven.

— Música grandiosa... — dona Francisca deteve-se dois segundos, como se estivesse tentando se lembrar de alguns compassos. — Já nem sei mais.

— Música? Simplesmente me esqueci de como soa. Lá no meu país, lá, sim, tinha no Hotel do Balneário um concerto por mês. Depois deles eu voltava para casa cantando, ou melhor: dançando!

— Pois é, dançar. Isso também é dessas coisas, quando é que nós ainda podemos dançar?

— Pois é, minha senhora, na mesma medida em que temos ocasião para festa, ou seja, nunca. Liszt, Brahms; acontece o mesmo que com o meu sobrinho: não se sabe nem se eles ainda vivem! — Nesse momento, contrariando sua natureza, Pomponette ficou quieta, olhando tão espantada para a noite cerrada que dona Francisca se voltou para ela, surpresa.

Foi quando ela fez sua aparição de dentro da mata, deslizando a uma altura de uns cinco metros. A primeira *montgolfière* improvisada de Alberto, feita com suas próprias mãos! Duas, três vezes o balão malfeito atingiu algum galho, pareceu ficar preso neles, enviesado, até que o vento o apanhasse de jeito e o desvencilhasse.

Não era nada especial, apenas um dos balões de Guilhermina, mas de ponta-cabeça, inflado com o ar quente da vela que Alberto pendurara embaixo dele. O papel de linho protegia a chama do vento, de maneira que o calor de dentro o fazia subir. O voo durou no máximo uns dois minutos. O pavio se alongou demais, a chama cresceu e o papel esquentou até pegar fogo, caindo em espiral, como um pássaro atingido por uma bala.

7
São Paulo!

Nuvens de vapor elevando-se das pequenas fábricas, fumaça de fogueiras em quintais, uma nuvem de pó quando algum cavaleiro esporeava o cavalo. O que mais chamou a atenção de Alberto quando se detiveram sobre um dos montes íngremes para admirar a paisagem foi a imagem de uma artéria longa e reta sendo aberta sobre o espigão sobranceiro à cidade, a estrada que viria a se chamar avenida Paulista. Em ruas próximas havia casas de tijolos, em volta das quais, em meio ao verde, se viam por todos os lugares alojamentos de madeira.

Observou as pessoas ocupadas com seus afazeres, uma pressa, um vaivém sem sentido, a esmo, parecia-lhe dali. Na grande praça diante da igreja, viam-se tendas num espaço de festas apinhado de gente. Alguns grupos tocavam música, mas toda a alegria era levada pelo vento.

Era assim que ele mais amava as pessoas. Sentindo as vibrações sem sua gravidade. Sabendo que ela estava presente, toda essa energia que demandavam e produziam, mas estando ele a uma distância segura para não sofrer nenhum choque.

Os escritórios empresariais de Dumont se encontravam nessa cidade, que não tinha muito mais a oferecer que a fazenda com as plantações. Henrique de vez em quando viajava para lá, onde ficava uma semana ou mais e de onde voltava cheio de histórias sobre seu tédio. Se alguém pedia para acompanhá-lo até lá, Henrique sempre dava um jeito de indicar que não valia a pena.

Naquele ano, porém, as quermesses prometiam ser maiores do que nunca, e Alberto tinha amolado tanto o pai que este não tivera como recusar. As celebrações em todos os lugares atrairiam mais gente que o normal. O calendário marcava 1888. A Lei Áurea da princesa Isabel acabava de ser aprovada, que fazia do Brasil o último país do Ocidente a abolir a escravidão.

Assim como a maior parte dos proprietários de terras, apesar de ser a favor da igualdade, Henrique não soube de imediato que posição adotar. Fazia muito tempo que tinha alforriado Guilhermina e os outros empregados de sua casa, mas os lavradores e os operadores de máquinas ainda não, uma negligência com a qual ele não sabia como lidar, agora que deveria tratá-los como iguais.

Com todas as mudanças políticas, o grito a favor da República cada dia mais sonoro e um quê de revolução no ar, o pai de Alberto não podia deixar dúvidas no que dizia respeito a suas ideias. Precavido, convidou Guilhermina e os seus para viajar até São Paulo por ocasião das festas, explicitamente na condição de membros da casa, e não como serviçais.

— Assim como os deuses, não vou deixar que façam pouco de mim — rosnara Guilhermina, enquanto avaliava o vestido que Henrique tinha mandado confeccionar para ela. — Isso aí é uma bandeira que o senhor quer levantar para mostrar para todo mundo as suas boas intenções, e o mastro para ela sacudir ao vento sou eu.

Tinha deixado o fino tecido de seda deslizar por entre os dedos. Aquele amarelo ficaria bem nela. Segurou o tecido à contraluz. A luminosidade o atravessava.

— Que horror — Henrique, ofendido, estendeu o braço para que ela entregasse o presente de volta. — Espero que sirva na madame De Saint-Pompon. Ela e o marido viajam conosco. É aos cuidados dela que vou deixar o Betinho.

— Quer dizer que é essa a minha recompensa por todos os anos que dediquei à sua família? Confiar o menino a outra pessoa? Quer dizer então que vão tirar de mim tudo o que me é mais precioso?

Guilhermina tinha estendido a roupa em frente ao corpo, balançando de um lado para o outro o tecido maleável para fazê-lo rodopiar.

— Bom, então acho que vou aceitar, meu senhor. — Magnanimamente, acabou levando a mão ao coração. — Em troca de uma oferenda, até os deuses se fazem de cegos, não é mesmo? E quem sou eu para implicar desse jeito?

A festa acontecia não muito longe do escritório principal da empresa de comércio, onde os Dumont estavam alojados. De noite, na cama, Alberto ouvia as gargalhadas nas ruas e a barulheira que durava quase até o sol raiar.

Ficar deitado numa cama enquanto os outros vivem!

Sentia-se tristemente feliz com as danças ao longe, sem ele.

Talvez estivesse nascendo ali sua aversão vitalícia à soneca após o almoço: saber que há vida do lado de fora, mas que passa ao largo dele e continua acontecendo com a mesma alegria sem que ele tome parte nela.

Alberto amava as pessoas, e como! Amava-as tanto — Deus, se elas soubessem! —, tanto e com tanta intensidade, que talvez as amasse mais do que elas a si próprias e umas às outras. O único problema é que não sabia como gerenciar e expressar esse amor!

Na segunda manhã, seu pai o convocou ao seu escritório. Era todo forrado com madeira de nogueira, trabalhado com elementos de cobre reluzentes, cintilando com os raios de sol que penetravam no aposento, filtrados pelo violeta dos dois jacarandás em flor. Como elementos clássicos se encontravam naquele espaço grandes livros e relatórios anuais encadernados em couro verde.

Henrique ordenou a seu auxiliar de escritório que o deixasse a sós com o filho e abriu o livro-caixa.

— Os seus irmãos já eram crescidos quando nos mudamos para Ribeirão Preto — disse —, mas você cresceu em meio a plantações. O espírito deles foi estimulado pela construção da ferrovia. Ótimos meninos, não digo o contrário, excelentes homens, e me orgulho deles, mas seus interesses estão voltados para a construção.

Então se calou por um momento. Viu um carro com participantes das quermesses que anunciavam com megafone as brincadeiras que apresentariam naquela tarde.

— A verdade é que um homem costuma seguir o caminho que já vem percorrendo. Você... — Pousou uma das mãos no ombro do filho. — Você acompanhou todo o processo que envolve o cultivo do café. O seu convívio com as pessoas é tudo, menos fácil, mas você consegue compreendê-las, e isso é algo que agrada. Não passam despercebidas para você, e essa é uma qualidade rara. Você consegue ler pensamentos. Talvez até bem demais, mais do que elas imaginam. Se alguém se mostra desleixado no trabalho, basta um olhar seu para que se sinta motivado outra vez. Se alguém se dá por vencido, lá vai você encorajá-lo, como já o vi fazer. Faz isso de uma maneira que as pessoas não se sentem ofendidas, não acham que estão sendo chamadas à ordem. Tudo acontece de forma natural. Você acha que não tenho tempo para lhe dar atenção, mas vejo esse tipo de coisa. Que estou sempre ocupado demais para conviver com você... O que é verdade, há coisas que... Você ainda é jovem demais, mas um dia ainda vai entender. Às vezes, um homem não tem muito tempo para dispensar à família. Mas esse é o meu jeito: vejo muito mais do que você imagina. Você conhece as manhas do negócio; brincando, aprendeu a conhecer a maquinaria; é incrivelmente dotado para os trabalhos manuais, é o que sempre ouço dos supervisores que trabalham para mim. Adquiriu conhecimentos de mecânica, quase mais do que eu, tenho de admitir, e o mais importante: você tira disso tudo tanto prazer quanto eu. Estou certo ou errado?

Alberto começou a perceber que a viagem não tinha sido pensada apenas por diversão.

— Em dois tempos você já virou homem.

Essa palavra...

Ele a vinha usando com demasiada frequência.

Adultos que adiantam a maturidade sexual dos filhos; é possível que adolescentes metidos a machões achem isso bom, mas Alberto nunca tinha sido machão. A benevolência com a qual algumas pessoas totalmente desconhecidas se inclinavam e perguntavam com um sorriso de orelha a orelha: "E você, rapaz, está namorando?", o tipo de pergunta que fazia com que ele se encolhesse todo. Mais humilhante só a piscada que davam aos outros adultos presentes, para quem a cena era montada.

— O meu menino — disse o pai, balançando a cabeça —, um homem!

Involuntariamente seu olhar percorreu o corpo de Alberto.

Ele próprio mal se atrevia a olhar para sua imagem num espelho. O pai ainda era uma cabeça mais alto que ele. Isso continuaria assim. Cedendo à insistência paterna, nadava mais frequentemente no ribeirão. E já fazia uns dois meses que treinava com bolas de madeira, mas nem assim seu tórax havia se desenvolvido, não aumentara nem um centímetro. Não tinha um único músculo desenvolvido no corpo, contrariando a expectativa tão grande de todos.

— Ou melhor, quase um homem. — Henrique se viu obrigado a parar de esquadrinhar o corpo de filho. — O que quero dizer é que não falta muito para que você se torne homem. As coisas vão mudar de cara, você já deve ter se dado conta. — Olhou em volta de si no aposento, procurando uma saída. — Em relação a tudo. Certos detalhes...

Não só a seu físico faltava peso. Seu espírito sentia a gravidade da vida, mas não queria submeter-se a ela. Alberto sofria da incapacidade de levar a vida a sério, mas não porque não visse a seriedade.

Perdia-se nos seus desenhos e gravuras, começou a construir *montgolfières* com papel crepom e a soltá-las acima das fornalhas. Na festa junina, havia pela primeira vez feito voar uma pequena frota de *montgolfières* acima da fogueira dos empregados das barracas. Desde então lhe pediam que repetisse isso todo ano no dia 24 de junho. Foi aí que Alberto aprendeu mais sobre peso e volume, sobre a inflamabilidade e a suscetibilidade das correntes de ar, tudo isso em menor escala, claro.

Trabalhava em uma mesa de mogno, escura e pesada como o mosteiro jesuíta em cujo refeitório ela tinha permanecido por um século. Sobre uma cadeira alta, sentado sobre as pernas dobradas, lidava com tesouras, canivetes e cola. As manchas deixadas sobre a madeira, as incisões que fazia sem querer em seu entusiasmo: aquela mesa se transformou num mundo cujo mapa só ele sabia interpretar.

Mesmo que, aos quinze anos, já tivesse passado da idade para esse tipo de brincadeira, fechar as persianas de sua fantasia, que tanto tinha a lhe oferecer, era a seus olhos o mesmo que desfazer um comércio que prosperava; ele simplesmente não podia parar. Se suspeitasse das limitações de seu tempo, Alberto jamais teria enveredado por certos caminhos, mas, como não duvidava das intermináveis possibilidades sobre as quais havia lido na obra de Júlio Verne, não impôs limite a seus pensamentos.

Foi assim que construiu com palha um aviãozinho que funcionou, para o qual concebeu uma hélice e que era impulsionado por pequenos elásticos de borracha de maneira, que subiu pelos ares por força própria, descrevendo um pequeno círculo. Não era intenção de Alberto inventar nada; queria apenas se aproximar das figuras romanescas de Júlio Verne, entender como elas se moviam acima das nuvens. Nesse processo, a magia da ficção incutia nova vida nas irrefutáveis leis da matéria.

— Você tem ideias — disse o pai, retomando a conversa no escritório de São Paulo. — Não há sombra de dúvida, você as tem mesmo, mais da conta que de menos. Uma maravilha. Só posso aplaudir; ter ideias é algo de que um homem precisa. Eu só queria que elas tivessem mais o pé no chão e fossem menos etéreas. Mais voltadas para o fator utilidade. — Puxou a cadeira de Alberto para perto de si e lhe passou o livro-caixa. — Dê uma olhada e me diga quanto se gastou neste mês e quanto dinheiro entrou.

O menino apontou para um erro e fez um cálculo a fim de apresentar um modelo de lucro melhorado. Mas, enquanto Henrique repassava a correção com um olhar de aprovação, Alberto se encheu de coragem e disse, atrevido, que não via seu futuro primordialmente no ramo dos negócios.

— Não senhor! — disse Henrique, rindo. — Meu rapaz, não, nem pensar, você com essa sua cabeça tem uma única utilidade, você não acha? — Ajoelhou-se diante de um pequeno cofre e o abriu. — Escrevi a um antigo mestre meu dizendo que você tem os mesmos interesses que eu e um conhecimento que praticamente se iguala ao meu. *Voilà*, aqui está a resposta dele!

A carta que retirou do cofre e apresentou tinha o cabeçalho da École Centrale des Arts et Métiers.

— Quando você estiver pronto para a grande viagem, daqui a um ano ou dois, talvez até mais, porque alguns rapazes da sua idade amadurecem mais rápido que outros - você mesmo deve indicar quando isso acontecer -, e sentir aquele comichão para sair do Brasil, em Paris há um lugar esperando por você. Não me faça rir, meu menino; com as suas capacidades, não há dúvida de que vai virar engenheiro!

— A França?

— Ah, esse país! Depois de conhecê-lo, a sua vida vai ganhar para sempre novas perspectivas! — Voltou a guardar a carta no cofre. — Quero me assegurar de que, se acontecer algo comigo, alguém saiba o que está aí dentro e como proceder.

— Papai! — gritou Alberto, chocado. — Você fala como se isso estivesse para acontecer!

Henrique parou para pensar: aquele não seria o momento em que um pai puxa o filho para junto de si e o abraça? Apanhou uma pasta de couro do armário.

— Você nunca talhou o seu nome num tronco de árvore?

— Não, papai.

— Como assim, não? Isso é daquelas coisas que todos os rapazes fazem. Eu fiz, os seus irmãos também, ficaram gravados na minha retina os nomes deles no velho cajueiro à beira do laguinho em Cabangu, você sabe qual, aquele com a metade pendurada sobre a água.

— Isso foi antes do meu tempo, papai. O meu nome não está junto aos deles. Nunca me ocorreu fazer isso.

Henrique abriu um livro que continha os nomes de todos os clientes, organizados pelo país de procedência e pelo volume dos pedidos, foi para trás do filho e o leu por cima de seus ombros, sobre os quais apoiou as mãos durante a leitura.

— A única coisa que conta na vida, filho — disse, baixinho —, é deixar o seu nome registrado em algum lugar...

8
O Grandioso Gilvaldo

Quando seu pupilo desceu as escadas, *monsieur* De Saint-Pompon estava encostado na parede, banhado em suor como uma viúva com ardores. Alberto já o tinha visto pouco à vontade, mas nunca mais nervoso que durante aquele passeio noturno por São Paulo que faziam a pedido do pai. O preceptor mexia e remexia nos bolsos de seu longo casaco. Usava seu chapéu de linho branco para se abanar com gestos curtos e irritados.

— Ah, o jovem em questão! — gaguejou, enquanto abria a porta. — Pois é, garoto, essa vai exigir esforço. Vamos lá?

Não quis dizer para onde iam.

— Você e eu? Vamos em frente! — disse, embora desse um passo para trás, como se o calor da rua tivesse lhe dado um tapa na cara. — Não temos escolha. Adiante, porque não vai haver volta, não para um homem.

Foi aí que Alberto percebeu que Pompon havia bebido para conseguir enfrentar o passeio.

— Se soubéssemos tudo com antecedência, não é? — resmungou, desencorajado —, nem empreenderíamos certas aventuras. Eu que o diga: se eu tivesse tido um mínimo olhar previdente, teria ficado em La Rochelle. E solteiro. — Apalpando os bolsos, achou um suspensório, que examinou antes de enfiá-lo em outro bolso. — Enfim, já que vim parar aqui, sigo a minha vocação, sim senhor, a tarefa que Deus me delegou. Você é o meu pupilo; eu, o seu preceptor, assim é que se arranjaram as coisas, e é minha obrigação alertá-lo para os fatos da vida, instruí-lo e contar com riqueza de detalhes o que você deve evitar e como lidar com as surpresas!

— Por que o meu pai está todo cheio de pressa? — perguntara Alberto a Guilhermina naquela tarde. — Em poucos dias ele quer me preparar para a vida adulta. O que há de errado com ele? Vai morrer?

— Sem dúvida. — Ela lhe deu um beijo na cabeça e, como nos velhos tempos, embalou o rapaz contra o peito enorme e negro. — Morrer todos eles vão, um depois do outro, essa é uma das poucas certezas da vida. — Teria brincado com Alberto de cavalinho sobre os joelhos mais uma vez, mas ele já estava pesado demais. — Primeiro eles deixam a vida para trás, mas, passado um tempo, sempre tentam voltar para olhar depois de virar a esquina. De preferência através de mim. Nisso a sua Guilhermina aqui é boa: transmitir a mensagem deles para os vivos. É por isso que digo: passe as mensagens que você quer passar enquanto ainda tem língua para usar. Você nem imagina como isso me agride, Betinho, entrar em transe para rabiscar uma mensagem do lado de lá.

— Mas está acontecendo alguma coisa com ele? Você sabe se ele está com algum problema de saúde?

— Ele me perguntou a mesma coisa, há mais ou menos uma semana. Joguei búzios para ele três vezes: nada. Ele teve uma premonição, foi só isso, meu bem, um pesadelo que se repetiu algumas vezes, como se ele estivesse despencando de algum lugar. "O senhor estava dentro de um ninho", eu disse a ele. "Foi só isso. O senhor estava dentro do ninho e agora está do lado dele."

— As mulheres — começou *monsieur* De Saint-Pompon com a coragem do desespero. Tirou dos bolsos uma faca de queijo, um marcador de páginas e uma caixinha com pomada de zinco, mas voltou a enfiar tudo nos bolsos. — Por onde começar?

Tinham se acomodado diante de uma mesa enorme de madeira numa barraca de música na feira anual. Ele tinha pedido cachaça para si próprio, mas lançou um olhar para Alberto, chamou a atendente do bar e disse ao rapaz que essa noite era o momento perfeito para também experimentar a bebida.

— Bom — continuou —, você já conhece a minha mulher, de modo que não lhe posso mentir dizendo que falo com conhecimento de causa, exceto do que sei com certeza: ela é uma mulher.

Ergueu o copo, esticou-se para trás como se sua missão tivesse sido cumprida e deu um merecido gole.

— Ela é uma entre tantas — repetiu. — Não se assuste por causa disso. Há as outras.

O jovem provou a bebida. Doce como xarope, ela lhe provocou comichão por detrás dos olhos.

— Eu garanto — disse Pompon, como se o tivessem contradito. — Há um monte delas. Se não dá certo com uma, pode dar com a seguinte, entendeu?

Por um instante seu olhar se fixou na atendente, que tinha retirado uma mesa mais à frente e agora se inclinava para esfregá-la com um pano molhado. Remexia-se discretamente ao ritmo da música da banda de cordas no palco.

— Não que eu tenha alguma vez cedido à tentação. Meu Deus, ela me mataria! — Apareceram dos bolsos um limpador de cachimbo e um pote de tinta. Estudou-os rapidamente. — Mas o que quero dizer é que não estou curado. É raro acontecer o que você espera, mas, quando chega a hora de dizer o "sim", já não há mais volta. Você acaba achando uma maneira. Sim, deixe-me já ir avisando, agora que tudo em você é desejo: há uma trilha que não o leva obrigatoriamente ao paraíso, como elas nos querem fazer crer, mas tampouco irrevogavelmente ao inferno. Não, apesar dos pesares, não me deixei dissuadir da ideia como um todo. — Falava com aquele tom triste que adotam entre si os homens que sabem que sua bravura foi reduzida a palavras por causa da vida. — Quer dizer, das mulheres. Do fato de que elas existem.

A atendente jogou o pano para cima do ombro e desapareceu de cena com uma pilha de copos.

— É este o conselho que eu queria dar a você hoje: não há nada que possa fazer um homem andar para trás. Trata-se de uma bênção e de uma maldição ao mesmo tempo. Uma vez que a coisa acontece – e eu parto do pressuposto, de acordo com as leis da natureza, de que isso já aconteceu com você –, uma vez que a coisa arranca, pelo resto da nossa vida fica algo em nós, rapazes, homens, como explicar, que faz com que o desejo sempre reapareça. — Secou a testa, não insatisfeito com a maneira como vinha se desempenhando até o momento em sua missão. — Se bem que, se tudo estiver em ordem, você próprio, hã, como dizer, você próprio já deve ter percebido.

O pupilo, para se livrar daquilo, assentiu secamente, como quem já sabe de tudo.

— Que ótimo! — Pompon bateu as mãos nos joelhos, soltou um profundo suspiro de alívio e olhou ao redor como se sua vida, agora que tinha conseguido uma segunda chance, tivesse se enchido de cores. — Bom, eu digo "ótimo". — Seu rosto se anuviou outra vez. — Mas tão ótimo também não é. São várias as implicações disso sobre as quais ainda tenho de conversar com você. O seu pai considerou chegada a hora de eu falar com você sobre determinados assuntos. Isso porque não é tudo apenas ótimo, aleluia e amém. E, já que você quase não tem contato com garotos da sua idade, não queremos que dê um passo em falso por falta de conhecimento da causa. A higiene, por exemplo. Você vai concordar com a importância que ela tem, não é? Além disso, deve ser sempre cauteloso e o mais reservado possível, pois Deus nos livre se... E de preferência não dedique os dias inteiros ao que, por assim dizer, as suas mãos gostariam de fazer. Esse tipo de atividade, mas também... — Olhou para o pupilo, esperançoso, quase implorando. — Meu bom Deus, que glória seria não precisar passar por tudo isso: quem sabe você já não fez sozinho as suas descobertas?

Alberto refletia, com a mente frenética, mas um palavrão profano em alto e bom som vindo do quarteto se adiantou à sua resposta.

Parecia algum tumulto. O violoncelista tinha sido derrubado por uma senhora exaltada que brandia os braços esticados no ar.

— Achei, ali estão eles! — Era Pomponette. Chegava, diligente, e acenava, seguida por dona Francisca, o rosto vermelho por causa da agitação. — Dá para acreditar? Estão sentados aí na maior pachorra, veja só, sem nem ideia do que está acontecendo!

— Rapaz, você tem de vir agora comigo. — A mãe de Alberto o apanhou pelo braço e o puxou. — Imediatamente!

— E você, senhorito, esqueceu o juízo em casa? — perguntou Pomponette ao marido em tom de reprimenda. — Os dias passam enquanto você e o rapaz não tiram os olhos dos livros e, agora que a coisa está para acontecer na frente do nariz dele, você o esconde aí num canto e fica contando balelas!

— Estou tentando instruir o rapaz sobre as coisas da vida.

— Dá mesmo para ver — disse Pomponette com um olhar de censura em direção aos copos sobre a mesa. — Devia ser uma conversa profunda essa que eu atrapalhei.

— Não se preocupe, minha querida — Pompom deixou uma nota sobre a mesa como gorjeta. — Você aparecendo por aqui na verdade só corrobora a minha teoria.

Na praça da Sé havia começado um tumulto em volta de um colosso que pouco a pouco foi se inchando. Era uma lona festiva, balançando no ar em grande amplitude, azul-índigo, ocre e laranja-amarelada, curvando-se em altas ondas. Quando Alberto chegou correndo, aquilo já tinha se alçado sobre sua cabeça. Um balão de verdade, ainda cheio só pela metade, abaulado em toda a sua amplitude, a ponto de ganhar vida.

Logo em seguida, e isso já acontecia, chegou aquele momento de tirar o fôlego em que o pedaço de lona é tão abastecido de ar quente que sobe, vagaroso, formando aqui e acolá dobras pesadas até que estas também se inflam, enchendo-se todo o colosso, completamente. Um suave zunido se fez ouvir pela corrente de ar dentro do material. O abastecimento contínuo de calor criou vida entre as nuvens de temperaturas desiguais. As nuvens se chocavam, à procura do caminho mais curto em direção ao alto, até que se encontravam e, de repente, se uniam, contraindo-se. A violência do ar quente fez com que o colosso com toda a sua matéria se enviesasse e, com um arranque - um cesto de vime pendurado debaixo dele, inclinando-se e raspando por alguns metros o paralelepípedo do solo -, aquele pedaço de lona velejante subiu com rapidez.

Isso tudo diante dos olhos de Alberto.

A forma do balão tornou-se visível, com o nome do viajante gravado nele: O Grandioso Gilvaldo!

Nesse momento o artista apareceu num salto, os braços erguidos: Gilvaldo em pessoa! Veloz e destro, subiu pelas cordas e pulou para dentro do cesto, que, agora que o vento soprava na direção do balão, balançava de maneira assustadora.

Enquanto seu assistente enchia o balão com o ar que faltava, o viajante aéreo acenava já confiante para os espectadores, localizados cada um em um dos lados do balão. Com um gesto grandioso, Gilvado fez sinal a um grupo de músicos com instrumentos de sopro, os quais explodiram com a *ouverture* de *Guilherme Tell*.

A navegação aérea, no início, não servia a nenhum objetivo.

Durante um século, a invenção dos irmãos Montgolfier não tivera em vista nada além de diversão. Nenhum homem conseguira controlar e equipar um balão. Menos ainda direcioná-lo. Quem subia aos ares não sabia nem onde nem quando voltaria ao solo. Assim sendo, o transporte de correspondência, carga ou passageiros por ele não tinha sentido. Voos livres, sim, eram feitos por amadores, mas eram frequentes os acidentes e os desaparecimentos, tanto de pessoas como de materiais dispendiosos.

Durante um longo período, o princípio da ascensão era demonstrado apenas por divertimento, para cima e para baixo, na maior parte das vezes em combinação com fogos de artifício, acrobacias ou outros tipos de malabarismos. Os balões propriamente ditos continuavam atados ao solo, como ursos selvagens numa feira.

O Grandioso Gilvaldo apanhou uma buzina e trombeteou, anunciando que, uma vez lá em cima, se empinaria sobre o cesto e então... Indômito, imponente, desprotegido, impressionantemente irresponsável, desatado, diante de todos os olhares, daria uma volta sobre a beirada dele! Em seguida fez o sinal da cruz e, com o olhar erguido aos céus, exclamou: "Santa Mãe, aí vou eu!".

A orquestra de sopro repetiu os primeiros acordes de Rossini no momento em que, com um solavanco, o colosso ganhou os ares – nos primeiros cinco ou seis metros, arrancou velozmente para criar efeito, e depois, senão o espetáculo acabaria rápido demais, moveu-se tão vagarosamente quanto o assistente de Gilvado, no solo, deixava a corda de segurança deslizar pelas luvas de couro.

A facilidade, que falava por si só, com a qual uma pessoa superava sua condição humana diante dos olhos de Alberto! A grandiosidade daquilo talvez fosse o que mais o impressionava. Não sabia o que esperar, mas certamente não gracilidade, de algo do tamanho de uma casa que se elevava. Mesmo cercado pelas notas do galope suíço de Rossini, parecia haver em volta do balão flutuante uma alma, um silêncio, algo autônomo. O viajante aéreo estava agora sobre o portal da catedral. Passou pelo campanário da torre barroca para, a partir desse ponto, subir verticalmente, mais e mais alto.

Alberto agarrou o braço da mãe. Dona Francisca segurou a mão do filho com firmeza contra a cintura, na dobra do cotovelo fechado de emoção; o jovem não tinha dúvida de que a mãe estava vivendo a mesma euforia que ele.

Até que, de repente, ele se deu conta de que algo estava acontecendo. Talvez fosse a respiração entrecortada da mãe, tão desigual na comparação com a sua. Algo o fez olhar rapidamente para o lado.

Sua mãe estava com o olhar longe do viajante aéreo, nem mesmo olhava para cima. Tinha o olhar fixo à frente, rígida e consternada. Olhava horizontalmente; era a única a fazer isso entre todas aquelas pessoas em São Paulo. Hipnotizada, como se o milagre estivesse se processando na praça em vez de no céu, sobre a cabeça de todos.

Alberto tentou seguir seu olhar, ficou na ponta dos pés, apoiou-se sobre o ombro de alguém, afastando outro para lá e, bem entre duas cabeças, avistou o pai.

Henrique estava do lado de lá. Entre a aglomeração que acompanhava do outro lado a subida do balão.

Ali se encontrava seu pai o tempo todo, não ciente de que sua mulher e seu filho também estavam presentes. Ignorava o fato de que ali estavam porque, como todos os demais, tinha o olhar voltado para cima. O mesmo fazia a jovem de braços dados com ele.

Tinha uma das mãos apoiada no peito de Henrique, assim como a cabeça, como se mal ousasse olhar para aquele espetáculo temerário. Sob a segurança daquele braço que a cingia, espreitava acanhadamente, vez por outra.

Ali estavam ambos, íntimos.

Alberto tocou a mãe, que saiu de sua hipnose com um susto. Pôs-se a sorrir no mesmo instante, passou a mão por seus cabelos, deu um suspiro profundo e, como os demais, voltou o olhar para o céu.

Pois é, ali havia também todo um mundo.

Ali ia Gilvaldo, o sortudo. Quanta alegria, quanta tranquilidade! Bem acima de todos, a uma altura duas, três vezes superior à do campanário. E continuava subindo.

9
Tudo o que sobe...

O Grandioso Gilvaldo parecia ter sido tragado pela noite.

A parte inferior do balão, e isso a uns cem metros de altura, tinha perdido sua cor no luar. Era agora não mais que uma esfera vaga, longínqua... Aqui e ali, as pessoas recomeçavam a falar umas com as outras, a grande maioria massageando a própria nuca dolorida.

Henrique tinha soltado a namorada. Cada um tomou uma direção diferente, perdendo-se na multidão.

Ninguém falava a respeito, a Alberto, então, nem pensar, mas era um segredo público que o casamento de seus pais havia sucumbido à tensão entre ambos. Essa mágoa nunca foi mencionada por dona Francisca, mas sempre pairou sobre sua cabeça.

Alguém gritou. Outra pessoa apontou. A atenção de todos se voltou outra vez para cima.

Via-se fumaça.

E chamas!

O Grandioso tinha soltado dois rojões: um verde, o outro vermelho. A orquestra de sopro iniciou a marcha triunfante de *Aida*, ao que o aventureiro escalou para cima do cesto, num gesto exibido. As luzes coloridas dançavam sobre o balão, enquanto ele, um pé após o outro sobre a beirada, procurava se equilibrar.

As mães taparam os olhos dos filhos com a mão. Gritos reverberavam pela praça. Alguns temiam que o homem ali em cima escorregasse e caísse, mas outros, a maioria, que aterrissasse sobre suas cabeças.

Essa matéria humana foi se juntando em grupinhos, cuja atenção não estava voltada para cima a fim de se colocar no papel do artista, mas sim absorvida para as trevas dentro de si, com o desejo mórbido de que Gilvaldo caísse. Essas pessoas não eram piores que as demais, talvez nem se dessem conta de sua própria sede de sangue, mas quem tivesse um mínimo de sensibilidade atentava para as risadinhas e o desejo de sensacionalismo. Sem precisar se aproximar, os perversos se encontravam na mesma frequência de ondas, por meio da qual se instigavam reciprocamente. Um ou outro se atrevia a dizer:

— Está esperando o quê? Pule!

Essa impiedade atingiu Alberto em cheio, porque jamais havia estado no meio de tantas pessoas, muito menos era familiarizado com o funcionamento de uma massa humana.

— Pule!

Seu coração estaria mais bem guardado num cofre que dentro do tórax. Não possuía uma única defesa. Se via uma pessoa estranha esbarrar contra algo, sentia o coração se encolher dentro do peito. Queria se adiantar à dor de quem quer que fosse, machucando a si próprio. A maldita incapacidade de fechar-se diante dos outros! Se continuasse assim, não conseguiria manter o coração batendo no espaço de uma vida.

As emoções dos demais, Alberto as sentia como uma locomotiva a vapor sentia o fogo. Não é preciso ver as chamas para saber com que intensidade elas ardem. Não é preciso atiçá-las para conhecer o perigo. Não é preciso sentir seu calor para se deixar levar por elas.

Era infalivelmente sensível até com completos estranhos. Tentava consolá-los e salvá-los, mas não conseguia se aproximar de todo mundo. Era algo que ocupava sua mente por dias a fio e o inquietava, esse sentimento em relação aos outros, que praticamente o impedia de se aproximar de si mesmo. Vencer seu medo e seus nervos, nisso Alberto era mestre, mas seu coração também se sentia com constância arrasadoramente responsável pela felicidade de terceiros.

Ele precisava de um escudo; em último caso, apenas de um cesto com um cobertorzinho sob o qual pudesse se esconder. Não que Alberto não quisesse blindar seu coração como via outros fazerem; simplesmente não sabia *como* fazê-lo.

Durante toda a sua juventude ele as havia sentido: as tensões de uns e outros, renovadas a cada dia, os atritos subcutâneos em casa, as brigas que se anunciavam de longe, como uma tempestade. Antes de dominar as conjugações do francês, já sabia distinguir na voz de alguém a ironia ou o desdém disfarçado de alegria, o cinismo, a automutilação em forma de ares de superioridade. Lia as entrelinhas de todas as afirmações, pegava o sentido oculto como pegaria uma bola numa disputa esportiva em que quisesse ser o melhor. Tinha de querer! Numa velocidade vertiginosa, antes que chegasse à vítima, o menino fisgava o veneno no ar para redirecioná-lo, abrandá-lo ou neutralizá-lo.

Quando seus pais atingiam um ao outro no coração, era o seu que sofria. Se de alguma maneira conseguisse evitá-lo, também a si mesmo estava ajudando. Assim, sem se dar conta, fazia de si o responsável pela felicidade alheia, da qual dependia a sua própria.

Aquele coração que Deus lhe dera estava imbuído de um sentido bem aguçado no que se referia à discórdia entre as pessoas. Ele captava o comportamento dos outros como um morcego pairando no ar com cuidado para não aterrissar na cabeça de ninguém.

Tinha aprendido a andar de quatro, porque sua mãe ria sempre que ele chegava assim perto dela. Aprendera a manter-se em pé para andar nas mãos do pai. Comia com garfo e faca para poder se sentar à mesa com os outros. Tudo o que aprendera fora feito com o objetivo de viver em família.

Diante dele balançava a corda do Gilvaldo.

Arrastava-se, sacudindo sobre o pavimento de um lado para o outro.

Ele só tinha um pensamento: "Quero subir! Vou simplesmente pular para dentro dele, o que me impede? Não peso muito, posso subir até ele e pedir ao Grandioso que me leve daqui, embora, para cima de todo mundo e para longe de tudo o que me impressiona".

A música parou.

Ouviram-se os aplausos, Gilvaldo foi recompensado por sua acrobacia com vivas e bravos. Todos partiram do pressuposto de que a apresentação tinha chegado ao fim. O artista ainda anunciava algo com seu megafone, mas pouco se entendia dali debaixo. Para chamar a atenção, brandiu seu rojão com os braços bem abertos.

Deteve-se por um momento, talvez para uma prece, até que soltou um grito de congelar o sangue. O coração de todos os que estavam na praça foi parar na garganta. Diante do olhar de todos, ele fez aquilo que alguns loucos logo antes haviam estimulado: pulou.

Pulou!

Dona Francisca apanhou Alberto pelo braço, enfiando-lhe as unhas na carne. Mal as sentiu, já que seu estômago pulou com a vítima. Todos à volta experimentaram o mesmo: o coração pedindo mais oxigênio, o sangue se esvaindo das paredes do estômago, a alma se preparando para o que desse e viesse, sentindo por um momento a queda do outro como se estivesse em seu lugar.

Veja, enxergar claramente o que arde dentro de um desconhecido não é algo tão estranho aos seres humanos.

O Grandioso Gilvaldo se arremessou, zumbindo pelos ares em queda livre uns cinquenta metros antes que se abrisse o paraquedas que ele afivelara a si mesmo lá em cima, sem que ninguém visse.

Todos os presentes na praça se uniram num único suspiro no momento em que o destemido sofreu um puxão, quando o paraquedas se abriu. Todos se descarregaram numa salva de palmas e ovações, enquanto o homem, que fazia algo que eles próprios nunca se aventurariam a fazer, descia com a maior tranquilidade do mundo.

A mãe de Alberto sacudiu o corpo do filho numa reação de alívio. Quando se deu conta de que ele chorava, deu-lhe um beijo sonoro e garantiu que tudo tinha acabado bem, mas o garoto não conseguia tirar os olhos do homem.

10
A queda

Quantas lágrimas as mães não deixariam de verter se pudessem tomar os pássaros como exemplo. Enquanto estes ficam aliviados quando termina seu duro encargo e os filhotes voam para longe, aquelas ficam com o coração partido a cada vez que um dos seus abandona o ninho.

A mãe de Alberto viu o seu se esvaziar por debaixo de suas asas.

Os irmãos já tinham saído de casa. Das irmãs, duas haviam se casado, ambas com filhos de Villares, um sócio de Henrique, e, uma vez casadas, foram morar no Porto com os maridos.

Ter prole vivendo em Portugal causou a dona Francisca grande satisfação, como se assim tivesse pregado uma peça no destino, mas a distância e o tempo que os separavam a faziam por vezes cair chorando no chão de joelhos diante da Nossa Senhora das Sete Dores.

Para sua infelicidade, havia ainda um terceiro irmão Villares.

“Mas será que esses marmanjos não sabem que existem mais mulheres livres e soltas em outras famílias?”, suspirou Guilhermina quando o último foi pedir a mão de Virginia em casamento.

Virginia o dissuadiu da ideia para não causar tristeza à mãe, mas Henrique não queria nem ouvir falar em recusa. Na briga que saiu daí, fez à mulher as mais horrendas recriminações e arrancou alguns crucifixos da parede.

Alberto ouviu-os se quebrar.

Viu o pai sair da propriedade como um rojão, vociferando que mandaria aquele pedaço seco de carne que era a mulher a um convento, uma vez que ela já vivia fazia anos como uma freira. Saltou para dentro da caleche e chicoteou o cavalo, lançando impropérios e dizendo que, por ele, a mulher que se enfiasse numa cela.

O ribeirão Preto nos últimos anos fizera jus a seu nome. Alberto deu o melhor de si para arejar e incutir nele nova vida, mas as sombras já tinham penetrado na casa. O apodrecimento que mantinha o solo coberto de folhas sempre em movimento, borbulhando, vinha agora à tona de dentro da alma.

Henrique continuou sendo o maior fornecedor de café do mundo, o que levou progresso a toda a região. Mesmo São Paulo, cuja população quintuplicara desde a visita da família, devia uma parte significativa de sua prosperidade ao homem.

Ao contrário do que muitos pensam quando jovens, porém, o sucesso não surte efeito sobre a felicidade de uma pessoa. O rei do café, por causa das preocupações, em pouco tempo sofreu alopecia. Estava chegando à casa dos sessenta. Tinha aberto mão do amor após algumas escapadas decepcionantes. Na verdade, ansiava principalmente pelo momento em que poderia dar um passo para trás, e, quando seu filho caçula fez dezessete anos, transferiu-lhe a gestão de grande parte das plantações.

Alberto já sabia então que jamais se transformaria no filho com o qual seu pai sonhava. A sucessão seria uma maneira de fazer na árvore a incisão de seu nome. Essa perspectiva, porém, tinha o efeito de uma âncora presa a sua fantasia.

O encargo de Pompon já havia praticamente chegado ao fim. Ele esperava com grande impaciência pelo momento em que os filhos Villares tornariam dona Francisca avó, de maneira que ele pudesse educar em Portugal uma nova geração. Era a isso que ele aspirava; agora que não só o amor de sua mulher parecia ter secado, mas também a sua vida.

Pomponette estava sofrendo de males pouco claros que mudavam de natureza a cada semana, e a crença geral era a de que ela os inventava. Tais males deixavam-na temerosa e irascível, e assim todos a evitavam.

A paciente em processo de definhamento passava grande parte do dia na cama, com infusões de ervas e compressas, sem ver mais ninguém além do marido e do último aluno.

— Você saberia me dizer por que ninguém vem me salvar? — perguntou a Alberto.

Era a mesma manhã da discussão sobre Virginia, após a qual seu pai saíra relinchando, entrara na caleche e partira deixando para trás uma nuvem de poeira. Sob a direção de *monsieur*, o rapaz tinha tentado se concentrar em seu latim durante uma hora. Quando saiu da aula, encontrou Pomponette na varanda.

— Não sei, madame — respondeu. — Salvá-la do quê?

Ela olhou para ele com uns olhões arregalados como se veem às vezes em bebês pequenos quando reparam em algo que ainda não viram em sua curta vida.

— Está tudo bem. — Ela deu de ombros e aspirou o cheiro de jasmim que pairava no ar. — Você deve estar pensando: quanta gente eu não ouvi quando me pediram ajuda? — Refletiu um momento, como se contasse suas chances perdidas, mas logo bateu as palmas com firmeza. — Também é pedir um pouco demais, o que uma pessoa pode fazer?

Moveu-se para abrir espaço e bateu suavemente com a palma da mão no lugar livre a seu lado.

— Quando nós viajamos para cá, meu marido e eu, não tínhamos a menor ideia de nada. Queríamos fazer algo da vida, e ele queria ver algo do mundo... Até aí, tudo bem, eu me deixei convencer. Nós pensávamos: "Ah, sabe de uma coisa, nós vamos *juntos*, se for para passar fome... temos pelo menos um ao outro e depois veremos o que fazer". — Riu de sua própria idiotice. — O que não sabíamos é que estarmos juntos *lá* é muito diferente de estarmos juntos *aqui*. Juntos no centro da vida, ou juntos neste isolamento. No momento decisivo, descobre-se que não sabemos quem somos, menos ainda quem é o outro. E aí vem a desilusão. Não em relação a ele, não ache você, não mesmo. Ele é um homem bom, o melhor, acredite, uma alma bela, e é isso o que piora tudo ainda mais. Ter um homem assim e não poder fazê-lo feliz!

Alberto assentiu como se tivesse entendido tudo, considerando que era chegada a hora de ir embora dali.

— Nesta semana eu a peguei em flagrante, sabia? — Sua voz soava repentinamente fogosa. — Guilhermina, no meu aparador. A janela estava aberta. Posso dizer a você que ela estava de olho na minha escova de cabelos. — Pomponette convencera a si mesma de que suas dores fantasmas derivavam da negra e de seu vodu.

— Você está me tomando por quem, Betinho?! — tinha respondido Guilhermina, ofendida com a pergunta que Alberto lhe fizera, sem papas na língua. — Se eu arrancasse algum dia um único fio de cabelo daquela sujeita, passar o dia inteiro na cama não seria nada comparado ao que eu faria com ela, pode crer, porque eu faria com que ela dançasse com o São Vito em pessoa até ela despencar.

Alberto assegurou a Pomponette que não se preocupasse, porque daquele mato não sairia coelho.

— Ah, também nem importa mais — respondeu, quase espantada, como se ele a tivesse interpretado mal. Até riu. — Agora pelo menos não! Juro, meu bem. Diga isso a ela também e a todo mundo, deixe cada um ir atrás dos seus próprios afazeres, como faço eu; por favor, não se preocupe comigo.

Pouco após a hora do almoço, chegou a galope à propriedade um supervisor dos campos do sul. Um dos frangos de Guilhermina foi pisoteado pelo cavalo. Na mesma noite, virou canja.

O homem apeou da sela, tirou o chapéu, ajeitou para trás os cabelos sobre a testa, mas, antes mesmo que batesse à porta, dona Francisca saiu correndo.

Henrique Dumont tinha sido encontrado abaixo da caleche.

Provavelmente havia açoitado o cavalo, que já tinha idade, de uma maneira tão frenética e impiedosa que o animal ficara tinhoso. Ou se voltara contra o dono, ou entrara em pânico. Fosse como fosse, Henrique tinha sido arremessado da boleia. Seu braço fora encontrado debaixo do corpo, quebrado ou luxado, e ele tinha caído de cabeça no solo. Quando uma patrulha o encontrou, havia perdido os sentidos, mas fizeram com que voltasse a si.

Alberto correu para lá com o boticário e uma sacola com ervas que Guilhermina lhe entregara às pressas. No momento em que chegaram ao local do acidente, seu pai, numa tentativa de se levantar, perdeu de novo os sentidos.

Durante três longos dias, dona Francisca, convencida de que o marido tinha sido punido pela destruição dos crucifixos, rezou ajoelhada ao pé da cama, pedindo misericórdia. Na manhã do quarto dia, suas preces foram ouvidas. O marido abriu os olhos.

"Chiquinha!", foi sua primeira palavra. Em vez de aceitar a caneca com a bebida, Henrique tentou apanhar-lhe a mão para beijá-la, exatamente como havia feito no dia de seu noivado.

Mas sua boca estava torta.

Uma das pálpebras não se abria.

Seu sistema nervoso, descobriu-se, tinha sido comprometido por um derrame cerebral, de modo que passou a sofrer dores intensas, e, apesar das abluções rituais de Guilhermina, um lado do corpo ficou paralisado.

Sem sair da cabeceira da cama, Alberto enchia os dias do pai com devaneios. Este deixava seu corpo onde estava e flanava pelas ruas de Paris.

O filho, sentado a seu lado, a seu pedido, lia-lhe Stendhal e Balzac, mas, principalmente, as últimas notícias da França, fosse sobre os atentados terroristas de Ravachol com seus anarquistas, fosse sobre o pasquim contra o "supositório de ferro" de Eiffel no Campo de Marte.

Henrique se avivava sempre que se exaltava com todas as transformações por que a cidade tivera de passar. Ao mesmo tempo, se regozijava com uma eventual possibilidade de vê-las com seus próprios olhos.

Tudo o que se referia ao Velho Mundo lhe fazia bem, sobretudo ao constatar como o conceito do ofício de engenheiro subira desde a época em que estudara. Com o uso de construções de ferro em todos os edifícios, viadutos e pontes, um conhecimento como o seu seria indispensável.

— Alguém com os meus interesses — disse certa vez — teria muito mais futuro lá do que aqui nestas nossas terras.

Devorava antes de mais nada as notícias que tinham a ver com as descobertas médicas revolucionárias feitas na França, como a da inoculação microbiana de Pasteur, que prometia salvar a vida de tantas crianças, a das curas milagrosas por meio do magnetismo e a dos novos tratamentos com irradiações elétricas ou de rádio.

Assim que Henrique começou a se mover, com muletas, quis que Alberto o acompanhasse a São Paulo. Tinha negócios à sua espera lá e, além disso, queria visitar alguns médicos. Estes lhe prescreviam morfina para aplacar as dores, mas eram todos unânimes na avaliação de que a paralisia provavelmente seria permanente.

Henrique ouvia os diagnósticos como prova de que o progresso da medicina no Brasil era um caso perdido se comparado ao da Europa. A opinião daqueles charlatões, como a partir de então passou a chamá-los, parecia antes de mais nada diverti-lo. Quando Alberto lhe servia de apoio ao sair da clínica, ele sorria maliciosamente como uma criança planejando fazer arte.

No mesmo dia falou com seu banco, com seus sócios e advogados, porque, em momentos decisivos de sua vida – única e exclusivamente –, Henrique deixava falar mais alto sua intuição que sua rigidez.

Após o jantar, retiraram-se para o escritório e se sentaram lado a lado à mesa. Henrique levantou a mão ruim com a boa e a pousou sobre a mão de Alberto.

Pesava, fria, sobre a do filho, enquanto este se perguntava por que o pai nunca fizera isso quando ele ainda sentia nela o tato. Por alguns momentos estiveram assim, como pai e filho congelados naquela posição.

Henrique então retirou da gaveta um documento que tinha mandado redigir naquela tarde e pediu que o lesse. Tratava-se da emancipação de Alberto. O pai havia decidido adiantá-la em três anos em relação à data costumeira, passando-a para seu décimo oitavo aniversário.

Assim sendo, fazia de seu filho – o que ele estivera esperando com impaciência todos aqueles anos – um homem. A data da entrada do documento em vigor era imediata, de maneira que Alberto passava a ter acesso a todos os créditos, ao patrimônio e, em caso de necessidade, ao poder de decisão segundo melhor lhe parecesse.

Parecia que o pai pretendia acrescentar algo às disposições.

Mas as palavras não saíram de sua boca.

A ata falava por si só. Um leve assentimento com a cabeça bastava.

Entregou ao filho uma caneta, e assinaram todos os documentos em silêncio no crepúsculo daquele dia, sendo que Alberto teve de apertar os dedos do pai e posicioná-los sobre o papel.

11
Uma fruta estranha

Antes do fim do ano, Henrique vendeu sua empresa com direito de exploração dos campos de cultivo à Companhia Melhoramentos do Brasil por uma soma exorbitante. Alberto se parecia menos com o pai do que este havia esperado, mas uma coisa eles tinham em comum: nenhum dos dois hesitava na hora de dar um salto.

Naquela noite de Natal, sua última em Ribeirão Preto, entre os presentes ao lado do presépio se encontravam três passagens do navio S.S. Elbe.

Henrique tinha entrado em contato com um sanatório de Lamalou--les-Bains, uma estância termal ao pé dos Pireneus, cujo médico-chefe lhe dera uma esperança de cura.

Primeiro atravessariam o oceano para ir ao Porto a fim de se reunir com as irmãs de Alberto, o maior desejo de sua mãe. Após a cura, todos dariam continuidade à viagem com destino a Paris, onde – Henrique o afirmava peremptoriamente – estava o futuro de Alberto e do mundo.

Durante o jantar de Natal, festejado como mandava a tradição na propriedade com longas mesas, sobre as quais dona Francisca dispunha um prato de sopa e duas linguiças aos supervisores de campos e suas respectivas famílias, Henrique se levantou. Quis fazê-lo sem ajuda.

Endireitado e, apesar da função comprometida dos pulmões, com a mesma voz forte de sempre, anunciou que partiria com a família em janeiro. Comunicou a venda da empresa curta e objetivamente, quase como uma nota de rodapé, e, logo em seguida, garantiu que não se inquietassem porque quem quisesse poderia continuar em seu posto de trabalho em qualidade vitalícia.

Guilhermina, toda comoção, se levantou. Não havia terminado de comer, mas deixou seu prato onde estava e foi andando calmamente por detrás dos demais, com as costas retas como sempre, rebolando solenemente, balançando a cabeça orgulhosa ao ritmo das cadeiras. No trajeto, ia apoiando as mãos nos ombros de uns e de outros, como se quisesse se assegurar de que todos estavam à vontade, mas acabou desaparecendo para dentro da mata.

Henrique no meio-tempo dirigiu a palavra à mulher. Falar alto o havia cansado. Com a voz mais rouca e gaguejando, pediu-lhe perdão abertamente. Ele sentia muito, disse, que suas atividades a tivessem afastado do mundo por tantos anos. Queria recompensá-la com uma viagem à Europa, onde ela poderia assistir a tantos concertos e óperas quanto quisesse.

Dona Francisca já se debulhava em lágrimas, de modo que não reparou que o marido havia dado com o braço bom um sinal para que começasse a tocar uma orquestra que ele tinha contratado em segredo para a ocasião. Ouviu-se o *Quartetto* de Scarlatti, como havia soado na corte dos Bragança na noite em que o casal se vira pela primeira vez.

— Há uma coisa da qual me arrependo amargamente — sussurrou-lhe, enquanto se sentava outra vez. — Que eu não tenha tido essa ideia enquanto ainda podíamos dançar.

Assim que os músicos passaram a tocar uma mazurca, os convidados se levantaram e se puseram a dançar. Alberto reparou nas camareiras, que davam risadinhas, esperançosas. Ele era pequeno e musculoso e, por volta dessa idade, ao que tudo indicava, um bom partido, mas seu corpo lhe era estranho, e a esperança de que ele tirasse umas delas ou quem quer que fosse para dançar caiu sobre a cabeça delas como um lastro jogado por descuido dos céus.

Somente os De Saint-Pompon pareciam estar ainda menos no estado de espírito para os compassos três por quatro. A partida súbita dos Dumont significava o fim de seus próprios sonhos de regresso. Pompon se dirigiu à mesa principal. As mãos remexiam sem parar em todos os bolsos do casaco. Todo o estoque de uma pequena loja de miudezas passava por suas mãos. Do outro lado do local estava sentada a madame, em silêncio, abatida.

Henrique prometeu escrever uma carta de referência brilhante com a qual *monsieur* seguramente encontraria um posto de trabalho em São Paulo, que tão rápido crescia. Prometeu também uma indenização ao tutor, mas não a travessia para Portugal.

Com essas notícias, Pompon voltou para onde estava a esposa, mas encontrou apenas a cadeira que ela, por causa da pressa e dos nervos, havia derrubado.

— Você não se preocupe comigo, Betinho, por favor.

Guilhermina estava sentada na beira de uma rocha à margem do ribeirão, fumando seu cachimbo.

— No meu lado da vida você aprende bem cedo que nada é seu. Não sobra nadinha. Fiquei sabendo disso no dia seguinte ao do meu nascimento, quando a minha mãe me amarrou nas costas porque precisava voltar para a roça.

Alberto queria sentar-se a seu lado, mas ela não se moveu.

— Fiquei sabendo disso pelo ritmo como ela se movia, se abaixando e colhendo para se levantar de novo. O suor dela pingava nos meus olhos, e o pano que me segurava nela estava ensopado. É quando a gente olha para o mundo ao nosso redor e sabe que ele não é da gente. Da primeira vez que olhei para você, guardei no coração o alerta de que você não era meu. Que fazia parte do meu trabalho, que não tinha nada que ver com amor e que, por isso, eu não podia me ligar muito a você.

— E o meu coração, como fica nessa história toda? — perguntou Alberto.

— Esse seu coraçãozinho aí? E eu lá sei? Não tenho a menor ideia, só sei que ele não conhece o mundo. Ele é teimoso demais para aprender o que quer que seja. Você tem de ver as coisas como elas realmente são. Não vá me dizer que alguma vez achou que eu pudesse ter você sempre perto de mim.

Estudou a piteira, assoprou nela para reavivar o fogo e deu uma boa baforada, com o olhar rígido no fornilho.

— Essa sua simpatia, Betinho... É inapropriado levar tudo tão a sério. A vida separa a gente. Eu estou num lado; você, no outro. Está na hora de você assumir a sua posição. Fique no seu mundo. Assim você facilita tudo, para mim e para você.

Guilhermina descartou o protesto dele com um gesto da mão.

— Chegou um dia em que parei de lavar você. Você próprio não entendeu por que, a esponja, o sabonete, você sempre gostou da minha mão na sua pele, você insistiu quando me recusei, ficou rabugento. "Só mais uma vez, Guilhermina, vamos!", mas eu tinha visto uma coisa que você não podia ver. Vi o seu corpo mudar. Tinha chegado a hora. A minha tarefa na vida é ver esse tipo de coisa. Já tinha chegado a hora de você mesmo entender o seu corpo. A minha tarefa estava cumprida, e pronto. Se tivesse continuado dando banho em você, teria criado a maior confusão. A mesma coisa aconteceu agora. Chegou a hora, Betinho. Não estaria certo não assumir as nossas posições, você e eu, cada um no seu canto. Você vai embora. Eu fico. Está perfeito assim, então faça-me o favor de me deixar aqui no meu lado. E fique no seu. O meu mundo é este aqui.

Levantou-se, bateu o cachimbo na rocha para esvaziá-lo e assoprou o resto para a água. Alberto estendeu o braço para que ela o segurasse e subisse sem escorregar, quando saísse da ribanceira, mas ela recusou.

— As pessoas não esperam compaixão da gente, rapaz, ponha isso na sua cabecinha. Elas ficam confusas. Não aceitam com gratidão quando você se adianta aos problemas delas. Não complique as coisas para você. E para a gente. Você é um docinho de coco, sempre foi, tratando as pessoas com delicadeza. Mas não pode continuar sendo. Estou alertando você! Fique do seu lado da linha. Chegou a hora. Você ainda não percebeu, mas eu, sim: é a minha missão.

Ele a deixou com os calcanhares na lama e se foi às pressas, mais enfurecido que confuso.

Alberto já tinha os pensamentos voltados para a viagem e para tudo o que teria de levar a fim de fazer uma bela entrada em Paris. Lá, os sentidos em relação às estações eram invertidos, de maneira que agora era inverno; roupa grossa e abrigada, porém, ele não tinha.

Quando se aproximou dos edifícios anexos ao casarão, adornados com velas e lampiões, ouviu algo.

Atrás de si.

No arvoredo.

Um farfalhar curto e intenso de galhos, seguido de um arquejo, como se algum animal tivesse sido abatido e agonizasse. Logo em seguida se fez outra vez silêncio, diante do que ele decidiu prosseguir, mas algo em seu coração lhe dizia que não o fizesse.

Não precisou se afastar muito do caminho. Dois ou três galhos o atingiram em pleno rosto antes de o rapaz tropeçar num objeto espesso e pesado.

Gritou.

Sentiu estar diante de alguém.

Segurou a respiração, mas não aconteceu mais nada, de modo que estendeu os braços e se aventurou a empurrar o obstáculo. Este cedeu, mas voltou como um estilingue contra seu peito. Os contornos se distinguiram, e seus olhos, acostumados às sombras, deram-se conta da espécie de fruto que aquela árvore oferecia.

Era Pomponette.

Tinha esbarrado nas pernas dela.

Ele reconheceu um de seus sapatos de couro branco com fivela; o outro ela havia chutado para longe, de modo que ele via seus dedos dos pés.

A vida ainda não se esvaíra do corpo; sofreu duas ou três convulsões, e após cada uma delas seus músculos relaxaram, como quem, após um árduo dia de trabalho, liberta, brincalhão, as articulações.

Sem refletir, Alberto a apanhou pelas panturrilhas a fim de reerguê-la, aguentando todo o peso sobre si. Sabia que ela não era magra, mas aquela carga exagerada o surpreendeu. Carregá-la exigia tanta força que se sentiu sobrepujado.

Madame tinha se enforcado com um cinto de couro.

O pescoço estava torcido, mas não quebrado, a língua estava pendurada da boca e já parecia azul, mas seus olhos, grandes e arredondados - com a luz de lampião bruxuleante refletida no branco deles -, ainda olhavam ao redor. Como se procurassem ver o que acontecia de repente ali embaixo.

Alberto procurava oferecer o apoio dos ombros para os joelhos, mas eles escorregavam repetidamente, porque, com suas últimas forças e talvez por ter sido agora ajeitada e estar recebendo oxigênio, ela começava a mover-se. Em pânico, ela parecia querer dar-lhe pontapés.

Conseguiu segurá-la e levantá-la um pouquinho, porém mais que isso, por sua estatura, Alberto não conseguia fazer. Gritou, então, pedindo socorro.

— Opa, minha senhora, que tal colaborar um pouco?

Guilhermina, que chegava correndo, agiu direta e severamente.

— Já existe gente demais no inferno — resmungou. — A última coisa que quero é que a senhora venha me visitar nos meus sonhos com essa sua voz de taquara rachada.

Apanhou a cadeira que Pomponette havia chutado para longe, subiu nela e tentou remexer no cinto para soltá-lo do galho.

— Já não estava bom amargar a nossa vida com a sua existência, tinha ainda de dar trabalho para a gente com a sua morte?

Guilhermina lançou um olhar a Alberto.

— Como está aí embaixo? Será que você aguenta segurar um pouquinho mais? Viu o que acontece quando uma pessoa não é dona de si?

Madame de Saint-Pompon apoiou pelo menos um pé na cadeira, mas Alberto tinha de continuar a levantá-la a fim de criar mais espaço para o cinto, de modo que Guilhermina conseguisse desfazer o nó.

Madame tinha evacuado. O olfato do rapaz não se enganava. Começou também a sentir aquilo com o tato e agradeceu a Deus quando ela finalmente pôde ser colhida da árvore como uma fruta.

Com muito esforço, Pomponette conseguiu recuperar o fôlego. Ajudaram-na a voltar para casa, cada um sustentando-a por um lado.

Quando atravessaram a soleira da porta, ela despencou no chão da entrada e se recusou a ir para a frente ou para trás. Escondeu o rosto com as mãos, não querendo ser vista.

Alberto sugeriu chamar seu marido, mas Guilhermina não concordou.

— Deixe a gente aqui um pouquinho.

Guilhermina sentou-se ao lado daquela carga de miséria encolhida no chão, levantou-lhe a saia para conseguir passar mais facilmente para trás dela com um joelho de cada lado, puxou Pomponette para si até que ela cedesse e se recostasse sobre seu peito.

— Nós vamos primeiro nos recuperar um pouco, não é mesmo? — disse a mulherona negra àquele corpo sem vontade própria que ela embalava como tinha feito com Alberto. — Primeiro, temos de dar uma boa olhada, com calma, para onde estamos e pensar o que queremos. De qualquer jeito, dar uma refrescada, isso sim, tomar um bom banho e depois pôr um vestido bem bonito para poder aparecer outra vez em público, porque, no final das contas, ainda é festa, não é mesmo?, e a gente quase se esqueceu disso. Betinho, você não quer trazer um pouco de água, uma garrafa e dois copos? Acho que para a garganta é o melhor começo, para amansar um pouco, sei que vai doer, então a senhora vai tomando um golinho depois do outro, com cuidado. É a melhor coisa, não é? Agora você pode ir. — Fez um sinal com os olhos ao rapaz, indicando que ela resolveria sozinha. — Você só não diga nada a ninguém ainda, combinado, Betinho? Está todo mundo dançando, e isso aqui tem prioridade, o resto a gente vê depois. Não há pressa, não acha? Pois é, a gente precisa agora é descansar e se tranquilizar, o resto nós vemos depois.

Assim foi que ele deixou as duas mulheres sozinhas atrás de si, no chão, apoiadas uma contra a outra, como duas alunas do primário que brincam de fazer trancinhas.

12
A grande travessia

Três longos sinais sonoros com vapor, e o Elbe se pôs em movimento. Enquanto deslizava ao longo do cais, lá estava a família Dumont na amurada, acenando, mas para ninguém em especial. Lentamente, como se quisesse dar um tempo a mais para ele mudar de ideia, a terra paterna se afastava, mas Alberto e os pais já estavam com os pensamentos voltados para o destino.

Cura, reunificação com a família, cada um tinha seu próprio motivo para se alegrar com a Europa, com a diferença de que, para alguém com dezoito anos, como Alberto, numa primeira e grande viagem como aquela, convergiam vida e aventura, já que um jovem dessa idade acalenta muitas esperanças e também faz uma travessia: a da adolescência para a vida adulta.

Ainda assim, por vezes se deixava estar no castelo de proa como uma criança sonhadora, a ponta do navio logo abaixo, singrando as ondas. Ao ouvir o ressoar das bombas, sentir o calor da casa das máquinas e as vibrações das chapas de ferro, imaginava a si mesmo mudando o curso da proa para contornar um iceberg, dando a ordem de elevar o periscópio ou navegar abaixo do nível do mar, a milhas de profundidade, até a gelada segunda corrente do golfo, ou de desdobrar as asas laterais em toda a sua extensão para que o vento batesse por debaixo delas e o navio pudesse fender as nuvens.

Ainda mais admirável que as soluções que davam aos problemas era a calma com que os personagens de Júlio Verne discutiam entre si as situações de perigo. Sem o menor temor diante da perspectiva de se esborrachar na superfície da Lua, de se escaldar nas tempestades solares ou de ser apertados e devorados por um polvo gigante, eles comentam durante o café da manhã o número de dias, horas ou minutos que lhes resta até sua derrocada, após a qual não sobrará um grão deles para contar história.

O fim de suas vidas que chega a galope – "*questão de horas, comandante, até que nossa cápsula dê contra a superfície da Lua*" – não parece de maneira alguma distraí-los do que têm de fazer, menos ainda estragar seu apetite.

Isso sempre parecera sensato na visão de Alberto. Essa postura lhe parecia bastante mais produtiva e interessante que a do pânico. A viagem e seus problemas são o que ocupa toda a sua atenção, não a esmagadora chegada, uma concentração que manteria na mente pelo resto de seus dias. Júlio Verne conduzia seus heróis, sem exceção e sempre a tempo, a contraofensivas brilhantes, com uma perspicácia original e soluções insuspeitadas. Assim era que evitavam calamidades, sem precisar prescindir de um único pedaço do bolo que acompanhava o chá das cinco, e cumpriam sua missão ao voltar para casa, onde seguramente os esperaria outro rumo da história ou uma nova missão.

Três vezes aconteceu de os Dumont terem de enfrentar durante a travessia verdadeiras borrascas, que duravam dias a fio.

Dona Francisca, que via perigos em todos os lugares ao longo do ribeirão, sentiu-se inesperadamente bem na liberdade das ondas. O sal sobre a pele, o frio, o rangido das cordas, parecia que tudo ali lhe fazia bem.

Passados alguns dias da partida, não saía de perto da amurada, que segurava com ambas as mãos, dia e noite, chovesse ou não chovesse, com ou sem tempestade, como a rainha dos piratas, a saia amarrada, os cabelos revoltos ao vento, presos com não mais que um elástico para manter as pontas longe dos olhos. Mesmo quando a borrasca tomou mais força e todos correram para o interior do navio, um andar abaixo, dona Francisca se fez de surda para os alertas, continuando sentada numa cadeira no convés – se fosse necessário até mesmo amarrada para não perder um único minuto daquele espetáculo da natureza.

Certa tarde, quando o capitão foi avisar Alberto de que não poderia mais responder pelos atos de dona Francisca, o jovem encontrou a mãe sentada no convés dianteiro, com as mãos agarradas com toda a força ao apoio de braços da cadeira, o queixo erguido, os olhos rigidamente fechados, desfrutando do vento que a descabelava como faria um amante.

Olhou para ele, tranquilamente surpresa, como se ele viesse apenas despertá-la de um sonho ensolarado. Manteve os olhos voltados para ele, irradiante, inocente, como se ele nunca mais tivesse voltado a vê-la desde seus anos de primário.

— Temos de nos preparar, meu filho.

No refeitório vazio, onde se esquentavam bebendo um grogue quente, a mãe falou a Alberto sem mais rodeios, como se o oceano a houvesse enxaguado e levado consigo seu credo e suas superstições.

— Seja o que for que ele esteja planejando, o seu pai está com os dias contados. Acho que ele próprio sabe disso. Talvez queira ficar no Porto com suas irmãs, e, nesse caso, eu ficaria cuidando dele o tempo que fosse. — Crivou o olhar na claraboia como se pudesse ver dali a cena da morte do marido. — Mas eu bem o conheço: quando chegar o momento final, vai querer voltar ao Brasil. Ele chegou a tocar no assunto com você?

— Ele tem ainda muita esperança de convalescer em Lamalou-les-Bains.

— A esperança dele é ver você partir para a França. Se você for, ele vai junto em pensamento.

— E a senhora?

— Espero que você lhe dê esse prazer. Vá a Paris, mesmo que ele não consiga acompanhá-lo, e lhe escreva. Escreva com frequência, escreva muito. Sobre onde você anda, com quem fala e o que faz, para que ele tenha todos os dias algo com que possa imaginar você lá. Sabe de uma coisa? Eu não vou acompanhá-lo mais.

— Como assim, a senhora quer ficar sozinha em Portugal?

— Sozinha eu não vou estar — riu. — Posso ficar com suas irmãs. Se me quiserem morando com elas. Caso contrário, Deus sempre oferece algum lugar a quem precisa. — Uma onda investiu contra a janela. Dona Francisca olhou para a água salgada escorrendo pelo vidro da claraboia. — O seu pai não precisa de mim. Nem nunca precisou de verdade, a não ser como troféu, no início, depois como mãe dos seus filhos. Isso já é muito, eu sei. Mais do que muita gente por aí consegue. Talvez seja até o suficiente, o que mais posso querer? Não sei. Ele também já me deu muito. Ele me deu vocês. Também em termos financeiros, claro, materiais. Nunca me faltou nada, e disso não vou me esquecer nunca. Por outro lado, tem muita coisa que não consegui dar a ele. Do que ele queria e esperava... eu não pude. Hoje me arrependo. Muitas vezes me recriminei por não estar satisfeita apesar de tudo.

Esvaziou o copo. O uísque lhe queimava a garganta. Respirou fundo.

— Depois de todos esses anos na fazenda... Vocês são adultos. O que me importa agora é o que realmente mais quero: estou a caminho de Portugal!

Encostou o copo ainda morno na testa, rolou-o de um lado para o outro enquanto pensava. As bochechas, vermelhas.

— E se a senhora ficar decepcionada com Portugal?

— Já adquiri experiência com coisas que me decepcionam. As vicissitudes são inerentes à nossa família, e o digo como se fosse da boca dos seus antepassados! Tenho experiência mais que suficiente em parar de esperar demais, mas, por outro lado, também não o suficiente para não me aventurar de novo, pela última vez. — Levantou-se e, satisfeita, suspirou. — Finalmente me atrever a fazer algo de novo! Não é pouca coisa!

Alberto acompanhou-a com a necessária dificuldade até sua cabine.

— Você e os seus balões! — Abriu a fechadura e cruzou o escoador de água da soleira da porta. — Sabia que às vezes você me serviu de exemplo quando via todas aquelas coisas diante de si, ou melhor, vê? Era para mim uma fonte de medo, mas também de esperanças. Você projeta coisas e depois as constrói, isso porque a vida nunca lhe pôs rédeas.

Puxou seu marmanjo para perto de si a fim de beijá-lo, mas justamente nesse momento o navio passou por uma onda tão grande que os derrubou no chão, de maneira que se desencontraram. Dona Francisca balançou a cabeça, dando risadinhas diante de tanta aventura.

— É um erro pensar que alguém que vive nos seus pensamentos não saiba exatamente como tudo em realidade é. Se há uma pessoa que sabe disso, essa pessoa é você, Alberto. Só se a sua realidade for irrefutável, inelutável, é que você pode se perder em alguma outra coisa. Pode não, *deve* se perder. Só então é que surge o anseio profundo por algo bem diferente. Olhando para a frente, querendo progredir por mais que tudo indique o contrário...

Outra ondulação atirou Alberto contra a parede. Dona Francisca não se atreveria mais a beijá-lo; em vez disso, beijou a própria palma da mão e assoprou em sua direção.

— Pois é — disse ainda —, esses seus balões, eu aprendi muita coisa com eles. E ainda aprendo! A única coisa que eu não entendia naquela época era por que você não aparentava medo diante da falta de segurança do tipo de aventuras tais como as que o ilustríssimo senhor Verne descrevia. Os vazios não descobertos, infinitamente desolados, pareciam, ao contrário, justamente atrair você. Eu pensava cá para mim: "Ah, ele não passa de uma criança, e as crianças não veem perigo em nada". Mas agora... — Estava a ponto de fechar a porta. — Agora penso: "Quer saber de uma coisa, por que não? A aventura, claro, é um mundo em si só, fora da realidade cotidiana". Será que daqui a pouco você vai dormir tranquilo, meu menino? Até amanhã, meu bem!

Alberto bateu à porta da cabine do pai e passou algumas horas em sua companhia. Fantasiaram juntos sobre a França, como continuariam a fazer até a chegada ao porto de Leixões.

Por causa da paralisia, até as ondulações do mar tranquilo o incomodavam. Dar voltas pelos corredores de aço estreitos já seria um suplício, e as manobras com a bengala pelo refeitório, então, nem pensar, de modo que ficava preso na cabine. Em geral era o filho quem lhe trazia comida, que ele na maior parte das vezes mandava de volta à cozinha. Durante aquele curto período no mar, Alberto viu o corpo do pai se enrijecer, enquanto o rosto se tornava esquálido e o olhar ficava sombrio.

— Ainda tenho algum tempo de vida — assegurava Henrique ao filho. — Um ano ou pouco mais com certeza. Queria muito saber o que vai acabar sendo de você, quero ver como você se porta. Siga em frente. More em Paris, a cidade mais perigosa para um rapaz. Lá são tantas as tentações para um jovem da sua idade, você nem faz ideia, mas há tantos encantos também! Vamos ver se ela consegue fazer de você o que não conseguiu de mim. Tempo é o que não falta. Não há nada que eu gostasse mais de ver do que a cidade fazendo de você um homem.

Dos cantos da boca escorria-lhe um pouco de saliva, que Alberto limpou com um guardanapo, uma intimidade a que o pai na maior parte das vezes resistia, mas dessa vez ele apanhou a mão do filho e a segurou com força.

— Preferiria que você não desperdiçasse o seu tempo com um ou outro doutoramento, que não serve para nada. Você vai receber uma fortuna. De posse dela, quem vai pedir a você um diploma de estudos? A sua inteligência eu já conheço, não preciso vê-la preto no branco. O mais importante agora é você adquirir experiências práticas, conhecer as novidades em todos os ramos do conhecimento. Procure um especialista, mestre particular, que lhe ensine física. E procure outros que ensinem tudo sobre química, mecânica, eletricidade, sobre tudo o que se está descobrindo, os progressos estão se desenvolvendo com uma velocidade vertiginosa. Só na minha época, essas ínfimas décadas depois de ter concluído os meus estudos, o nosso mundo progrediu mais que em todos os séculos passados. Fique a par de tudo, estude todas essas ciências, mas não se esqueça: o futuro está na mecânica. Faça o que tiver de fazer. Você não precisa se preocupar com o seu sustento, nem um só dia, nunca. Esse é o meu presente a você. Você estará sempre completamente livre para deixar as suas ideias amadurecerem, testá-las e executá-las. E importante: no meio-tempo, faça tudo o que fiz na sua idade nessa cidade, faça o que um homem faz lá, Alberto. Pesquise, aventure-se, não seja tímido, por favor, não tenha medo da sua própria natureza, desse acanhamento que nos prende; mais do que quer que seja, primeiro você tem de aprender a viver e a amar.

Pai e filho passaram o resto do tempo deliciosamente, sonhando com a cidade em que Alberto iria viver. Fizeram uma lista de todas as pessoas que Henrique conhecera em Paris e que poderiam ajudar Alberto. A maioria dos nomes teve no final de ser riscada. Depois de alguma reflexão, o doente entendeu que era impossível que aqueles velhos amigos, cujos rostos ele via tão claramente diante de si, ainda estivessem vivos.

Igualmente, dentre os clubes e teatros que ele queria que o filho frequentasse - dos trinta mil cafés de Paris, Henrique conhecia os dez melhores - e os bistrôs com a comida mais requintada, provavelmente poucos ainda se encontrariam no mesmo lugar.

Seus olhos ganharam outra vez o brilho de antes enquanto tentavam imaginar a cidade moderna com suas maravilhas tecnológicas, as conexões telefônicas das casas, os *théâtrophones* em cada esquina por meio dos quais se podia ficar a par das óperas, das peças de teatro e da música de câmera ou dos encontros políticos.

Como seria, imaginavam, ver a luz elétrica do observatório da novíssima torre Eiffel, uma construção de ferro duas vezes mais alta que qualquer edifício mundo afora. E como seria subir num elevador perpendicular zunindo pelos ares!

Henrique aconselhou o filho a frequentar também salões, se é que eles ainda existiam, porque lá, mais do que nos museus e nas galerias, estava o foco da vida artística. Lá ele poderia encontrar os artistas cuja obra haviam devorado — Zola, Mallarmé, Baudelaire — e aqueles sobre os quais havia anos liam nos jornais: Debussy, Rimski-Korsakov e Monet, Manet, Cézanne, nomes cuja pronúncia apenas já parecia fazer bem ao pai. Alberto veria lá com seus próprios olhos, sonhava Henrique, todas aquelas telas que até então só haviam visto representadas em branco e preto ou em água-tinta: Degas e Caillebotte, Morisot, Cassatt, Signac, Redon. Alguns desses nomes ele pronunciava quase ironicamente, porque os considerava uns desmazelados sob a luz dos holofotes numa cidade que em outra época era a sua. Por outros inovadores ele acalentava respeito ou considerava sua obra contagiante, como Toulouse-Lautrec, que traçava um mundo de diversão pelo qual ele poderia sentir nostalgia sem se envergonhar.

Aquilo chegou de repente: a maneira como o pai, em sua fraqueza, começava a vê-lo como um irmão ou amigo. Alberto se sentiria pouco à vontade, não fosse pela graça com a qual o doente lhe fazia certas confissões, quase com malandragem, como se estivesse no começo de sua vida, e não no fim.

Certa noite, ao acabarem de deixar o porto de Dakar atrás de si, Henrique se inclinou para perto do jovem e lhe confiou um endereço no bulevar de Rochechouart, ao sopé de Montmartre, que o imperador do Brasil em pessoa lhe havia mencionado em voz baixa. Ali, as pessoas que realmente importavam apareciam para ouvir canções frequentemente subversivas, obscenas e escandalosas. O príncipe de Gales tinha visitado o cabaré em questão, soube dizer o imperador, assim como o arcebispo Rudolf da Áustria e diversos grão-duques russos; assim sendo, que mal fazia ser visto lá?

O picador hoje se atrasou
Ai, ai, sua pobre mãe

A voz, vacilante, mas o prazer a todo vapor, Henrique cantarolava para si mesmo. No lado do corpo pendurado no outro, o canto do olho lacrimejava como sempre. Ainda assim, aquele ser, com um braço apoiado no colchão, inclinado sobre seu leito de doente, agora mal parecia o pai de Alberto: era antes de mais nada um garoto com sede de vida e um quê de maroto no olhar, pronto para desafiar a vida mais uma vez.

Mas a Carmencita trá-lá-lá
Põe sobre o balcão uma caneca
Na moça é cerveja
No pasto está o touro

Alberto limpou-lhe o canto da boca e lhe tirou uma casquinha de junto ao olho. No meio-tempo reconheceu a melodia e se pôs a cantarolar com o pai.

Hoje, Carmencita trá-lá-lá,
Seu Picador se atrasou?
Furando um furo?
Ai, ai, sua pobre mãe

A ODISSEIA DE UM CORAÇÃO

19 de dezembro de 1932

Nada é mais irritante nos mortos que sua incapacidade de se expressar claramente. Se em vida as pessoas já são tão vagas, o que dizer então de quando morrem?

A tempestade atravessando a folhagem, a agitação de pânico das asas das mariposas contra o vidro das lanternas, tudo isso mexia com o estômago de Guilhermina. Portas batendo, o zurrar dos jumentos às duas e meia da madrugada, o que se repetia duas horas mais tarde. Os espíritos se faziam ouvir durante a noite inteira, mas um aviso concreto, para variar, isso nada, só pressentimentos.

O trepidar violento dos militares ao irromperem na propriedade na manhã seguinte a amedrontou tanto quanto se não tivesse tido nenhum pressentimento. Pneus chiando, freadas bruscas, portas de veículos batendo. Três soldados e um oficial jovem surgiram de repente aos saltos, mas pareceram, por sua vez, surpresos diante da inocência da cena que viam e cuja tranquilidade eles próprios perturbavam.

De alguma maneira incomodados, ali estavam com os revólveres engatilhados, de pé diante da velha negra.

Guilhermina estava em sua cadeira de balanço. O embalo aliviava a dor que sentia nas vértebras desgastadas. Impulsionando com os pés, mantinha a cadeira em movimento. Fixou o olhar nos assaltantes, recusando-se a ser a primeira a piscar.

Por alguns momentos só se ouviu o rangido da cadeira.

Os soldados se entreolharam.

O oficial voltou para o veículo, abriu a porta traseira e, sussurrando, pôs-se a trocar ideias com um homem vestido à paisana que desceu em seguida do carro. Este fez sinal aos militares para que guardassem as armas e se dispersassem. Dirigiu-se até Guilhermina e tirou o chapéu.

— Doutor Catunda, a seu dispor.

— Eu vou bem de saúde, doutor — disse Guilhermina. Pegou o trabalho de crochê que tinha no colo. O fio voltou a deslizar por entre seus dedos, num ritmo ligeiro, em volta da agulha. — Quer dizer, não estou com nenhuma dor para o senhor aliviar.

— Desgaste. — Catunda suspirou. — Não poupa ninguém.

— Que notícia mais decepcionante! — Toda concentrada, contou os pontos e em seguida ergueu o olhar. — Espero que o doutor não tenha vindo de muito longe para esse diagnóstico.

— Não foi por isso que eu vim — disse Catunda. — Sou médico-legista.

— Puxa, quer dizer então que estou pior do que eu imaginava? — Beliscou o braço para conferir se estava viva. — Vou ter de desiludir o senhor; o doutor veio cedo demais.

— A senhora conhece o doutor Haberfield?

— Os médicos são caros. É um dinheiro que não tenho. Se alguma coisa me ataca, tenho os meus próprios remédios. O senhor não faz ideia das forças de cura da natureza.

— O doutor Walther Haberfield.

— Nunca ouvi falar.

— Tenho razões para crer que ele confiou algo à senhora.

— Doutor Wal-ther Ha-ber-field? — Guilhermina pôs-se a refletir, profundamente. — Por acaso ele morreu? Ah, espere, o senhor veio para receber uma mensagem do lado de lá?

— Do lado de lá? Por que a senhora acha isso?

— Porque praticamente todo mundo que eu conheci deste lado já se mudou para o lado de lá. Quando alguém vem me visitar, costuma ser para receber uma mensagem do lado de lá. Além disso, é uma maneira de ganhar um dinheirinho.

Aquela ia ser uma conversa árdua, a velhota estava claramente caduca. Roberto Catunda arregaçou as pernas da calça e se sentou sobre um degrau da escada que conduzia à varanda, confortavelmente, ao lado da velha negra.

— Estou avisando o senhor... — Fechou os olhos e estendeu a mão. — Sem uma oferenda os mortos não dizem coisa com coisa, pelo menos mil réis, por menos que isso eles nem saem da sepultura, mas, mesmo que eles saiam, nada é garantia de nada. — Guilhermina começou a resmungar e a zunir como um rádio tentando sintonizar uma frequência.

Catunda remexeu no bolso à procura de uns trocados. Mal os colocou na palma da mão da mulher, uma galinha que estava ciscando o chão levantou voo, aparentemente sem razão para se assustar.

O doutor se abaixou.

O bicho passou raspando por cima de sua cabeça. O ar deslocado pelo bater das asas o descabelou.

— Os mortos não gostam de ser perturbados à luz do dia — explicou Guilhermina. — Exatamente o contrário de nós. A noite é o território deles. — Guardou as moedas no babado da saia e se ajeitou na cadeira. — Bom, vamos lá. Se eu despencar, entrar em transe ou ficar extasiada, não me acordem que volto sozinha. Então diga lá. O que o senhor quer saber? O nome do médico que o doutor mencionou, quem é essa pessoa exatamente para eu tentar descobrir alguma informação?

— Com o doutor Walther Haberfield prefiro me comunicar por telefone. Ele é um colega de estudos e está vivinho da silva — disse Catunda. — Mas, já que estamos falando nisso, queria aproveitar para pedir informação sobre outra pessoa em vez dele.

Guilhermina sabia o nome que o homem citaria antes mesmo de ele abrir a boca. A própria vida torna uma pessoa clarividente.

Alguns meses antes, depois de Haberfield ter lhe deixado sua maleta de médico após as cerimônias em São Paulo, Guilhermina saíra da cripta levando-a consigo. Pelo orifício do tecido descosturado de sua saia sobressaía o biquinho de filhote de andorinha caído.

Enquanto subia, teve de se esgueirar, passando rente às pernas do bispo auxiliar de Caraguatatuba, que naquele momento descia na companhia de um grupo de monges para as últimas bênçãos. Os homens se surpreenderam com sua presença, mas o silêncio era sepulcral demais para ser profanado com palavras.

Após o fim da cerimônia na catedral, imperava uma tal agitação deprimente que a negra pôde sair despercebida com a maleta. Na praça da Sé as pessoas também estavam mergulhadas demais na tristeza e concentradas umas nas outras para reparar numa senhora idosa. Enquanto ia abrindo caminho por entre aquelas pessoas enlutadas foi que começou a sentir o peso da verdade.

Guilhermina havia levantado a carga do chão. Apressou os passos, tanto quanto o permitiam pernas como as suas, e fez o resto do trajeto carregando o coração de Alberto nas mãos, assim como costumava carregar ao próprio em vida, abraçado com força contra o peito.

No trem segurou-o no colo. Guilhermina transpirava. Sempre que entrava alguém em seu compartimento, ficava com medo de que percebessem que ela levava embora uma parte do orgulho nacional do Brasil. Só faltando mais ou menos uma hora e meia para chegar a Ribeirão Preto – esteve ocupada transmitindo a uma jovem viúva de São Carlos uma mensagem consoladora de seu finado marido – foi que ousou acreditar que ninguém adivinharia o conteúdo de sua maleta pelo simples fato de que era bizarro demais.

Os últimos quilômetros até as antigas plantações ela percorreu como fizera na ida: de carona, dessa vez na carroceria de um veículo da cervejaria Antarctica. O sol já tinha se posto quando chegou à sua casinha. Na primeira noite, não quis guardar a maleta dentro de casa e a enterrou debaixo de um arbusto junto ao ribeirão.

Na cama, Guilhermina ficou quebrando a cabeça sobre que destino lhe dar. Levantou-se e olhou pela janela, involuntariamente, como para se certificar de que tudo parecia ainda normal naquele cantinho ao lado do ribeirão, percebeu que se havia formado um pequeno enxame de vaga-lumes ao redor do arbusto em questão. Executavam uma dança luminosa por entre os galhos.

— O senhor veio para me causar tristeza — disse Guilhermina assim que o doutor Catunda citou o nome do homem do lado de lá com quem queria falar. — Pode ficar satisfeito, o doutor conseguiu.

Sacudiu-se para espantar a concentração para longe e se ergueu. Era verdade que sua pele formava pelancas, mas a indignação nunca falhava em deixá-la formidavelmente tesa.

— Quer dizer que a senhora confessa que sabe quem é Santos--Dumont?

— Confesso mais que isso, meu senhor. Eu o amamentei quando o meu próprio bebê morreu no berço e a mãe do Alberto não tinha leite o suficiente. E agora ele também está morto. Saiu em todos os jornais, eu sei, eu sobrevivo a todo mundo. O que o senhor veio fazer, alimentar a minha dor?

— Tinha entendido que a senhora estava em contato com todos os espíritos. — O doutor fez de tudo para não deixar transparecer seu desdém. — Queria perguntar ao espírito dele se por acaso sabe onde foi parar o seu coração.

— Por que o senhor em vez disso não se pergunta onde está o seu próprio, para vir até aqui desassossegar uma senhora velhinha como eu?

— Fui eu quem fez na época a autópsia do corpo dele.

— Então por que não perguntou isso a ele naquela ocasião?

— Infelizmente não tenho o mesmo dom da senhora. Além disso, quando examinei o senhor Santos-Dumont, o coração dele ainda estava no devido lugar. Foi só há pouco tempo que descobrimos que o coração dele se extraviou.

— Que desleixo!

Sua voz soou tão penetrante que os militares se aproximaram. Por medida de prevenção, ficaram ali ao lado. Dois se encostaram no capô do carro; o oficial se dirigiu à janela lateral da casinha, correu a cortina e olhou para dentro.

— Sabe o que é? — continuou o doutor Catunda, como se lhe confiasse um segredo. — Aconteceu uma coisa excepcional. O enterro na catedral de São Paulo em si já foi excepcional. Bem, a senhora sabe - não sabe? -, afinal esteve presente...

Fez uma pausa, mas Guilhermina não fisgou a insinuação.

— Agora que a insurreição foi frustrada, o caminho está livre para os restos mortais finalmente serem levados para o Rio. O último desejo do senhor Santos-Dumont foi descansar em paz no cemitério de São João Batista. Esse desejo vai ser atendido na semana que vem com um enterro de Estado financiado pelo presidente Getúlio Vargas em pessoa.

— Os mortos detestam algazarra — interrompeu Guilhermina. — Eles ficam felizes quando finalmente podem descansar. Deixe os mortos em paz.

— Seria melhor para todo mundo, eu sei. Mas acontece que o corpo de Santos-Dumont está exposto outra vez no Rio. Quando abriram o caixão para dar uma ajeitada nele, o furto veio à tona.

— É incrível o que as pessoas são capazes de fazer. — Sacudiu os cabelos grisalhos e crespos com espalhafato. — O coração de um homem!

— O que a senhora está planejando? Por acaso é vodu? — Sentiu um arrepio. — De que tipo de práticas a senhora costuma fazer uso?

— Eu? — gaguejou Guilhermina.

— Será que é porque a senhora se atribui certo tipo de forças? Todo mundo aqui nas redondezas sabe que pratica candomblé, não é? Aos domingos a senhora vai à igreja, mas no meio-tempo... Onde é que ele está, esse coração, a senhora mãe de santo o usa para os rituais?

— Só sou uma velhinha, não sei de nada.

— Nesse caso a senhora não terá nenhuma objeção... — Roberto Catunda fez um sinal aos soldados para que entrassem em ação.

O oficial hesitou.

Sua própria avó era sacerdotisa. Contrariá-la era arrumar problema com os santos. Durante a adolescência tivera contratempos, por intervenção da avó, com a sagrada Zumbarandá, que desregrou durante meses o crescimento de sua barba.

É claro que ordem era ordem, mas, enquanto seus homens andavam arrastando os pés no chão de madeira nu da casinha, vasculhando os armários e as gavetas, o preenchimento de palha do colchão, o oficial olhou um par de vezes para a velhinha, como quem deseja atenuar o incômodo que lhe provocava tudo aquilo, e por fim riu como quem pede desculpas.

No mesmo dia, algumas horas depois

— Ainda hoje? — perguntou Pomponette. Olhou pela persiana. Lá fora já estava escurecendo. — E por que não vai você?

— Porque eles já perceberam que estou tramando algo. — Guilhermina empurrou o jogo de chá para o lado, levantou a toalha de mesa e jogou para trás, colocando diante de si o cesto com os tubérculos. — Além disso, você conhece melhor o Rio. Com certeza também tem algum conhecido com uma casa onde pode passar a noite. O que você quer? Que eu mesma percorra todo esse trajeto para depois dormir na rua? Olhe só para as minhas pernas!

— E eu por acaso tenho vinte e cinco anos? — perguntou madame De Saint-Pompon. Sem perceber, massageou o pescoço, que ficara para sempre entortado. Desde seu ato de desespero, as vértebras superiores ficaram deformadas de modo que o queixo apontava de viés para o peito e ela olhava para as pessoas por debaixo das sobrancelhas como se suspeitasse de todos.

— Que ótima dupla nós formamos — resmungou Guilhermina — para uma missão tão secreta.

— Como assim, secreta? É uma missão de Estado. Vem todo mundo, até mesmo do estrangeiro, Deus sabe quantos chefes de Estado estão sendo esperados. Nada de secreto, o mundo inteiro está a par, saiu em todos os jornais.

— Por acaso foram publicados os nossos nomes?

— É evidente que não.

— É o que estou tentando dizer. Justamente porque não estamos sendo esperadas. Mesmo assim, estaremos lá. Ou melhor: você estará. Vai aparecer lá de repente.

— O que você quer que eu faça no enterro do Betinho, no meio de todos aqueles homens influentes?

Guilhermina apanhou um tubérculo do cesto, assoprou a poeira e arrancou uma saliência.

— Se alguém perguntar, você conta que o bravo rapaz foi o seu salvador. — Olhou a francesa no fundo dos olhos. — Porque essa é a verdade. O que você acha: que o fato de o Betinho ter salvado a sua vida não é razão suficiente para ir se despedir dele como Deus manda?

Assim que limpou um tubérculo, Guilhermina o deixou de lado e apanhou o seguinte.

— De muitas coisas já tive que me despedir há muito tempo. — Madame De Saint-Pompon se arrepiou. — Não, não vou ao Rio, pode esquecer. Alberto era um amor, tinha um bom coração, mas isso não posso fazer. Já é passado. Assim como ele. E a família inteira. Chegou um dia em que enterrei de vez essa época, junto com o meu marido. Você me entende? Toda hora ainda vêm coisas à tona. É só abrir o jornal para ler alguma coisa sobre o Alberto. As fotos dele estão em todos os lugares, com todos os elogios! O meu coração se parte sempre que alguma coisa me faz lembrar dele.

— Nesse caso — disse Guilhermina —, eu seguraria esse seu coração bem forte.

Tirou do cesto a maleta do doutor Haberfield, que, devido à permanência no subterrâneo por meses, estava algo corroída, e a pôs sobre a mesa. Apresentava ainda grumos de terra negra grudados, que voaram quando a mala foi aberta e salpicaram o mogno. Em pequenas poças de lama, eles se desfizeram nas xícaras de porcelana de Pomponette.

Após a transferência das plantações de café e a partida dos Dumont, os De Saint-Pompon se mudaram para o Rio na esperança de encontrar trabalho, mas *monsieur*, com sua idade, teve de nadar contra a correnteza infinita de imigrantes europeus, um mais inteligente que o outro, com conhecimento atualizado, mais bem-educados que ele. As lacunas na sua formação, que ele dissimulava atrás de amplos gestos, não tinham sido percebidas apenas pelos outros, mas também por ele próprio. Quando foi despedido pela enésima vez, decidiu adotar outra estratégia.

Ele foi o mais velho voluntário que jamais aparecera no Teatro Lírico, mas, com seus conhecimentos inesperados e seu entusiasmo ilimitado, depois de umas semanas conseguiu o cargo assalariado de pau para toda obra. Num dia lhe pediam que operasse as luzes nos bastidores, no outro, as varas de cenário, mas todas as noites, após a apresentação, podia ficar na companhia dos atores no bar. Esse mundo, ao qual sempre sentira que pertencia, distraía-o da tristeza inconsolável da esposa. Com todo o amor que levava dentro de si, não conseguia confortá-la. E, se pensava em casa, em quão apática ela ficava em sua cadeira, na penumbra do quarto de fundos em Santa Teresa, lembrava que sempre havia um empresário para mandar a *troupe* dar um passeio.

Pompon bebia com os galãs, mas seu organismo era pouco resistente ao álcool. Quando o içavam para cima da mesa, pediam-lhe por favor que imitasse para eles o seu *Brittanicus* outra vez, não porque gostassem tanto de seus gestos e de sua declamação. Ele bem sabia que via de regra Racine não era tão engraçado, mas daí ele tomava mais uma e dizia a si mesmo que artistas eram pessoas que reagiam a tudo com euforia mesmo.

O marido que Pomponette recebia em casa ao fim do dia estava sempre atarantado pela bebida, mas ela não dizia nada. Sabia muito bem que aquilo era uma fuga.

E se ele lhe contava sobre as novas peças do repertório, sobre as companhias internacionais que por vezes se apresentavam de passagem com as maiores estrelas, seus olhos brilhavam com a mesma chama de prazer que no passado ardia entre eles na intimidade. Nessas ocasiões ele a deslumbrava como se ela voltasse a fazer parte da vida; se ele lhe sorria, era como se fizesse rolar uma pedra da sepultura em que ela tinha sido enterrada viva, uma luz que a iluminava por dentro, acesa pelo entusiasmo do marido.

Passados alguns anos, quando o desastre aconteceu, o corpo dele já estava comprometido pela bebida. O acidente teve lugar quando o teatro estava todo alvoroçado com a presença de Sarah Bernhardt, que se apresentou durante uma semana inteira.

Pompon, o único que falava a língua da *vedette*, trabalhou naquela semana como diretor cênico. Sua tarefa principal era fazer com que ela entendesse as deixas antes de entrar no palco. Fazia-o com prazer. A Divina, como era apelidada, o tratava como a um igual e, às vezes, quando saía do palco, até trocava algumas palavras com ele.

Na última noite foi que a coisa deu errado, durante o terceiro ato de *La Tosca*.

Ela beijara o morto Cavaradossi e já estava correndo para atravessar o Castelo de Santo Ângelo a fim de se atirar no rio Tibre quando Pompon viu que os colchões que deveriam aparar sua queda atrás do cenário não estavam por debaixo do parapeito, mas a seu lado. Tentou com todas as suas forças avisar a atriz, até mesmo lhe gritou para que não saltasse, mas ela, absorta como estava em seu papel, atirou-se do andaime e quebrou o joelho direito.

O erro não tinha sido seu, mas, mesmo assim, Pompon ficou para sempre com essa sensação de culpa.

A partir de então tudo piorou rapidamente. Tornou-se introspectivo, nunca mais foi ao bar após o expediente - passou a morrer de vergonha -, mas continuou a beber sozinho, também quando começou a sentir as dores e a definhar.

Após enterrar o marido, Pomponette voltou às plantações. Chegando lá, não encontrou nenhum conhecido do passado, a não ser Guilhermina. Amigas elas jamais chegaram a ser, mas às vezes fazia uma visita à negra com alguma sopa preparada por ela ou um frango assado; às vezes era Guilhermina quem ia até ela para tomar um chá, carregando uma cesta cheia de legumes e a boca cheia de fofocas vindas do além.

Mais raramente, quando sentadas lado a lado, Pomponette tirava do armário o casaco comprido do marido e passavam em revista o conteúdo dos inúmeros bolsos.

— Essa é que é a maravilha com os mortos — dizia então Guilhermina. — Eles não levam a gente a mal.

Um suspensório, lacre, um canivete, tudo o que saía à luz dos bolsos do casaco de Pompon trazia consigo uma recordação com que ambas se deliciavam enormemente; seus óculos, seu esfuminho, o cilindro de vela e uma acendalha. E Pomponette sempre voltava a se perguntar como era possível que, quando Guilhermina a visitava, viver lhe parecia mais leve que antes.

Naquele dia, porém, sua visita havia surtido o efeito exatamente oposto.

Assim que o coração de Alberto foi posto sobre a mesa, madame De Saint-Pompon deu um salto. À vista daquilo, sentiu um nojo profundo. Ao recuar, até derrubou a cadeira e por pouco não tropeçou.

Enquanto Guilhermina ia expondo a história, Pomponette foi se acalmando. Demorou até que ela se atrevesse a olhar para o órgão e mais ainda até que se aproximasse da mesa, mas sentar ela não sentou enquanto aquela coisa permaneceu ali. Ficou pensando que deveria jogar fora sua louça de porcelana de Limoges, porque jamais voltaria a beber daquelas xícaras.

— Continuo sem entender por que diabos você trouxe isso até aqui.

Guilhermina suspirou. Assentiu com a cabeça, como se a resposta fosse evidente, sem conseguir, porém, achar uma, duas ou três palavras para explicá-lo. Ganhou tempo ao mudar-se de cadeira, mas então falou, decidida:

— Achei apropriado.

— Apropriado? Sobrecarregar a consciência de alguém com algo tão lúgubre?

— Entendo que não é fácil, mas achei que o Betinho fosse se sentir à vontade com você.

— Não acho que estar ou não à vontade seja para ele uma prioridade neste momento — disse Pomponette, dirigindo um olhar piedoso ao órgão encarquilhado.

— É por conta de uma coisa que me foi contada em segredo. O doutor Haberfield me revelou como o Betinho morreu.

— Mais um exemplo dos seus segredos. E isso então não chegou a ser publicado? Falou-se exaustivamente nos jornais sobre a causa da morte dele. Essa coisa que você tem aí, o coração dele, era fraco. Ele estava com uma exaustão grave. Isso se leu em todos os jornais. Foi por isso que os médicos o mandaram para o litoral. Para que ele descansasse bem, porque os doutores já estavam preocupados. Prescreveram um regime que ele, teimoso como era, não seguiu. Tinha sido um dia bem quente. Ele não deveria ter saído, mas foi mesmo assim. O meu senhor passou tempo demais no sol e *voilà*! Essa foi a questão.

Guilhermina suspirou:

— Não havia nada de errado com o coração dele.

— Claro que havia. Senão um homem naquela idade não sucumbiria a um pouco de calor.

— Também não teve nada a ver com calor. Tudo o que você leu eram mentiras. Espalhadas pela cúpula do governo. Para não causar agitação.

— Não entendo. Por que a verdadeira razão causaria agitação?

— Porque foi... — Guilhermina hesitou. — É horrível ter de dizer isso de uma criança que se conheceu, mas, Deus do céu, Pomponette, ouça aqui: o nosso Betinho, ele não morreu de morte natural.

— O que você quer dizer? Que ele foi assassinado?

— Não, não foi isso. Apesar de o doutor Haberfield ter duvidado no começo. — Ela se levantou e cingiu a outra num abraço. — Não, minha querida. Foi pior que isso.

— Pior que isso? Que besteira! — Madame De Saint-Pompon se desvencilhou do abraço da negra. Começava a ficar irritada. — O que é pior que ser assassinado?

Ao dizer essas palavras, já sabia a resposta.

O fogo queimou seu rosto, ficou de queixo caído. Despencou sobre a cadeira. Pomponette inspirou o mais fundo que pôde e expirou todo o ar de uma só vez. Seus olhos dispararam de um lado para o outro, como se ela pudesse ver a assombração à sua frente. Mas a encontrou foi dentro de si, na alma.

— Meu Deus! — Para não deixar escapar seu pensamento, levou a mão à boca. — Não vai me dizer que ele...

Guilhermina se pôs atrás de Pomponette, escorando a cabeça contra a barriga. Segurou-a gentilmente pelos ombros e os massageou.

— Ele sempre teve dificuldade — disse da maneira mais leve possível — em manter os pés no chão. Você lembra? Sempre ocupado, tentando se elevar dele. Pois é, ele conseguiu.

Por alguns instantes só houve a respiração de ambas e o leve massagear daqueles músculos tão tensos. Até que madame De Saint-Pompon se inclinou para a frente.

Suas mãos envolveram o pote de geleia de vidro com formol e o ergueram da mesa. Ela o manteve à contraluz tanto quanto o permitia aquele seu pescoço entortado e examinou o naco musculoso e esbranquiçado que nele boiava.

20 de dezembro de 1932

Aquelas pulsações, era isso o que importava; de resto, uma pessoa não se põe a refletir sobre seu coração. Acontecia de abri-lo para outra pessoa, mas com pouca frequência. Com menos frequência ainda, acontecia de encerrar nele outro alguém. Enchem a boca para falar dele, mas quando se referem ao amor, não à vida.

Na maior parte da viagem ao Rio, madame De Saint-Pompon manteve o coração de Alberto apertado contra o peito.

O pote em que ele estava ela pusera dentro de uma maleta de papelão revestido que, certa vez, antes de partirem de La Rochelle, Pompon lhe dera de presente e na qual ela guardava seu ruge, suas toucas de malha, seus encrespadores de cabelo e sua caixa de pó de arroz. Tinha usado a maleta pela última vez enquanto ele ainda era vivo. Agora ela a tinha esvaziado, deixando dentro só o algodão, no qual havia acomodado o pote para protegê-lo de pancadas.

Pomponette não tinha contado com a possibilidade de algum dia voltar a viajar de Ribeirão Preto ainda viva, de maneira que lhe havia tomado um bom tempo ajeitar-se para ficar apresentável. Mas, agora que tinha o cabelo preso e as sobrancelhas desenhadas com lápis e cuspe, a vida voltara a reanimá-la. A saia de cetim negro ela tirara do fundo do baú; mesmo assim, ainda lhe caía bem.

Atingira uma idade que às vezes até a surpreendia, mas no meio da viagem entrou um senhor que lhe tirou o chapéu como se ela tivesse trinta anos. Ou melhor, cinquenta. O principal foi que ele lhe sorriu, todo galante, e ofereceu pôr sua maleta no compartimento de bagagem logo acima de sua cabeça. Ela preferiu, porém, tê-la a seu lado, no assento vazio.

Durante praticamente toda a viagem deixou o antebraço apoiado sobre a maleta. Uma hora tamborilava com os dedos na tampa, outra lhe dava uma palmadinha leve e encorajadora, como se fosse um cãozinho.

Com seu próprio coração - isso lhe ocorreu durante a viagem - havia sido bem menos cuidadosa. Ela o dera generosamente ao marido, mas porque ansiava avidamente pelo dele. Possuir o coração de alguém sempre lhe parecera mais valioso que ter aquele coraçãozinho besta dela, mas, agora que ela olhava em retrospecto, não entendia bem por quê. Talvez porque, quando nasce, uma pessoa já é presenteada com o próprio coração, ao passo que o de outro ela tem de conquistar, o que só acontece vivendo.

O dela agora batia num ritmo como havia tempo não se cantava nenhuma canção. O absurdo dessa viagem, o conteúdo escandaloso da bagagem! O simples fato de que se fizera um apelo a ela lhe bombeava sangue ao coração.

Não entendia nada de política. Dois anos antes, ainda havia votado em Getúlio Vargas por sua promessa de defender os interesses dos pobres. Além disso, ele era contra o comunismo, do qual ela tinha tanto medo. O fato de que ele, tendo sido derrotado nas eleições, dera início a uma revolução e se apresentara como ditador a confundira, antes de mais nada. A violência a que se chegara naquele verão bastava para ela perder por ele todo o respeito. Mais dor e tristeza por quem ou o que fosse eram demais para madame Saint-Pompon aguentar. Ainda não entendera completamente a maneira como frustraria o tirano com aquele plano, mas, se aquele sujeito estivesse atrás do coração de Alberto, precisaria antes, com o perdão de Deus, passar por cima de seu cadáver!

Dava uma sensação boa estar fazendo o que tinha de fazer por aquele rapaz. Houve uma época em que ele é que se preocupara com o coração dela, mas agora era ela que fazia algo pelo dele. Suas bochechas ferviam. Feitas as contas, essa era a segunda vez em que ele a trazia de volta à vida.

— Uma mulher como a senhora — disse o galanteador em tom de bajulação — não deveria estar viajando para assistir a um enterro. Não com esse sorriso. A vida deveria estar conduzindo a senhora a uma festa com dança!

Ela soltou uns risinhos bobos. Disse a si própria que a intenção daquele homem bem poderia ser a de aplicar o golpe do baú, ou então era cego, mas, mesmo assim, sua alma dava cambalhotas.

Atordoada com todas aquelas impressões, pensou, pela primeira vez desde que tentara se enforcar, em tudo, por mais tolo que fosse, mesmo aqueles elogios sem sentido, que ela teria perdido se tivesse conseguido dar cabo de si mesma. Supôs que fosse mesmo só por amabilidade que o estranho dizia tais coisas, simplesmente por gentileza, uma rosa oferecida sem qualquer interesse próprio e fim, talvez aquilo fosse para alguém como ela, afinal, o mais difícil de entender!

De um momento para o outro seus olhos ficaram rasos de lágrimas ao pensar em Alberto e em todas as palavras amorosas que, se ele tivesse continuado a viver, alguém porventura lhe segredaria; e em todos os raios de sol que poderia ter sentido na pele, mas que acabara perdendo.

Bem sabia que, nesse contexto, ela própria havia pecado quando quisera morrer, mas sabia também que, naquele momento, não poderia ter feito diferente. E chorou por todas as pessoas que a vida havia conduzido a um gesto de desespero como aquele.

Chorou também porque ninguém as entendera nem poderia entender.

Pomponette fez de tudo para se segurar, mas era tarde demais. O maduro destruidor de corações à sua frente cerrou os dentes e virou-se para o outro lado.

Depois que Alberto a resgatou da árvore, uns trinta e cinco anos antes, pouco antes de a família partir para a Europa, ela conseguiu juntar coragem e certa tarde lhe agradeceu.

Escolheu um momento estranho para isso. Por outro lado, não haveria momento apropriado para uma conversa como aquela.

Obedecendo a um impulso - foi à beira do rio para refrescar-se e o encontrou nadando -, chamou-o. Passaram um tempo sentados na ribanceira, o rapaz molhado, praticamente nu, e ela quebrada demais para olhá-lo no fundo dos olhos.

— Sabe o que é? — disse a certa altura, tentando parecer sossegada. — Você é, felizmente, novo demais para entender uma coisa dessa.

Ele estava sentado com as pernas dobradas e o queixo apoiado nos joelhos e pensou por um momento.

— Mesmo assim queria entender — disse ele. — Entender melhor desse assunto. Tente, madame, me diga o que a senhora estava pensando naquela hora, não custa tentar. Quem sabe até eu entenda melhor do que a senhora imagina.

Foi assim que ele a obrigou a formular algo que não se podia expressar por meio de palavras, uma escuridão além da linguagem.

— Todo mundo fala que é lindo viver. — Deu de ombros. — É dessas coisas que as pessoas ouvem e passam a repetir. Ninguém põe isso em dúvida, e até entendo, porque parece mesmo lógico. Principalmente para quem está no começo da vida. Se você respira, por que não continuar a viver? E é verdade que a vida é frequentemente bela, claro, sei disso, mas mesmo assim... Não vale para todos.

Ele assentiu.

Foi algo de que ela nunca se esqueceu. Ele assentira como sinal de que entendia! E como ela desejara, quão ardentemente quisera que ele não houvesse entendido!

Aquele corpo ainda não completamente formado, a leve penugem ao sol, as pernas dobradas contra o peito como apoio para a cabeça, absorto em pensamentos sombrios.

Ele assentiu em sinal de que a entendia, e de seu cabelo escuro molhado escorriam as gotas, uma atrás da outra, como lágrimas sobre sua pele jovem.

Madame De Saint-Pompon nesse ínterim já possuía cinco álbuns. Tudo o que encontrara na última década sobre Alberto ela havia lido. Tinha colecionado os artigos mais bonitos e muitas fotos.

Adorava ler sobre a França. Muito tinha mudado por lá desde a sua partida, a ponto de o país se tornar irreconhecível em certos aspectos, mas dava orgulho saber que lá estava um homem que ela conhecia, ou melhor, que tinha conhecido, o homem do momento e que além disso era o centro de todas as atenções do *beau monde*... O Betinho deles à mesa das cabeças coroadas da Europa e tomando chá com Teddy Roosevelt!

Ela devorava, assim como outras tantas mulheres, as aventuras do celibatário riquíssimo flagrado todos os meses com uma nova e linda filha da alta sociedade. Ela própria apostara que seria Aida de Acosta quem o acabaria fisgando de vez, uma americana de ascendência cubana, rica, bonita, descendente dos duques de Alva, da Espanha. Alberto tinha guardado muito à vista e por muitos anos na escrivaninha uma fotografia de Aida, quando se deixou retratar, mas esse relacionamento também acabou desandando.

Pomponette atribuíra à sua timidez doentia a solidão que o acometia desde pequeno, a tal ponto que procurava o canto mais distante de um cômodo cheio de gente para ficar escondido, calado e recolhido. Seu acanhamento também era comentado nos jornais: tão efusivo como era Santos-Dumont na companhia de amigos, tanto mais acanhado ficava quando uma jovem se unia ao grupo. Era quando se retirava, assustado, pelo que parecia, ou ia se sentar mais afastado, como um surdo-mudo, *medroso*, descrevera-o um jornal, *como uma jovem em seu primeiro baile*.

Eram os jornais com esse tipo de reportagens de fofocas e de caricaturas que ela jogava fora após ler, assim como os que traziam boatos, os mais maldosos. Alguns, inspirados pela inveja, punham em dúvida sua masculinidade. Não foram poucas as piadas que teve de ler sobre o assunto e que preferia jamais ter lido. Ela as tinha queimado no mesmo instante – para o inferno com elas!

Apenas um artigo desse tipo entrara em sua coleção, mas só porque continha gravuras únicas do interior de sua casa. Dava-lhe prazer ver quão belamente havia vingado o pupilo de seu Pompon. Nas legendas, sua decoração era descrita como *manifestamente feminina*, assim como o próprio Alberto, apelidado de *hermafrodita*. *A que ele devia sua reputação de lady-killer* era um enigma para o jornalista, uma vez que *nada em sua aparência deixa transparecer o mínimo interesse pelo sexo oposto.*

Sobre esse tipo de bobagens, Pomponette só deslizava o olhar enquanto se perdia na contemplação dos assentos bordados de Alberto, e dos cortinados e dos tapetes de moqueta. Além disso, virando as páginas do álbum, via Alberto Santos-Dumont abraçado intimamente com uma francesa atraente atrás da outra, uma sobrinha dos Rothschilds ou dos Romanovs. De uma pessoa tão fora do comum, é fato, não se podia esperar um comportamento comum.

Agora que se aproximavam da cidade, a cada túnel por que passava zunindo o trem, a cabine mergulhava na escuridão por alguns segundos. A cada escurecimento, Pomponette aproveitava para limpar as bochechas com um lenço de bolso, enrolar um cacho de cabelo solto em volta do dedo e o recolocar no devido lugar, mas o miúdo senhor já descera do trem em Cascadura sem demonstrar mais nenhum interesse.

Na Central do Brasil todos estavam ocupados demais para ajudar uma velha senhora. Desceu os altos degraus sozinha. Assim que pisou na plataforma, um carregador de malas quase a atropelou com seu carrinho de mão cheio de bagagem e começou a xingá-la como se a culpa fosse dela. Também evitou por um triz o choque com um garoto que levava uma bandeja com xícaras de café e sanduíches.

Decidida, madame De Saint-Pompon uniu-se à correnteza humana, apressada para alcançar a saída através do terminal. Segurou a maleta com força contra o peito, comovida com a ideia de que dali a pouco teria de se despedir dela.

21 de dezembro de 1932

A jovem parisiense se espantou ao notar que estava emocionada. De uma hora para a outra, madame Levaisseur sentiu saudade do filhinho.

Tinha entrado na catedral do Rio – uma loira radiante, mesmo naquele vestido preto simples – e, de supetão, ao avançar em meio a todo aquele resplandecente barroco dourado em direção ao altar para ver o corpo lá exposto, não conseguiu mais se segurar.

Seu filho tinha ficado com o pai em casa, diante da lareira, na rua de Vaugirard, acima da loja de ferragens; em segurança, ela sabia. Em uma semana e meia ela voltaria à França e o veria de novo, mas, mesmo assim, dez dias eram muito tempo!

Tinha a ver igualmente com o fato de ela estar esgotada. Sua mãe, que tinha insistido em enfrentar dias dentro de um avião, se sentia tão mal naquela manhã que decidira ficar no hotel. O barulho, o desconforto e o frio na cabine de ferro sem ar pressurizado ainda dava para aguentar, mas os pernoites nos lugares mais horrorosos durante a viagem tinham deixado a ambas quebradas. Após um dia e meio em território brasileiro, as mulheres ainda se sentiam atordoadas, e não apenas fisicamente.

Mas, enfim, era para aquele momento que tinham vindo: Berthe Levaisseur se encontrava diante do caixão.

À direita e à esquerda, estavam ajoelhadas irmãs carmelitas. Tinham visto nos últimos dias tantas pessoas se debulhar em lágrimas diante do caixão que mal repararam na bela mulher antes que ela se atrevesse a olhar para o finado, apanhasse um lenço e assoasse o nariz.

Foi então que ela juntou coragem e deu um passo adiante.

— Olá, meu senhor! — cumprimentou baixinho, envergonhada. Murmurou ainda que sua mãe se desculpava por não estar presente. Disse que ela havia, sim, viajado até ali, mas que não se sentia bem no momento; estaria, porém, sem falta no cemitério mais tarde. Foi então que se deu conta da tolice de estar ali se justificando para alguém que estava morto já fazia meio ano, de modo que se calou, mas mantendo Santos-Dumont nos pensamentos, um lugar distante, do qual ela não voltou imediatamente.

— Cavalcanti. — O sujeito que a abordou disse num sussurro. Ainda assim, o nome reverberou entre as paredes da catedral. — Godofredo Cavalcanti.

A catedral tinha nesse meio-tempo fechado as portas para os curiosos. Só a madame Levaisseur fora permitido permanecer um pouco mais para se despedir do finado, já que estava ali na condição de convidada da embaixada francesa.

— Sou o notário da família — refrescou-lhe a memória Cavalcanti. — Já faz vinte e cinco anos. Fui eu quem lhe escreveu sobre a herança do meu cliente…

— Ah, sim — disse ela, dando-lhe a mão. — É graças ao senhor que estamos aqui.

— A embaixada solicitou que eu a acompanhasse agora até o seu hotel. — Ofereceu o braço à parisiense e a conduziu pela nave central. — Ainda tenho alguns livros comigo, lá fora no carro, que o senhor Santos-Dumont quis expressamente que fossem entregues à senhora.

— Livros?

— Não são estritamente para a senhora, mas para o seu filho. Foi isso o que ele especificou; que seu filho recebesse os livros. Até insistiu nesse ponto. — O notário deu de ombros diante daquela mostra de capricho. — Gostaria também de repassar alguns itens com a senhora, se for possível. A explicação que lhe enviei sobre os fundos de investimento foi clara?

Carregavam-se pela catedral buquês de flores que dali a pouco seriam dispostos nos carros que acompanhariam o cortejo. O coro de meninos e os padres que acompanhariam o funeral a pé até o São João Batista tinham se reunido no corredor em volta da pia batismal. Ajeitavam os cabelos uns dos outros e inspecionavam suas roupas. Um garoto negro que encabeçaria o cortejo, balançado o incensório, ensaiava o movimento.

— Há dois deles, colocados no banco Rothschild & Cia, um deles no seu nome de solteira, o outro, para o usufruto de seu filho, uma soma gigantesca cuja renda será liberada quando ele completar os vinte e um anos, ou antes, caso seja necessária para os seus estudos.

— Sinto muito — disse madame Levaisseur. — Estou com a cabeça na lua. Que tal se discutirmos todas essas questões hoje à noite, ou seja, o lado prático, também na presença da minha mãe?

— Na recepção da embaixada — disse Cavalcanti, frio. — Como a senhora preferir. — No trajeto, limitou-se a indicar um ou outro lugar que lhe pareciam interessantes a um turista.

Pomponette estivera esperando todo esse tempo na recepção do Copacabana Palace e, quanto mais pensava, mais ia perdendo a coragem. Era aquela então a vida verdadeira, e não o mundo de sombras em que ela vivia mergulhada em Ribeirão Preto. Era como se visse a si mesma sentada ali pelos olhos dos hóspedes do hotel.

Ó Deus, quão *sui generis* ela se havia tornado em seu isolamento, uma estrangeira na vida! Ou melhor, não se havia tornado: sempre o havia sido, isso era ponto pacífico. De jovem se sabem essas coisas muito bem, mas, com o passar dos anos, aparentemente nos escapa a noção de quão ruins elas são. Quão intransponíveis. E Pompon!

De repente sentiu uma saudade terrível dele! O único que a amara pelo que ela era! Olhe só para mim, pensava. Olhe para minha saia puída sobre esta pelúcia. A maleta de papelão revestido aos meus pés. Tente explicar a um estranho o conteúdo dela. Por onde começar?

A cada beldade que entrava na recepção seu coração saltava à garganta. *Uma parisiense secreta!*, anunciava *O Cruzeiro*, que prometia aos leitores publicar na semana seguinte uma foto da *inesperada herdeira de Santos-Dumont*.

Madame De Saint-Pompon partia do pressuposto de que essa *madame Berthe Levaisseur* era uma vampira, uma dessas jovens da *high society* com as quais vira Alberto posar em tantas fotografias. Esperava ver uma saia justa cintilante, sem muitas joias, principalmente naquele dia, mas pelo menos com uma corrente de madrepérolas. Qual parte do testamento lhe cabia exatamente o jornal não sabia dizer, mas, *segundo os iniciados, ela era a única, com exceção da família direta, cujo nome constava no testamento*. Uma pulseira. Isso ela estaria sem dúvida usando. Com certeza, já que nos jornais nenhuma de suas acompanhantes usava menos que isso.

Era esse o tipo de mulher que Pomponette deveria abordar? Ela própria não tinha nem um par de sapatos decentes. Pompon! Em sua cabeça o nome soava sem parar, como se levasse havia anos naquela maleta algo que ela acreditara estar enterrado, assim como ela própria havia enterrado Pompon, o homem tão cheio de amor e ternura que ela certo dia recompensara tentando dar cabo da própria vida! Mas outro par de sapatos como aqueles de fivela ela não tinha. Eram brancos, ao passo que todos vestiam preto. Deus, que erro o seu ter ido até ali!

Isolamento é uma dessas coisas que não se devem cortar. Enquanto um indivíduo não tem como comparar sua realidade com outra, testá-la, ela é de longe a preferível. Por alguma razão desconhecida, tinha convencido a si mesma de que conhecia a vida, mas o que ela sabia, sabia apenas pelo que lia nos jornais. Se havia algo de que ela não fazia parte, esse algo era a vida; agora que se encontrava, desprotegida, bem no centro dela, só queria saber de voltar a Ribeirão Preto.

Quando a porta giratória lançou para dentro uma jovem mulher, sem maquiagem ou joias, com um vestido preto barato e uma caixa de papelão que segurava com os dois braços na frente da barriga, madame de Saint-Pompon achou que fosse a criada de alguém. Ela até olhou ao redor, procurando pela patroa.

Um recepcionista se adiantou, mas, no mesmo instante, madame Levaisseur foi chamada pela mãe.

— Berthe!

A mulher mais velha que acenava estava sentada num dos bancos mais afastados. Parecia, para o espanto de Pomponette, tão pouco à vontade naquele ambiente luxuoso quanto ela própria. Aquela figura encarquilhada tinha - como dizer? - algum traço plebeu que se notava no corte do cabelo grisalho, talvez também no corte solto do vestido, seguramente não feito sob medida, mas antes de mais nada em sua atitude, que praticamente implorava aos passantes que não reparassem nela.

Sua filha retribuiu o aceno e atravessou aquele espaço monumental toda cheia de si, seguida pelo recepcionista com o pacote dela, que colocou diante das damas antes de ir buscar-lhes um *citron pressé*.

A dupla falava em francês, disso ela tinha certeza, mas, de resto, combinava tão pouco com a imagem das duas que ela tinha formado mentalmente que interpelou o gerente do hotel. Este só fez corroborar sua desilusão: a jovem era, com efeito, madame Levaisseur.

Pomponette primeiro se sentou num banco mais próximo. Isso contrariava o decoro, ela bem sabia, mas às vezes a vida escreve um roteiro e nós temos de interpretar nossos papéis. Oculta pela posição de uma cadeira com espaldar alto, pôs-se a ouvir a conversa por certo tempo.

Falaram sobre saúde - a mãe tinha dormido um pouco e agora se sentia melhor -, sobre Alberto - "Ele estava com uma aparência ótima, mamãe, juro, como se estivesse dormindo, a senhora teria dado conta do recado, verdade, era como se estivesse dormindo, nada que desse medo" -, sobre o desenrolar daquela tarde, as cerimônias, os planos para a noite. Entretanto, logo que passaram a falar de notários e do testamento, as francesas decidiram se levantar para se recolherem aos seus quartos.

Era agora ou nunca.

Pomponette se levantou num salto.

Um gesto pouco gracioso por conta dos nervos. Na pressa, quis virar-se para trás e, ao mesmo tempo, seguir no encalço das duas, além de abaixar-se para apanhar a maleta. Por causa do pescoço entortado, havia certo ângulo do qual ela não tinha uma visão geral de tudo. Como quer que fosse, justamente no momento em que se levantou a fim de ir correndo atrás delas, as duas se viraram, porque não haviam suspeitado da presença de alguém na cadeira atrás de si.

As três colidiram.

Com um grito, Berthe Levaisseur deixou cair a caixa com os livros, ao passo que madame De Saint-Pompon por um triz não soltou a sua maleta, enquanto a mãe olhava para ambas e soltava uma gargalhada.

As palavras de susto e de desculpas saíram todas em francês, seguidas pelas exclamações cordiais de surpresa entre compatriotas que se encontram num país estrangeiro.

— Ah, quer dizer que a senhora também está aqui para o enterro! — disse madame Levaisseur. — Nesse caso deve estar também alojada aqui a convite da embaixada, como nós.

— Infelizmente — começou madame De Saint-Pompon —, já estou aqui faz tanto tempo que fui esquecida por todos. Além do mais, já faz muito que me naturalizei.

Por causa da dicção ainda impecável de madame De Saint-Pompon, as duas não podiam acreditar naquilo. Aquela conversa cortês poderia se estender ainda mais, não fosse pelo recepcionista, que, outra vez, correra na direção de mãe e filha.

O homem se ajoelhara para recolher os livros que haviam escapado da caixa e que agora estavam espalhados no chão em forma de leque.

Madame De Saint-Pompon os viu na mesma hora.

Começou a formular uma frase, mas parou na metade.

Mesmo antes de examinar melhor, já os tinha reconhecido do ângulo do pescoço entortado: o vermelho profundo e o azul-escuro nos quais tinham sido encadernados os volumes. Era a obra de Júlio Verne que, certo dia, tinha chegado de Marselha para Betinho, cada volume com incisões feitas com ouro, sem falar nas inscrições douradas!

Ela apanhou um deles, em seguida outro, e os abriu.

— São para o meu filho — gaguejou Berthe Levaisseur, sem entender por que aquela pessoa corcunda tinha ficado chateada de repente.

Os livros pareciam bastante manuseados.

As capas estavam desgastadas.

O papel, como uma pele curtida, apresentava manchas marrons.

Pomponette folheou uma das cópias, depois outra, e mais outra. O calor úmido daquelas terras as havia descolorido, mas os sonhos eram ainda bastante visíveis. Seus dedos deslizaram sobre um grande veleiro que, bem acima do oceano, singrava as nuvens.

— A iniciativa foi *dele*? — perguntou Pomponette, entre respeitosa e incrédula. — Que o *seu* filho ficasse com eles?

Fechou os pesados livros e os cheirou. Como se fosse um tesouro, agradecida, os apertou contra o peito.

— Eu acho — disse, pegando a outra pela mão — que devíamos conversar em algum lugar mais tranquilo...

FRANÇA
1897 – 1901

Quantas coisas, que num dia
dizem ser impossíveis,
no dia seguinte
não se tornam realidade?
Júlio Verne
Da Terra à Lua

1897
O último dia de calor

Era um daqueles anos em que o sol outonal ainda escaldava a Île-de-France a tal ponto que os moradores de Ferrières sentiam a podridão subterrânea que proliferava desde as trovoadas de agosto, um estado de espírito entre pesado e melancólico que lhes lembrava que tudo o que havia florido já murchava sem que eles tivessem se dado conta.

Sobre o planalto pairava um cheiro de mofo, provocado pelo solo fermentado, então já se sabia que os primeiros cogumelos *porcini* chegariam ao mercado antes mesmo de outubro. Era um vapor que por volta do horário de almoço se levantava com o ar quente e, suspirando, deixava-se levar até o pátio interno do castelo e, por vezes, se infiltrava até nos salões.

Algumas décadas antes, na época de James Rothschild, que construíra o castelo, isso costumava custar horas extras de trabalho. Em tais dias de calor, em que o cheiro dos queijos era intenso, os camponeses precisavam virá-los pelo menos duas vezes por dia para que o odor não ficasse insuportável. O senhor barão dava a ordem a todos, do mordomo-chefe ao lacaio, de manterem afastado dos dormitórios "esse cheiro de túmulo".

Já seu filho, *monsieur* Alphonse, preferia dividir a atenção entre sua mansão senhorial na praça de la Concorde e seus vinhedos ao redor de Lafitte, no sudoeste. Mesmo quando Ferrières fedia a vala urinária dos estábulos, isso não representava para ele problema algum. Contanto que se escovassem a contrapelo os flancos de seus puros-sangues árabes com movimentos rotatórios curtos e bruscos.

Albert, naquela tarde de setembro, não hesitou nem um segundo quando Nicolas, o moço da estrebaria, fincou no feno seu forcado e saiu correndo para nadar.

Os dois compartilhavam afinidades: não só os cavalos, mas também um automóvel que havia pouco fazia parte do inventário da propriedade. Compartilhavam, além disso, o fascínio pela invenção, que possuía uma tração correspondente à força de três cavalos e meio. Cada cilindro, cada êmbolo, eles os tinham desmontado e examinado de todos os ângulos, lustrado até brilharem e montado outra vez. Seu conhecimento sobre o funcionamento de um veículo motorizado, que ninguém à sua volta ainda possuía, lhes angariava prestígio e fama mesmo nas redondezas. No ano anterior, quando os parisienses tiveram uma pane nos bosques junto a Bobigny com uma criação do mesmo tipo da Peugeot, haviam chamado a ambos para ajudar a consertar a máquina.

Era isso o que os unia, e Albert sentia orgulho. Para onde quer que fosse Nicolas, lá ia ele atrás; assim sendo, quando viu o companheiro correndo – ele já havia tirado a camisa e a girava no ar ao redor da cabeça –, Albert mirou e atirou a escova para dentro do balde e saiu como um rojão atrás dele.

Chegando ao lago de Arminvilliers, os jovens chutaram para longe o resto das roupas. Empurravam um ao outro para dentro da água só pelo prazer de escalar de novo e se vingar gritando, brincaram de luta e chafurdaram na lama revirada e suja, até que se cansaram da brincadeira. Tinham ainda nadado para lá e para cá e flutuado na água, mas acabaram deitados na ribanceira para se secar ao sol de fim de tarde e, presunçosos, fantasiar sobre as empregadas, especialmente a nova, que passava a roupa, Ernestine. Segundo Nicolas, era toda oferecida e não parava de olhá-lo de canto de olho; falaram também das cozinheiras, com as quais eles tinham mais chances.

Albert gostava daquele tipo de bravata que, como sempre entre homens, pouco tinha a ver com as garotas em si; o objetivo era antes de mais nada compartilharem a intimidade um do outro. Dava-lhe a sensação de proximidade.

Estava a ponto de trocar confidências com o amigo, quando viu no céu azul, pelo canto do olho, um colosso vindo com um estardalhaço na direção deles.

Era um balão em queda. Com uma bandeira esvoaçando em rotatória, ia perdendo altitude, as cordas chicoteando o ar desesperadamente.

Do cesto pendurado logo abaixo, à deriva, sobressaíam as cabeças de três homens em apuros. Já tomavam posição para o choque iminente contra o solo, um golpe que os dois amigos conseguiram evitar mergulhando cada qual para um lado bem a tempo.

Viram-se um ao outro num lampejo. Os viajantes aéreos, vestidos dos pés à cabeça como se estivessem flanando no bulevar Raspail, olharam para os rapazes nus com um misto de medo mortal e espanto.

Logo em seguida, o balão ricocheteou por conta da resistência e da força antagônica e subiu outra vez. Por um momento, a impressão era a de que os ocupantes seriam arremessados para fora. Incontroláveis como são tais colossos, à mercê do redemoinho do ar, o balão foi lançado a alta velocidade na direção de uma fileira de choupos; pior ainda, diretamente contra um velho castanheiro no bosque mais atrás.

Não basta saber apenas onde e quando a vida se abate sobre nós, mas sim quão adequadamente reagimos ao golpe.

Albert, que de criança nunca entendera por que as pessoas preferiam observar a vida a certa distância, levantou-se com um salto e pôs-se a correr no encalço dos azarados.

Uma pessoa deveria se perguntar quantas escapadas de sua trilha acaba perdendo na vida por obedecer a suas dúvidas, e não a seus impulsos.

A corda se arrastou pelo solo, açoitando-o com força. O estribeiro, saltando na grama em volta do balão com num carrossel, conseguiu agarrá-la por milagre e mantê-la presa, mesmo após o primeiro arranco levantá-lo alguns metros no ar.

Seu peso fez com que a nave aérea baixasse algo outra vez, mas ela exerceu força contrária, levando consigo o pobre rapaz. Para cima. Desprotegido, voou mais um trecho do jeito como veio ao mundo, na companhia dos ocupantes prestes a se acidentarem, até que a gravidade acabou vencendo, e as solas de seus pés nus voltaram a tocar o chão.

Em vez de ficar no seu canto, como qualquer ser pensante faria, e dar adeus às esperanças, Albert fez justamente o contrário: agarrou-se com força à corda e foi correndo no mesmo passo do balão, que ia agora a toda velocidade de encontro às árvores.

— Solte, seu idiota! — gritou Nicolas. — Deixe estar, Albert, deixe para lá!

Mas nem passou pela cabeça de Albert obedecer. Muito pelo contrário, pegou tal velocidade que logo se viu na dianteira, arrastando atrás de si os ocupantes do balão como se fosse ele quem estivesse usando o artifício para ensaiar um voo. Com efeito, como se estivesse empinando uma pipa, com sua velocidade conseguiu fazer com que o balão voltasse a voar propulsado por novo vento, exatamente em tempo de passar raspando acima da copa das árvores.

Albert soltou a corda de amarra.

A última coisa que viu antes de o balão voltar a planar sobre aquele ar putrefato de outono na direção de Ferrières-en-Brie, onde poderia aterrissar sobre a extensão dos campos abertos, foram os braços levantados dos ocupantes, aliviados e gratos, acenando para ele.

Albert caiu de costas sobre o gramado à margem do Sena e recuperou o fôlego, respirando fundo. Ali ficou até passar por ele uma barca carregada a não mais poder de cerveja de cevada fermentada.

Bem que mereciam uma caneca, pensou.

Não ficou só em uma.

— Eu sei o que o senhor veio falar... — disse Nicolas, tomando a iniciativa quando o supervisor foi procurá-los na cervejaria. — Mas foi um caso extremo, o senhor deveria ter estado lá para ver. Aconteceu conosco algo de incrível, de verdade, e o Albert, este nosso Albert aqui, salvou a vida não de um, nem de dois, mas sim de três homens, senhor. Três homens!

— Já estou sabendo. — O supervisor se inclinou para a frente. — Eles estão no castelo. A vinda deles provocou certa consternação, para a qual vocês podem ter contribuído. Por causa do susto lhes serviram algo para fortalecer os nervos na biblioteca, mas os cavalheiros querem agora voltar para casa. — Levantou uma sobrancelha e inspirou duas vezes profundamente o cheiro de bebida que envolvia os estribeiros. — A aeronave pousou no prado por trás da pista de hipismo e lá está, esperando por vocês. Os náufragos estão sendo esperados em Paris com urgência, de maneira que vocês se apressem. É responsabilidade sua, Albert, preparar o trambolho para ser transportado, e com todos os equipamentos. Se você é valente a ponto de salvar a vida de uns senhores nobres como aqueles, não vai ter dificuldade em levá-los a tempo até a estação.

Todo aquele traste de lona murcha pertencia a dois dos ocupantes, ninguém menos que os senhores Lachambre e Machuron, autores do livro *De balão ao polo Norte*. Com os devidos orifícios e cordas, ganchos e grampos, tal veículo vazio demonstrou ser consideravelmente pesado e teso. Uma vez na plataforma da estação, os proprietários conferiram meticulosamente se estava tudo ali.

O terceiro viajante, convidado deles, um estrangeiro - ombros estreitos, de estatura baixa -, um homem calado e brando, fazia questão de se manter afastado.

De vez em quando, passava a mão pelos cabelos como se temesse que um fio tivesse se descolado da brilhantina; depois passava a mão na risca, que tinha precisamente no meio da cabeça, para a direita e para a esquerda, a fim de finalmente jogar para trás a teimosa mecha dianteira, solta de maneira quase indolente, com um peteleco do indicador, no qual brilhavam duas grandes pedras preciosas.

Esse era o único movimento do homem.

De resto se mantinha encostado no poste de sinalização. Quando chegou o trem e o balão teve de ser colocado dentro dele, o estrangeiro observou com seus olhos escuros os rapazes empurrar o material.

O silêncio de sua presença abafava toda aquela confusão.

Albert teve de fazer uma força sobre-humana para erguer aquele instrumento voador mortal e fazer com que entrasse no vagão de primeira classe.

— Foi o senhor, não foi? — soou uma voz atrás dele logo quando estava no meio da tarefa. Era o tal homenzinho de olhos tristes e redondos. — Não associei na hora porque o senhor está agora... — O estrangeiro tinha uma voz aguda que combinava com sua aparência frágil. — Enfim, porque está agora... vestido.

— Não foi nada, meu senhor. — Albert tirou o chapéu e o manteve diante da barriga. — Nem pensei, quando vi já tinha feito.

— É assim que se realizam as melhores coisas da vida: sem querer.

Com tanta seriedade, o bigode escuro e o fraque sombrio, o estranho parecera antes mais velho, mas, agora que lhe sorria, Albert calculou que ele teria no máximo uns vinte e poucos anos.

— O senhor não parou para pensar — prosseguiu o estrangeiro —, mas, mesmo assim, num impulso, fez exatamente o que tinha de ser feito. O senhor tem conhecimentos sobre o deslocamento do ar?

— Não, senhor.

— Mas das leis naturais o senhor, ao que tudo indica, está a par.

— Só sei algo das leis comuns, meu senhor. É a elas que me apego e já as acho complicadas o suficiente. Gosto de trabalhar com cavalos e já tenho certa manha, pelo que me dizem, com o funcionamento dos automóveis. E aí acaba a coisa. Além disso, claro, faço uso do meu juízo.

— Felizmente! — riu o outro. — Se não fosse pelo seu juízo, eu não estaria aqui agora. Para que conste: estou em dívida com o senhor.

Estendeu o braço, e Albert apertou-lhe a mão com cordialidade, mas logo percebeu que não era essa a intenção. O jovem tinha lhe oferecido só dois dedos, entre os quais estava seu cartão de visita, que acabou voando com a força daquele aperto de mão de obreiro, uma deselegância que ambos tentaram desfazer ao inclinar-se para apanhá-lo, o que fez com que suas cabeças se chocassem no movimento.

— Que coincidência! — Albert riu enquanto lia o nome inscrito com letras douradas no cartão.

O maquinista assobiou dando o sinal de partida.

— Só queria dizer... — O estrangeiro embarcou. Com certo acanhamento, encolheu os ombros. — ... se algum dia eu puder lhe ser útil, não hesite em me procurar. E, se não encontrar trabalho, estou com alguns projetos e poderia ajudar. Não hesite. Alguém que faz coisas sem refletir... pois é, alguém assim me parece ideal. — Estendeu novamente o braço, mas agora mais decidido: — Alberto Santos-Dumont.

O trem se pôs em movimento vagarosamente.

— Era o que eu queria dizer. *Albert.* Também me chamo assim — disse ainda ao descer os degraus e saltar para a plataforma. — Coincidência. A sua mãe e a minha tiveram a mesma inspiração. — Levantou o chapéu no ar, correndo um trechinho ao lado do trem. — Albert, senhor, esse é o nome. Albert Chapin!

O outro já havia afundado nas almofadas acolchoadas e provavelmente conversava com os camaradas, porque não virou mais o pescoço.

Alguns meses depois, 28 de dezembro, para sermos exatos

Os primeiros flocos caíram enquanto passava a barca cervejeira de Charenton. Os gritos do hospício de Saint-Maurice reverberavam sobre a água. Albert pôde ver dali os quartéis residenciais nos arredores da capital.

A neve redemoinhava. A tempestade iminente foi se condensando numa camada cerrada de nuvens que nublou o céu. No momento em que eles passavam por debaixo da Pont d'Austerlitz e o barqueiro – "Bombordo!" – se preparava para atracar, as casas ao longo do cais somente eram visíveis através de uma cortina de bolas felpudas.

Após Albert fazer o acerto da viagem – o tanoeiro cobrara dois *sous* por uma mera viagem de hora e meia desde Ormesson –, ajudar o homem a rolar os barris para o transbordo, uma tarefa da qual não conseguira se furtar porque ainda não havia aprendido que aos parisienses era necessário mostrar as unhas e falar dez vezes mais alto que qualquer outro, e, finalmente, perto da ponte de Sully, abrir caminho entre o tumulto insano e fumegante do pavilhão vinícola e ver-se de repente em meio à confusão do bulevar Saint-Germain, um véu de gelo começou a espalhar-se pelas calçadas. Os viscos ao redor das vitrines natalinas já tinham desaparecido sob uma camada branca, tênue e fofa.

Albert estudava os rostos que passavam por ele, antes carrancudos que sorridentes; trabalhadores por empreitada a caminho de casa, também mulheres abastadas que faziam suas compras para o Réveillon e um ou outro vendedor de rua: "Castanhas doces e quentinhas!", "Sabão de Aleppo ao quilo".

Sentiu cheiro de carboneto escapando de um automóvel, um modelo da Panhard-Levassor que conhecia dos desenhos que havia estudado na companhia de Nicolas na *Illustration*. Chamando a atenção e causando um leve pânico nos ciclistas e nos cavalos, o veículo avançava matraqueando sobre os cascalhos em direção à estação ferroviária de Orléans.

Chapin levantou a gola do casaco, arremessou a sacola com a merenda sobre os ombros e se apressou na direção de Saint-Michel sob a luz dos postes elétricos.

Desde que se dera por gente, os dias imediatamente anteriores e posteriores ao Natal, assim como para as crianças nas lojas de brinquedos pelas quais ele passava, formavam o clímax do ano. A partir de agora, porém – atravessou-o um calafrio – nunca mais poderia ver um presépio sem voltar a pensar nos últimos dias.

Mas por que preocupar-se com os anos vindouros se não sabia nem mesmo o que o esperaria naquela noite?

Não tinha ainda planos.

Não de verdade.

Fosse como fosse, deveria achar um lugar para passar a noite, e o mais barato possível, porque tinha partido atabalhoadamente, sem se atrever a pedir seu pagamento semanal, sem avisar a ninguém que estava indo.

Nicolas deveria tê-lo xingado. Sem dúvida já tinha vasculhado o quarto de ambos, revirado o colchão e descoberto que os pertences de Albert não se encontravam mais debaixo dele. Agora seria só uma questão de tempo para que o amigo transmitisse as notícias sobre seu desaparecimento a Ernestine na cozinha durante a refeição.

O bulevar ao final dobrava à direita, conduzindo à ponte de la Concorde, com o obelisco que marcava o começo da avenida dos Champs-Elysées.

Nada distava mais da natureza que o mapa das ruas daquela cidade. Com a quantidade de areia calculada e as linhas retas partindo de seu centro, parecia uma máquina. Aquela rede com forma de estrela, todos aqueles bulevares e suas casas iguais, suas fachadas uniformes. O olho não reconhecia nada ali, a alma não encontrava apoio, em todos os lugares a dimensão humana havia tido que se adaptar à ideia.

A neve tinha deixado de cair. Albert apoiou as mãos sobre o parapeito da ponte. A água fria turbulenta era a mesma que naquela tarde tinha corrido ao longo de Ferrières e agora se afastava de lá com a mesma pressa e a mesma impaciência que ele.

Ernestine, a nova passadeira, havia provocado certa comoção no estábulo com sua chegada no verão passado. Enquanto trabalhavam, criados, cocheiros e palafreneiros davam asas a sua imaginação voluptuosa. Havia algo em sua postura que fazia com que eles atiçassem os desejos uns dos outros ao fantasiar; havia algo em seu sorriso que parecia pedir tudo isso. Com efeito, como era de esperar, já que ele era o mais bonito de todos, naqueles dias de calor muito forte, quando os rapazes circulavam sem camisa, o olhar dela caiu sobre Nicolas.

Mas não só sobre ele.

Era um homem, mas era melhor ter cuidado.

A fatalidade não pairava só no ar naquele último dia estival de setembro. Após ter-se abatido sobre Albert, com balão e tudo, ela continuara em seu encalço até tarde da noite.

Nicolas e ele tinham voltado da estação eufóricos com o calor outonal; depois de terem nadado e, claro, estado na companhia um do outro, bêbados com o perigo que lhes caíra do céu e a aventura que se seguira, foi que viram Ernestine no campo.

O que ela estava fazendo ali ninguém entendeu bem, mas o fato é que ali estava.

De pé, tranquila, encontrava-se em meio aos feixes da seara, observando os estribeiros chegarem de longe com suas carroças vazias. Talvez planejasse refrescar-se no riacho que corria ali perto, talvez estivesse somente à espera deles. Tampouco era o momento de se preocupar com um detalhe de tão pouca importância.

Ali estava ela, observando-os, decidida e atrevida, quase hipnotizada.

Nicolas deu uma cotovelada. Como Albert não se deteve no mesmo instante, agarrou as rédeas e fez o pangaré parar. Só estavam a uns trinta metros de distância, os rapazes na boleia e a moça com os pés descalços na terra.

Depois disso, nada.

Silêncio.

Espera.

O calor não dava trégua.

Por fim a moça pousou as mãos na coxas, pegou a barra da saia entre os dedos e, lentamente, foi levantando-a centímetro após centímetro.

Albert não ousou tirar os olhos de cima dela e olhar para o amigo, mas ouviu sua respiração, aguda e ligeira, parecendo gemer a cada inspiração.

Ela levantou a saia até bem acima... não, ao longo da cintura, sem desviar os olhos dos rapazes. Estava ciente de que estava sendo vista e se deleitava.

Em seguida se agachou, cambaleando por um momento, o que quase estragou o espetáculo, mas recobrou o equilíbrio e, uma vez em posição, começou a urinar, um jato grosso que borbulhou na lama entre seus pés.

Enquanto aquele jato corria, isento de qualquer vergonha, acompanhado ininterruptamente pelos olhares de um e de outro, criava um vácuo no trajeto de vida dos envolvidos.

Antes das últimas gotas, Nicolas já havia saltado da charrete e corria em direção à jovem.

Albert sabia o que tinha de fazer. Não era a primeira vez que deixava o amigo a sós com uma moça. Pegou as rédeas e estalou a língua duas vezes para fazer o cavalo pôr-se em movimento.

— Não seja idiota! — deteve-o Nicolas. — Uma coisa assim você não pode deixar escapar, homem!

Com um puxão tirou Albert da charrete e o arrastou atrás de si. Saltaram uma valeta de mãos dadas e foram diretamente para onde estava a jovem passadeira, que os esperava com um sorriso de orelha a orelha, ainda que, ao tê-los diante de si, houvesse baixado o olhar. A olhá-los ela não se atreveu mais, mas, fervendo de expectativa, mordeu o lábio inferior.

E só quando Nicolas tirou a camisa, como se fossem outra vez dar um mergulho juntos, só então foi que soltou Albert.

— A rua Washington?

O homem mirrado que, temendo escorregar, atravessava o Sena apoiando-se no parapeito da ponte, lançou um olhar desconfiado a Albert antes de ler o cartão de visita.

— Quer dizer que o senhor está sendo esperado lá? — O homem deu de ombros. Afinal, não tinha nada a ver com o assunto. — Siga na direção da ponte. Depois da La Boétie, dobre a primeira ou a segunda rua à direita que já é a rua Washington.

Começou a garoar. A alegria dos cartazes do circo de verão nas janelas interditadas com tábuas já era coisa do passado.

Albert ergueu a cabeça para olhar os edifícios e as árvores depenadas, dispostas em fileiras estritamente urbanizadas. A neve já tinha virado lama e aderia em grumos às solas de seus sapatos.

Tinha sido uma grande besteira, tudo, uma besteira e nada mais.

Ernestine tinha esperado a missa do galo, fazia três dias, para lhe contar. Na capela de São Jacó do castelo de Ferrières. Estavam presentes em massa os funcionários e algumas famílias dos arredores.

Após receber a hóstia, a passadeira, de repente, como se tivesse tido uma inspiração ajoelhada diante do altar, saiu de sua fila e saltou dois bancos, acomodando-se na fila dele.

Em seguida foi escorregando mais e mais.

Até colar em Albert.

Enquanto o corpo de Jesus se dissolvia em sua língua, ele não parou de olhar para a frente. Só quando aquele se desfez e foi absorvido por seu próprio corpo ele olhou para o lado.

Quando os olhos dela ficaram rasos de lágrimas, Albert entendeu a mensagem.

Como desvairado, reuniu mentalmente todos os argumentos que poderia usar em defesa própria, mas prevaleciam somente dois pensamentos: um entendimento rançoso e amargo de que negar não serviria de nada e, para rir, a ironia. Os caprichos do destino. Ele agora... justamente ele!

Nicolas, o mesmo que tinha se gabado, deitado à margem do lago, nas vésperas abafadas, uma vez no campo não se atrevera. Beijar, sim. E apalpá-la até que ela gotejasse de prazer, isso ele conseguira fazer. Mas quando Ernestine tinha se deixado cair no chão, excitada, e pedira mais e mais, e o puxara para cima dela, impaciente, e tentara enfiá-lo com ambas as mãos dentro de si, nesse momento o bravo senhor a deixara a ver navios.

Arisco e assustado, ele rolara para o lado de repente, após o que os três - Ernestine tinha se alçado justamente com esse objetivo, apoiando-se nos cotovelos - prenderam a respiração por alguns momentos.

Meneando a cabeça, Nicolas recobrara sua superioridade; fora um gesto áspero e malicioso dirigido a Albert para indicar que este tomasse então seu lugar. Como se fizesse parte do jogo, como se tivesse sido desde o início sua intenção.

Albert, espantado com a própria audácia, havia até então pegado aqui e manipulado ali, mas na posição do observador admirado de que algo assim pudesse existir, sobretudo excitado com o que via e eufórico por ter sido escolhido, por poder dividir aquela intimidade, aquela confiança. Por poder fazer parte daquela essência!

Com umas palmadas nas costas, Nicolas o atiçava.

Albert então não tinha escolha, nem que fosse para salvar o prestígio do amigo, que, desajeitado, lhe dera um primeiro empurrão na direção certa, como se o amigo contrariamente não soubesse direito onde é que a coisa tinha de acontecer.

Assim foi que os dois estribeiros trocaram de lugar, um ato que tinha em si algo de belo, fraterno, nobre, um ritual masculino que representava tanto mais e, em realidade, mais alto e mais sagrado que tudo a que Albert jamais havia aspirado. E ele agia, de repente, surpreendentemente isento de qualquer vergonha, de maneira inesperadamente aberta, na ciência vertiginosa de que seu amigo Nicolas agora o podia ver e, com efeito, finalmente via, estando a seu lado, e logo depois à sua frente, escarranchado sobre o casal em cópula, ao qual ele se agarrava e à vista do qual se bolinava de modo selvagem.

Também não deixava de ser triste, mas nisso Albert conscientemente não pensava, porque naquele momento o que importava era sentir e poder existir, estar ciente disso, e principalmente ser, ser como o outro queria que ele fosse.

— E qual é o interesse que ele poderia ter no senhor? — perguntou o mordomo, que abrira a porta da mansão na esquina da rua Washington. A tentativa de enviá-lo para a entrada de serviço não funcionara, tampouco o comunicado de que o senhor da casa jamais recebia pela tarde. O homem de uniforme não aceitava nenhuma desculpa.

— Imagine... — O mordomo arqueou uma sobrancelha. — E aqui quero frisar, *imagine* que eu decida incomodar o meu senhor com um detalhe insignificante como este, que tipo de informação eu lhe passaria que pudesse lhe despertar um mínimo de interesse pelo senhor?

— Não muita — disse Albert. — No máximo o meu nome.

Tinha conservado o cartão de visita todos aqueles meses na sua Bíblia de bolso, com o santinho que o pastor lhe dera na época de sua primeira comunhão. Vez por outra ele olhava para o cartão sem saber o que fazer com ele, e nessas ocasiões sempre sentia um arrepio na pele. Não sabia que nome dar a essa sensação, porque não existem palavras para o que não se conhece.

Após alguns minutos, o mordomo voltou e o conduziu para dentro de uma gaiola dourada e brilhante que, após fechar-se uma portinhola, com um curto ruído sibilante, como se fosse movida a vapor, e uma sucção de bomba hidráulica, se pôs em movimento.

— Estamos subindo — disse Albert, que se agarrou numa barra por segurança.

— Assim é — respondeu o homem sem pestanejar. — O senhor verá, o meu patrão não se contenta com pouca altura.

— Albert! — Seu nome ecoou assim que ele entrou numa das salas do andar superior. — Meu xará, adiante-se!

Ele não localizou de imediato de onde vinha aquela voz.

A sala era dominada por janelas altas. Acima das copas das árvores, que dali mais pareciam vegetação rasteira, viam-se as ricas fachadas das mansões do outro lado banhadas na luz dourada da iluminação de rua, um panorama tão magnífico e inesperado que Albert, após a aflição da gaiola elevadora, se sentiu inundado de liberdade. Que sensação de independência! Uma onda em que sentia uma espiral de possibilidades.

— Vamos entrando! — Era a mesma voz suave que em outra época se dirigira a ele. — Adiante!

Albert olhou a seu redor e encontrou num canto uma mesa pendurada com cabos de ferro a uns bons três, três metros e meio acima do chão. As cadeiras tinham pernas com o comprimento equivalente.

Numa delas, no alto do aposento, estava sentado ele, Santos-Dumont, o viajante de balões, com sua pequena estatura comparativamente ainda menor, comovente como um pupilo sentado num trono.

— Albert Chapin — exclamou, entusiasmado, mais perto do teto que do assoalho. — Meu salvador em apuros! Como me alegro: não tinha muita certeza de que você se aventuraria a vir. Para começar, posso lhe servir alguma coisa?

Fez um sinal para que Albert subisse a fim de juntar-se a ele.

— Pois é, quem aspira aos céus... — Santos-Dumont sorriu enquanto o jovem subia os degraus da escada que o mordomo segurava para ele. — Quem quer se descolar do chão não deve acostumar os pés à terra firme.

Na mesma noite, mais tarde

— Voar é realmente o mínimo que uma pessoa que quer trabalhar para mim pode fazer — disse Santos-Dumont, decidido. — Saber o que significa descolar-se do chão. Qualquer dia eu levo você comigo para cima.

Albert protestou o mais educadamente que pôde: a ele é que não poriam dentro de um balão de ar.

Olhou ao redor no restaurante ao qual haviam chegado e se perguntou se transpareceria que ele não tinha comido quase nada naquele dia.

— Eu faço questão — insistiu Alberto Santos-Dumont. Sua brandura não escondia o fato de que estava acostumado a ser obedecido. — Na primavera, combinado? Voaremos juntos assim que a atmosfera permitir.

— Não é que eu não aprecie a sua proposta, *monsieur*... — Albert realmente não estava se sentindo à vontade. Nunca havia estado num estabelecimento chique como aquele. — Pode ser que eu tenha passado uma impressão incorreta.

Baixou os olhos. Seus dedos brincavam com o anel do guardanapo.

— Entendo alguma coisa da técnica, é verdade, mas nada do tipo a que o senhor se refere. Os automóveis, sim, são uma coisa grandiosa. Como uma catedral que você quer saber como foi construída.

A montagem, o material, o funcionamento de um motor; se quiser saber algo a respeito, é comigo mesmo. Para a frente, de acordo; mas, para cima, essa possibilidade eu risco da lista. Correntes de ar, condições meteorológicas, resistência e pressão de ar são coisas das quais eu realmente não tenho a mínima ideia. Se for isso que o senhor está procurando, aí eu realmente vim para nada.

— O que eu... estou procurando... — Santos-Dumont refletiu e olhou pela janela para os pedestres na rua Royale como se tivesse perdido o fio da meada.

— Trata-se de um mal-entendido, *monsieur*. — Albert empurrou a cadeira para trás. Queria abrir o guardanapo sobre o colo, mas não sabia por qual canto fazê-lo. — Eu não deveria ter vindo.

Não sabia exatamente por que tinha ido até ali: uma entrevista de trabalho, um humilde pedido de referências? De qualquer maneira, para algo dentro do normal, a que ele estava acostumado. Não uma refeição como a que agora lhe serviam. Nem com talheres como aqueles. Aquilo estava lhe dando nos nervos. Também seu extravagante anfitrião, como se ele tivesse dito algo impertinente. Ou o olhar do gerente, que parecia estar esperando que o camponês cometesse a primeira gafe. Quem sabe não tivesse até feito uma aposta com os garçons, que não paravam de circular em volta da mesa como uma ave ao redor do ninho.

— De cavalos também sei alguma coisa — emendou Albert em sua própria defesa —, isso eu me atrevo a dizer, e de motores também. Mas não quero criar nenhuma ilusão. Tudo com que me ocupei até agora era pesado e cheio de arestas, e robusto, e ficava no chão.

— Pegue os cavalos. — O outro teve um sobressalto. — Como são pesados e leves ao mesmo tempo? — Santos-Dumont fez com suas finas e esbeltas mãos um movimento ondulante no ar. — Pense só como o corpo deles é aerodinâmico, como o vento bate no esterno e se esvai pelos flancos. Como tudo neles foi feito para driblar a resistência. É isto o que estou procurando: encontrar uma forma de não ficar constantemente à mercê do vento, mas sim de singrá-lo.

— Com todo o respeito... — Albert estava lutando com um pedaço de coração de ganso que não queria parar quieto em cima de seu brioche.

— Já acho mais saudável uma pessoa num balão não receber o vento de través.

— O vento não é um inimigo, mas tampouco um amigo. O certo é que não há vento quando se está lá em cima. Não num balão. Você fica entregue a ele, isso sim, mas ele não é um jogador. Por mais que seja levado junto, você próprio não sente nem um sopro. Nem um fio de cabelo sai do lugar. Porque *você* é o vento. Mesmo em meio a uma tempestade, em volta fica tudo parado. Você e a tempestade se unem numa coisa só. A velocidade que se atinge se vê no solo que desliza lá embaixo, mas você próprio não percebe que está se movendo de maneira alguma. Veja bem, nem que seja só por isso, vale a pena você subir ao céu. Estamos falando de uma outra dimensão, algo inteiramente inimaginável. — Olhou para ele, radiante. — Você tem mesmo tão pouca curiosidade, Albert Chapin? Ouvir uma explicação a respeito é uma coisa, passar pela experiência é outra bem diferente.

— Se Deus quisesse que eu voasse, meu senhor, Ele teria me dado asas.

— Albert, já eu penso que, se Ele nos deixou desprovidos delas, foi de propósito, para nos dar a chance de inventá-las nós mesmos.

— Estou muito satisfeito com os pés no chão, obrigado. Se o senhor quisesse me animar a subir ao céu, teria sido melhor não ter me demonstrado aquele dia em Ferrières quão fácil é se esborrachar no chão. Foi um atrito curto e rápido o seu quando bateu no chão, mas, naquele exato momento, eu o observei claramente.

— E eu a você — disse Santos-Dumont. — Naquele momento nós vimos um ao outro.

— Olhei em seus olhos e não o vi senhor da situação, mas sim completamente à deriva.

— Foi o momento em que decidi fazer algo a respeito. Utilizar o vento, domar a tempestade como a um cavalo. Fazer do meu adversário um jogador do meu time. Em termos de igualdade. Fiz alguns esboços, vou mostrar a você, e projetos para o leme de cauda. Dessa maneira posso reverter a proa e navegar para onde quiser. Situações como a de que você me salvou pertencem ao passado. A questão é principalmente imaginar uma estrutura resistente o bastante para aguentar tudo isso, e a mim, e ao mesmo tempo leve o suficiente para conseguir decolar.

Albert estava sentado na luxuosa e aconchegante cadeira, perdido. O brilho dos alfinetes de gravata e das joias no restaurante, tudo nascera de um engano: sua vinda, a fuga de Ferrières, sem mencionar as bobagens que o tinham conduzido até ali. A vida nesse momento lhe parecia tão inconcebível, tão incontrolável, tão inelutável, as possibilidades tão imprevistas e o fracasso tão completo que os senhores sentados à mesa com suas acompanhantes o feriam com sua alegria.

Pensava nos pais, aos quais não tinha ousado pela manhã dizer que partia. Via o rosto deles diante de si, assim como os de Nicolas e Ernestine, que nesse ínterim teriam se unido em sua repulsa a ele e em sua indignação.

— Em convívio social — continuou Santos-Dumont — um homem se sente muito mais solitário do que nas nuvens, você vai perceber. — Seus olhares se cruzaram. — Gostaria muito de fazer você passar por essa experiência. É muito diferente de estar em mar aberto: sempre se pode encontrar outra embarcação. Lá em cima, não. Lá você está a sós com os pássaros. — Esticou o braço para Albert, como se quisesse pegá-lo diretamente pelo pulso e arrastá-lo, mas controlou-se a tempo. Os dedos com os anéis continuavam a flutuar sobre a mesa. — A solidão não passa de uma expectativa não cumprida. Lá em cima não se exige nada de você. Não há ninguém para nos decepcionar, nem vivalma a quem dar satisfação. As pessoas não nos atingem. Literalmente.

Albert concordou, educado. As palavras combinavam com os talheres, o mundo brilhava, mas ele não sabia bem o que fazer exatamente com tudo aquilo.

— Assim que você decola — continuou o outro — deixa de ser um mero cidadão. Você faz algo que os outros não podem fazer, se transforma num viajante explorador, num aventureiro do desconhecido, tão destemido quanto os homens que congelam sobre as montanhas de gelo da Groenlândia ou se queimam nas praias de coral da Índia. Você se eleva sobre um mundo que conhece e, quando desce em algum lugar após uma longa viagem, é como um deus que baixa sobre um povo perplexo. Quando pergunta aos habitantes em que país foi parar, você não sabe nem em que língua responderão. Alemão? Norueguês? Russo?

Alberto Santos-Dumont resplandecia ao fantasiar sobre suas próprias aventuras com a mesma alegria com que Nicolas o fazia. Enquanto este, ao escovar os cavalos, se gabava de suas conquistas, via-se que se excitava com as próprias palavras. Notícias do desconhecido deixavam Albert sempre curioso, na mesma medida que temeroso.

Ali as garotas eram horizontes; suas curvas, nuvens. Ali não se tratava de deitar com elas, mas sim de subir até elas.

E, enquanto observava Santos-Dumont, viu pela primeira vez Alberto, os olhos iluminados, o tórax arquejando irrequieto no ritmo do seu coração, os lábios agitados e cheios de perspectivas em relação à vida, como qualquer outro homem jovem.

Diante dele não estava sentado apenas aquele senhor todo enfeitado e empetecado, entregue à sua sorte, mas também um jovem de sua idade, no fundo com as mesmas expectativas, o mesmo grande medo do fracasso e a necessidade de vencer o temor abafando-o com gritos.

— O céu é um absoluto nada; um vazio, rarefeito, puro, afastado do mundo com suas expectativas em relação a você, um limbo, que se atravessa flutuando sem peso, sem matéria: uma alma libertada de todo o fardo.

— Nunca senti o chão em que piso como um fardo, senhor — riu Albert. — E um caminho reto também não. Prefiro uma trilha clara na qual não possa esvoaçar à mercê do vento como uma pena, sem a liberdade de querer dobrar à direita ou à esquerda. Aí então, quando chego a algum lugar, não vai me surpreender que falem alemão ou norueguês: sei com certeza que vão me entender quando entro num bar e peço um chope.

— Também quero isso, Albert. Estou engenhando certa coisa. — Santos-Dumont deslizou até a borda da cadeira. — Escolher um destino e ter direito de navegar diretamente até ele é o segundo passo, entende? Ele virá, é inevitável. Mas como? — Recostou-se no espaldar da cadeira, abatido. — Todo aquele material! O peso final... não vou conseguir de jeito nenhum fazer um colosso daqueles se levantar do chão.

Naquele momento, esmoreceram todas as conversas nas outras mesas.

A atenção de todos foi atraída como limalhas de ferro por um ímã. Como se acabasse de descer as escadas uma aparição, de olhar ausente pela certeza lânguida de quem sabe que seu espírito está irradiando. Ela havia visitado madame Pi-Pi, a senhora dos lavatórios, mas seus passos solenes desciam os degraus como se estivesse se retirando da sala do trono da Babilônia.

Gaillard, o proprietário do estabelecimento, apressou-se em abrir espaço a fim de que ela pudesse passar. Como se tal coisa fosse necessária.

Quando num futuro contasse à filha sobre seu primeiro encontro com Sarah Bernhardt, Albert descreveria como todas as cores e luzes daquele aposento tinham se retirado e voltado na direção dela.

Ou melhor, havia-se dado o contrário: aquela mulher aprendera, como ela própria dizia, a invocar uma luz incandescente interna, movida por sua vontade, uma ilusão cujo efeito jamais falhava, tanto no palco como em público.

Sua cintura de vespa, que após um bom meio século ainda se podia cingir unindo as mãos, estava enfiada num vestido de lamê dourado, envolta numa capa com muitos, muitos, *muitos* metros de seda azul afivelados na cintura, nos ombros e nos pulsos, fazendo assim com que o tecido que os prendia ficasse inflado. Um capuz largo do mesmo material se espalhava como o casaco comprido da *Madona Sistina* de Rafael, fazendo parecer que sua ampla coroa ruiva de cachos respirava.

Atravessou o refeitório como uma menina perdida em pensamentos. Ergueu o olhar uma única vez, um olhar certeiro. Deteve-se um momento, ostensivamente alegre, e atravessou aquele mar de mesas, indo diretamente na direção de Alberto.

— Santos, não pode ser! — exclamou, em tom de reprimenda, enquanto lhe estendia a mão para que ele a beijasse. — Que tipo de deslize é esse? Por favor, termine logo de comer porque a sua presença é imperativa no teatro Saint-Martin!

— Sinto muito, mas realmente não vai ser possível — riu Alberto, ainda mastigando, e lhe indicou Albert. — Este senhor e eu estamos tendo uma conversa.

A atriz olhou para o lado, surpresa ao ver o *outro* lugar ocupado.

— O que se pode ver hoje no Saint-Martin? — perguntou Alberto.

— Só a estreia da temporada. Acredite, ontem assisti ao ensaio geral, o homem é genial. Outra vez o Rostand, quem mais poderia ser? Eu disse a ele pessoalmente que pusesse Santos-Dumont no topo da lista de convidados. Mas nem tudo ainda está perdido. Você vem é comigo. — Acenou para Gaillard e gritou: "Maxim, por favor, um coche!", após o que se voltou novamente para o brasileiro. — Já deram as oito, eles lá já estão a ponto de começar, o que você está esperando?

— É claro que o senhor irá. — Albert se levantou. — Não se preocupe comigo.

— Oito horas. — Santos-Dumont consultou o relógio de bolso. — Mas é impossível que cheguemos a tempo.

— A tempo? — Madame Bernhardt olhou ao redor como se aquele conceito exigisse explicação. — Fique tranquilo, nunca se começa nada sem que eu esteja presente. Pontualidade é prerrogativa dos escravos.

— Agradeço ao senhor pelo jantar — disse Albert por entre os dentes. Fez um pequeno gesto de despedida, mas ele se perdeu em meio ao rebuliço.

— Estou certa de que a nova peça lhe agradará. O homem de que se trata acalenta o mesmo sonho que o senhor e eu: poder viajar pelo céu!

A atriz ofereceu o braço a Santos-Dumont, enquanto se dirigia ao outro, repentinamente íntima.

— Devo lhe dizer, *monsieur*, que tenho suplicado ao seu amigo aqui que me leve com ele para uma volta de balão, mas ele não quer saber de companhia. Insiste em ficar com as nuvens só para ele!

O olhar de Albert cruzou com o de Santos-Dumont. Este só teve ainda tempo de dar de ombros antes de ser arrastado até a saída pela mulher com os panos inflados.

— O seu amigo — a sala inteira ouviu-a dizer — me encarou como se não tivesse a mínima ideia de quem eu sou. — Inspirou profundamente, como se estivesse passando por uma ressaca. — Que frescor incrível paira no ar!

Nem mesmo cinco minutos depois

O frio deu em Albert Chapin uma bofetada em pleno rosto como a verdade nua e crua. Nem um centavo nem alojamento, e o novo cargo que esperava conseguir, ao que tudo indicava, estava perdido.

Gaillard, que em nenhum momento o havia confundido com alguém que pudesse pagar a conta deixada, conduziu-o até a porta com uma consideração mínima.

Atendendo ao pedido do porteiro de que não ocupasse a calçada diante do Maxim's, Albert começou a andar. Em pensamento, amaldiçoou a matrona que se intrometera em sua conversa com o brasileiro. Aliás, que aversão tinha àquela espécie de mulheres, como as que apareciam às vezes de visita em Ferrières, que colecionam homens como joias não por gostarem tanto de seu brilho, mas simplesmente porque sua aquisição fazia com que elas próprias brilhassem. Os homens que sucumbiam a esse tipo de charme só poderiam estar cegos para não perceber que eram postos uns contra os outros. Como amar uma mulher que usava tudo o que tinha de bonito e adorável como arma continuava a ser um mistério para Albert. Esse tipinho parecia ter como único objetivo estragar a amizade entre os homens.

Como Ernestine tinha se colocado entre Nicolas e ele! Como tinha brincado com ambos, como tinha pressentido com riqueza de nuances de que maneira poderia atiçar Albert, desafiando-o diante dos olhos do amigo com o único objetivo de fazer algo que ele próprio não queria fazer, não daquela maneira, mas que infelizmente havia feito, todo valente para disfarçar sua vergonha!

Albert havia ido à procura de um banquinho nos jardins das Tulherias, mas um vento glacial soprava ao longo da margem do Sena. Num curto intervalo de tempo, já tinham vindo sentar-se a seu lado duas pessoas, que o haviam tirado de seu devaneio para pedir fogo. Quando assomou das sombras uma terceira, o jovem se levantou e continuou a andar. Era-lhe incompreensível que, numa noite como aquela, alguém saísse à rua a fim de fumar charuto.

Elas o comandavam, as mulheres que lançavam mão de sua feminilidade. Era isso o que mais o irritava: sua própria incapacidade. Simplesmente não sabia como combatê-las.

Dava-se conta disso nas noites de sábado, quando Nicolas e outros criados saíam à caça, passando pelos albergues, onde as moças do povoado andavam aos risinhos de lá para cá. Todas esperavam dele alguma coisa, mas ele não sabia o quê.

Ou melhor, sim, sabia, mas não entendia os códigos.

Ou talvez os entendesse bem demais, afinal passava as noites em vigília por causa deles. Mesmo que seus nervos não os captassem, era só copiar o comportamento de Nicolas. Nicolas, que imprimia uma maneira diferente ao andar, um ligeiro balançar das cadeiras do tipo "ninguém pode comigo", podia escolher quem quisesse. Às vezes nem escolhia; levava consigo duas moças ou mais.

Albert tentara certa vez, após ter se aproximado de uma, sempre bem-comportado, ser o que se esperava dele, um segundo Nicolas, mas no final das contas acabara não acreditando o suficiente em seu personagem. Ou melhor, não era questão de acreditar ou não. Nicolas simplesmente não pensava na possibilidade de falhar ou não. Não em relação àquilo. Ele era um homem, e fim de conversa. A coisa morria aí.

Era isto o que Albert se dizia: que deveria ter segurança suficiente em relação a si mesmo. Ele era saudável e de ótima constituição. Ela dispunha de todos os felizes pré-requisitos, mas ainda assim...

Quanto ele poderia ter aprendido com Nicolas se Ernestine, naquela noite quente, após nadar, após a queda do céu do senhor Santos, após aquelas rondas no bar, não tivesse se intrometido!

Em Ferrières, eram só moças caipiras de camisolão plissado que elas próprias ajudavam a tirar. Um só puxão no cadarço as deixava nuas, e o resto se perdia em meio a apalpadelas e gritinhos. As moças da cidade, ao contrário, vestiam tantas camadas de roupa que seria necessário um mapa com instruções de como chegar a elas.

Estar de caso com parisienses, então, parecia fora de questão, principalmente quando torciam o nariz e olhavam do alto. Deus ajude, elas mantinham conversas das mais insidiosas, que só terminavam quando o macho as desse por encerradas. No que dizia respeito ao amor, aquela cidade também parecia um beco sem saída. As mulheres eram belas demais. Com demasiados ares de grandeza.

Talvez ele simplesmente lhes tivesse respeito demais. Nicolas e os outros falavam sobre as garotas, por mais que estivessem atrás delas, sempre de maneira pejorativa e com certa irritação, como quando reclamavam dos potros, que exigiam um cuidado diário exagerado ao passo que nem serviam para ser atrelados.

A ele as mulheres deixavam antes de mais nada envergonhado e consciente de si, o que era, claro, a principal causa de sua raiva.

Um feixe de luz atravessou a camada de nuvens. Albert olhou da margem do Sena para a fonte daquela luminosidade, lânguida e majestosa, girando inabalavelmente pontual sobre a construção mais alta do mundo, um monstro transcendental de aço e engenhosidade humana que, do outro lado do rio, tinha os pés fincados no Champs-de-Mars.

Confiança! Era essa, pareceu-lhe, a vantagem que a maquinaria levava sobre as mulheres. Mesmo o objeto mais incompreensível podia ser desmontado, decifrado e examinado. Ainda que não se soubesse de imediato que utilidade dar a ele, o funcionamento continuava sendo fascinante. Cada peça tinha sua função. Se as rodas estivessem no devido lugar, pouco podia correr mal. Uma vez posto a funcionar o aparelho, era só esperar que o resto se fazia sozinho. As máquinas e os motores faziam o que tinham de fazer sem que tivessem de ser convencidos com uma enxurrada de palavras inúteis. Era só mexer uma alavanca que tudo decorria às mil maravilhas. Cada tarraxa, cada parafuso conhecia seu lugar e servia a um objetivo. Suaves e sem mal-entendidos, agarravam-se uns aos outros, o que não valia para os homens e as mulheres. As descobertas de seu tempo instigavam Albert, ao passo que seu desconhecimento no campo do amor o desencorajava tanto que, em desespero, já tinha cogitado mais de uma vez renunciar completamente a ele.

Alguém no Sena soltou um palavrão.

Dois pequenos barcos de carga tinham colidido. Os barqueiros eram dois dos abrutalhados que, após o pôr do sol, brotavam sobre o rio como um enxame de insetos a fim de oferecer seus serviços a um preço muito inferior ao dos profissionais. Não tinham visto um ao outro, tendo abaixado as velas tarde demais. Nenhum dos dois estava ferido, mas isso ainda poderia perfeitamente acontecer pela maneira como, em sua cólera, ameaçavam partir um para cima do outro.

Cristais de gelo ficaram visíveis no feixe de luz da torre Eiffel. Não eram diretamente palpáveis, mas iam se acumulando até formar flocos, alguns dos quais foram pousar sobre os cílios de Albert.

Viu as velas sobre o rio encurvarem-se com o vento. A lona pesada lutava contra o próprio peso e se soltou das adriças, chacoalhando com pancadas de chumbo.

O abaulamento daquelas velas lhe dava uma ideia!

Logo em seguida, ei-las outra vez majestosamente estiradas e cheias, como pouco antes o vestido de seda da mulher no restaurante se abaulava por si próprio no mínimo turbilhão de cada passo que ela dava...

Na mesma noite, por volta das onze e meia

Diante do Théâtre de la Porte Saint-Martin havia uma comprida fila de coches que esperavam pelos seus proprietários. Tiritando de frio, os cocheiros se juntavam embaixo de um alpendre, xingando Coquelin, que naquela noite se recusava a terminar sua apresentação. Que sorte a deles, ter de trabalhar de noite na estreia de um enorme sucesso.

Os aplausos já duravam uma hora, diziam alguns, e o porteiro, que por sua vez o tinha ouvido do intendente, disse que o produtor, após ter aberto quarenta vezes a cortina, deixara o pano principal levantado mesmo, de maneira que os espectadores irromperam sobre o palco e levaram o jovem autor sobre os ombros desde a plateia até a galeria, escandindo: "Cy-ra-no! Cy-ra-no!".

Segundo os jornalistas, os primeiros a sair correndo com suas resenhas para as edições matutinas, as emoções haviam se exacerbado a tal ponto, sobretudo durante o último ato, que até arqui-inimigos se jogaram uns nos braços dos outros. As pessoas pareciam simplesmente incapazes de pensar algo de mau umas das outras.

Tal histeria batia exatamente com a imagem que Albert fazia dos habitantes da capital – os perdigões parisienses, como os chamavam em Ferrières. Os "artistas" que iam até lá a fim de, com um colete de linho, retratar nas telas a zona rural e que se emocionavam ao ver torrões num campo arado.

A julgar pelos ocupantes dos assentos mais baratos, que saíam pelas portas laterais com as bochechas molhadas de lágrimas pela pureza dos alexandrinos, pela nobreza do sentimento e pela força moral daquele drama de costumes, toda espécie de rixa das fileiras mais afastadas tinha sido suspensa, uma vez que o amor - era esse o sentimento que imperava naquela noite - no final sempre acaba vencendo.

— Porque é você quem eu amo — sussurrou Ernestine.

Dormia com todos. Pelo menos era o que se dizia. Não é à toa que uma moça acaba ganhando tal reputação. Ele não tinha razão nenhuma para acreditar que fosse verdade o que a passadeira jurava, ou seja, que o fruto que ela alardeava levar no ventre provinha da semente dele.

Sair de uma aula experimental com um diploma no bolso, azar assim nenhum jovem de sua idade merecia. O primeiríssimo corpo que lhe dava prazer também o punia imediatamente pelo prazer dado! Aliás, logo depois dele fora Nicolas, excitado com os corpos que se retorciam. Disso Ernestine não queria ouvir palavra, mas Albert, deitado ao lado dos dois, suado e tudo o mais, os tinha visto, raios que o partam, com os olhos esbugalhados de delírio.

A seu lado no banco da igreja - a missa ainda estava em andamento -, Ernestine rompeu em soluços. A acusação de que ela atraíra também a ele para seu jogo a fim de ganhar as graças do amigo a transtornara enormemente.

Ficou calada por um bom tempo para depois dizer apenas que ninguém na vida a havia entendido, ou seja, que jamais havia esperado algo assim dele, mas que ele soubesse que acontecera exatamente o oposto do que pensava. Que tinha sido ele desde o princípio, desde a primeira vista, e que era ele o centro de tudo, justamente por ele não ser como Nicolas, por não ser nem um pouco parecido com os outros, com todo mundo, e que por isso justamente ele talvez pudesse entender, se quisesse...

Apesar das circunstâncias, Albert não deixava de sentir-se lisonjeado.

Ninguém jamais lhe havia dito que o desejava. E era grande a chance de que jamais alguém o fizesse.

Ernestine levantou-se, com raiva de sua confissão, com raiva dele. Deu-lhe dois dias para pensar. Depois disso se dirigiria ao supervisor.

Ao próprio barão, se fosse preciso, e exigiria judicialmente o que Albert poderia aceitar por livre-arbítrio.

— Você não tem uma única prova em que se respaldar. — O aumento no tom de voz incomodou os demais paroquianos. Um ou outro se voltou para eles dos bancos da frente. — Com uma reputação como a sua, quem há de acreditar? — disse mais baixo, o que fez a pergunta parecer uma ameaça. — Que tipo de provas você tem? Como diabos você acredita que ele é meu?

Ela lhe tomou as mãos.

— Seu bobo — murmurou. — Porque é você quem eu amo.

Na multidão de pessoas proeminentes que deixava a sala do teatro para tomar uma bebida no saguão, esperava encontrar Santos-Dumont, mas, em meio a joias, estolas de pele e chapéus de senhoras cobertos de penas, alguém de sua estatura desapareceria inexoravelmente. Os vigilantes faziam o possível para separar os convidados dos aproveitadores. Até estes tinham uma aparência melhor que a de Albert com seu chapéu ensopado e seu casaco puído, mas o empurra-empurra cresceu e ele acabou sendo levado pela correnteza de gente até o átrio.

Foi lá que viu a mulher com os panos esvoaçantes que, mais cedo na mesma noite, havia sequestrado seu novo amigo do Maxim's. Estendida sobre um piano de cauda Mozart estava Sarah Bernhardt, empertigada como a rainha das amazonas. Ainda que estivesse absorta numa conversa com o autor da peça, reparou em Albert assim que ele entrou. Pois justamente a quem é o centro de todos os olhares não escapa nada nem ninguém. Sobre todas as cabeças, lançou ao jovem um olhar que poderia ter dividido o mar Vermelho em dois e saltou do piano como uma menina da balança.

— Eu me comportei perante o senhor como a louca das Montanhas Rochosas! — Agarrou-se a Albert como um náufrago e o conduziu através do turbilhão. — Além do mais, o senhor foi quem lhe salvou a vida, Alberto me contou. Para agradecer, ele o convidou para jantar, e eis que apareço lá como um furacão. Para variar, eu estava de novo cheia demais das maravilhas da vida para ver a realidade. — Enviesou o pescoço e sussurrou: — Cá entre nós, o senhor também podia colaborar.

É um jovem que impressiona e tem presença, mas deveria se atrever mais: endireite as costas, meu rapaz, solte os ombros e não ande o tempo inteiro arrastando os pés.

Abriu uma portinhola lateral que os levou ao palco.

— Afinal de contas, as pessoas não veem quem nós somos, mas quem nós parecemos ser — continuou.

Um bombeiro se levantou num salto. Um produtor, todo ocupado preparando os adereços para a apresentação do dia seguinte, inclinou-se quando Sarah Bernhardt passou. Um ajudante de palco, varrendo o chão, saltou com a vassoura como um soldado incorporando-se à divisão.

— Tentar localizar o Santos no meio da multidão é batalha perdida. Não se esqueça: ele sempre está onde há menos pessoas. — Atravessou o palco, pôs a mão diante dos olhos para protegê-los da luz ainda acesa e olhou para a plateia. — Santos? — chamou, empurrando Albert para o primeiro plano. — Santos! Veja só quem eu trouxe para você!

O ajudante de palco, com os dedos enrolados num pano de alcatrão, apontou um holofote para os camarotes do segundo balcão. Recostado e com os pés apoiados sobre o balaústre, ali estava o brasileiro, que se endireitou e levantou a mão.

— Boa noite, meu senhor. — Albert tirara o chapéu como se estivesse numa igreja. — Não me leve a mal por incomodar de novo, é que... O peso do seu balão. O senhor está lembrado de que falamos sobre isso mais cedo? Sobre como deveríamos fazer para diminuí-lo? De repente me ocorreu que o peso da lona...

Olhou de soslaio para madame Bernhardt. Ou melhor, olhou para seu vestido. Quando a luz do holofote iluminou a seda japonesa, ela pareceu ser invisível.

— Pois é. — Albert assentiu. — Acho que tive uma ideia.

1898
No começo do ano

— Bem pensado — disse Lachambre com desdém —, mas impraticável!

Arremessou a peça de roupa para Machuron, que a apertou contra o rosto na esperança de sentir o cheiro da Divina.

— Impraticável... — repetiu Santos-Dumont, refletindo.

— Inominável! — riu Machuron.

Estava no ateliê da rua Vaugirard, debruçado sobre a mesa de desenho sobre a qual tantos balões que Alberto admirara tinham sido concebidos.

— No ano passado, quando o *monsieur* Andrée foi até o senhor com o pedido de construir um balão para a sua expedição ao polo Norte, o senhor também se mostrou tão pouco aventureiro?

— O plano dele era inédito, sim, e perigoso. Não suicida como o do senhor.

— Ele veio até mim com um panorama bem pensado e elaborado das temperaturas extremas e das velocidades do vento que deveríamos ter em conta — disse Machuron. Amarrotou o material entre os dedos. — E não com um figurino velho.

— Ela não o vestiu no palco — interrompeu Albert Chapin, que tinha se afastado um pouco da conversa —, mas sim para sair.

— Escreva a respeito para o *Le Bonheur des Dames* — ironizou Lachambre —, mas esqueça a sua carreira na ciência. — A presença do estribeiro o fazia lembrar a aterrissagem fracassada em Ferrières e ele não gostava de estar em dívida com ninguém.

— Isso nunca foi feito; portanto, é um desafio — tentou Santos--Dumont. — A seda japonesa tem lá suas limitações, é claro, mas não são justamente as limitações que forçam o homem a seguir por outros caminhos?

— Ela apresenta duas vantagens: é bastante leve. — Albert apanhou o vestido de Sarah Bernhardt das mãos de Lachambre e tentou rasgar o tecido, aplicando-lhe toda a sua força. — E incrivelmente resistente.

— A pressão do gás é enorme, o senhor não faz ideia. — Machuron balançou a cabeça. — Não, *monsieur*, sinto muito. É possível que seu criado entenda de cavalos e da manutenção de uma ou outra coisa, mas, no que se refere a isto aqui, não tem gabarito.

— *Monsieur* Chapin, faz alguns meses, passou a trabalhar para mim como técnico. Levo as suas ideias a sério e gostaria de pedir aos senhores a mesma coisa.

— Feitas as contas, o senhor fez apenas um único voo de balão — disse Lachambre. — Já nós, centenas deles. Por isso mesmo, posso dizer que falamos com a voz da experiência e em benefício da sua autopreservação. Esta fibra é fina e fraca demais; não aguentaria jamais uma tal força.

— Não me entenda mal — disse Santos-Dumont. — Não estou pensando num balão tal como o conhecemos; eu tenho em mente um com um quarto das dimensões normais.

— Pequeno demais. Seria uma bola ao sabor dos ventos, incontrolável.

— Para controlá-lo se concebe um leme para o vento. Nem que seja só para compensar o peso, o balão deveria ser mesmo mais leve. Seis metros de diâmetro no máximo. O conteúdo diminuiria por meio desse recurso e a pressão seria perceptivelmente mais fraca.

Lachambre e Machuron continuavam hesitantes.

— Talvez devêssemos tirar a prova dos nove. Posso? — Albert apanhou da parede um dinamômetro, enganchou nele o vestido e criou tensão no aparelho.

Para surpresa de todos, a seda japonesa resultou ser trinta vezes mais forte do que seria necessário para a construção planejada e muitas vezes mais resistente que os materiais usados até então na fabricação de balões.

— Só nos resta constatar que esse tecido do senhor resiste a uma tensão de cerca de uma tonelada — disse Machuron, cerimonioso.

Alberto e Albert viram seus cálculos sobre a mesa.

— O invólucro de seda não pesaria mais que dois quilos — disse Santos-Dumont.

— Três camadas de verniz — calculou Albert —, para evitar que o gás escape pela seda, e isso nos leva a quinze quilos.

— E a grande economia estaria nas redes: não centenas de quilos como nos balões atuais, mas sim, por causa das dimensões limitadas, menos de dois quilos, meus senhores. Repito: dois quilos!

— Para concluir: o cesto não precisaria pesar trinta quilos, mas, segundo os nossos cálculos, treze.

— Um balão leve... — Lachambre sacudiu a cabeça. — A ideia soa brilhante, não soa? A ideia é mais fácil na teoria que na prática.

— E com razão — concordou Machuron. — Se quisermos poder nos mover no cesto, o balão tem de permanecer fortemente fixo quando venta. Para isso o peso é essencial, senão o cesto pode oscilar perigosamente ao menor movimento.

— Mudar o pé de lugar já bastaria para isso acontecer.

— Um olhar lançado para fora da beirada, um tropeção.

— Desastroso. Qualquer uma das ações necessárias poria a vida do senhor em perigo. Irresponsável. Fora de questão. Um balão leve se torna instável.

— Não se nós adaptarmos a suspensão. — Santos-Dumont parecia orgulhoso. — Imagine se alongarmos as talhas. Se as cordas entre o cesto e o balão forem mais compridas, desloca-se o centro da gravidade, e aí você pode se mover quanto quiser por debaixo sem efeito sobre o corpo flutuante.

Lachambre e Machuron se retiraram para o escritório, onde debateram e recalcularam tudo durante meia hora. Alberto e Albert os observaram deliberar através da janela do espaço de trabalho, onde às vezes um ou outro deles saltava e se punha a andar de um lado para o outro.

— Quem quer realizar algo de novo — suspirou Santos-Dumont — tem de chafurdar num pântano de falta de vontade.

Uma vez ou outra a discórdia entre eles se acirrava, mas finalmente saíram do escritório ambos os fabricantes de balão, Machuron com uma garrafa de *bourgogne*; Lachambre, com quatro taças, a fim de brindarem ao projeto.

— Esse nosso balão vai ser tão compacto que, vazio, poderá ser levado para todo lugar, debaixo do braço mesmo.

— Exatamente o que eu estava planejando. — Santos-Dumont levantou a taça. — Liberdade plena!

Quase três meses depois

Durante toda a jornada até o norte, o sol iluminara um céu azul com um frio primaveril, de maneira que, depois de Saint-Denis, baixaram a capota do Panhard amarelo berrante. Ao se aproximarem de Peronne, Albert Chapin tirou os óculos de proteção e deu uma cutucada em Alberto, que estava ao volante, a fim de chamar-lhe a atenção para as nuvens carregadas que estavam se acumulando, a partir de Calais, sobre as planícies ao redor de Arras.

Por mais que Lachambre e Machuron trabalhassem para seu cliente brasileiro, unicamente da construção de balões uma pessoa não conseguia viver. Assim sendo, continuavam a prestar seus serviços para festas e noivados. A navegação aérea continuava a ser em primeira instância uma atividade de parques de diversão.

Uma vez que Santos-Dumont preferia manter os homens em seu local de trabalho, ocupados na tarefa de montar seu primeiro balão, que ele havia batizado de Brasil, sempre que podia os rendia no trabalho. Após dois voos experimentais, os dois se atreveram a deixar a cargo de Alberto a representação deles em atividades durante festivais e outros eventos. Assim foi que se mataram dois coelhos com uma cajadada só, pois ganhavam o dobro de dinheiro enquanto o brasileiro adquiria experiência. Além disso, Santos-Dumont assumia todos os custos e indenizava do próprio bolso os danos que frequentemente sofria o balão quando da aterrissagem.

— Não sei, não.

Albert já tinha estendido o balão, um pedaço de lona colorido no gramado que lhes tinha sido designado pela organização da feira numa das curvas mais graciosas do Somme, e estava a ponto de preenchê-lo com gás de carvão quando hesitou.

Os campos da Picardia tinham o mesmo ar pacífico de sempre, mas se aproximava uma tempestade.

— Besteira! — Alberto levantou o cata-vento. A forte corrente o levaria justamente para o outro lado das nuvens, para longe da depressão. — O que pode acontecer? Eu subo com ele, demonstro uma ou outra manobra e desço em algum lugar perto daqui para que todos possam acompanhar a descida.

Após dezenas de voos, ficara viciado no firmamento. Brincava com o céu — pensara Albert um certo dia — como um jovem descobrindo o corpo, impetuoso, sem escrúpulos, como se tentasse compensar os anos em que ainda não conhecia tal prazer.

O próprio Santos-Dumont pensava numa escala ainda mais alta, antes de mais nada em termos de amor... pelo menos era assim que ele sempre imaginara uma paixão, impaciente por apalpar o desconhecido, absorver-se no que lhe era estranho, procurando seus limites, o perigo, curioso em relação a cada capricho e como amansá-lo.

Apanhou a tromba do balão das mãos de Albert e continuou a enchê-lo ele mesmo. O próprio rangido das cordas e o esvoaçar das redes já valiam mais que uma tempestade para que deixasse de viver aquela aventura!

Uma hora e meia depois, o tempo tinha virado de tal maneira que eram poucos os interessados.

— Não vá hoje, meu senhor! — implorou Albert. — Nestas circunstâncias, ninguém o levará a mal por deixar a atração para lá.

Por volta das quatro e meia da tarde, começou a trovejar ao longe.

— Ou seja, é agora ou nunca! — gritou Alberto.

Deu em Albert um aperto de mãos. Isso tinha se tornado um hábito. Uma despedida silenciosa. Olharam um para o outro e sacudiram os braços firmemente. O gesto os lembrava de suas respectivas responsabilidades e sua importância. Por alguns segundos, nada de preocupação, nada de coragem exacerbada. Apenas intimidade e dependência recíproca.

Um ribombar longínquo de trovões percorreu as planícies.

— Você está ouvindo, camarada? — Santos-Dumont saltou, rindo, para dentro do cesto de vime. — Agora que os tambores estão rufando é que tenho mesmo de demonstrar os meus truques circenses! Em frente, Albert, pode soltar tudo!

Na manhã seguinte, pouco antes de o dia raiar

Albert passara a noite inteira dirigindo no escuro. Ou melhor, antes voando que dirigindo. Cada vez mais próximo do norte. O olhar tão firme que lacrimejava, nublando-se. As ruas praticamente se confundiam com os canais. Tivera de tirar os óculos de proteção porque a luz do luar lhe atrapalhava a visão, fazendo com que ele, em pânico, quase pegasse uma pista errada atrás da outra. Tinha baixado a capota do Panhard a fim de manter a visão do céu mais ampla ao redor de si, mas, dessa maneira, ficava à mercê do vento. A tempestade felizmente havia esmorecido ao anoitecer, mas seus olhos tinham começado a doer de tanto que os apertava, assim como o nariz por causa do frio e a garganta por causa da sede.

Os primeiros cem metros o balão do chefe tinha subido sem problemas no dia anterior, o que lhe havia angariado aplausos das planícies ao redor de Peronne. Possivelmente isso o encorajara demais. De repente, avançara de uma só vez pelo menos uns trezentos metros, indo parar numa correnteza de ar no sentido oposto que o levara de volta para a cidadezinha, na direção de Cambrai, diretamente para o meio da tempestade; dali subira ainda mais, o que tinha feito com que a corda principal se desprendesse do chão.

Aquela bolota alegremente listrada de laranja e azul fora se destacando, cada vez menor, das paredes plúmbeas do céu, que refulgia à direita e à esquerda a cada vez que relampejava, até o momento em que, finalmente, sacudindo intensamente, fora engolida pelas nuvens trovejantes.

Na fronteira com a Bélgica, tendo perseguido a noite inteira a luz ardente do queimador de gás, Albert fora parado por dois guardas de fronteira sonolentos cuja desconfiança só desaparecera após um maço de notas. A essa altura já não se via mais nada no céu.

Com o indicador umedecido, determinara a direção do vento e o seguira, mas seu patrão permanecia desaparecido, o que fez com que crescesse em Albert um medo que até então desconhecia.

Enquanto o perseguia no Panhard, iludia-se com a ideia de que Alberto o estava vendo, de que sabia que ele estava ali, mas, no momento em que o perdera de vista, imaginava a solidão do outro, seu desespero.

O amanhecer não o tranquilizou. Muito ao contrário. Era possível, sim, que Santos-Dumont pudesse aterrissar sozinho agora que estava claro, mas também poderia perfeitamente ser que já estivesse havia horas deitado em algum lugar e logo fosse encontrado por algum lavrador a caminho do trabalho.

Alguns balões, tinham lhe dito no Aeroclube, eram baleados ao cruzar as fronteiras europeias, frequentemente com consequências fatais. Alguns viajantes eram presos por um prefeito ou delegado local e postos atrás das grades. Um infeliz fora executado sumariamente por suspeita de espionagem. Outro tinha acabado espetado numa forquilha por uma multidão supersticiosa.

— Essa é a fatalidade dos ventos — dizia Santos-Dumont quando ouvia tais histórias.

Albert passou mentalmente em revista todas as possibilidades, uma por uma, com uma riqueza de detalhes exagerada, quando, de repente, encontrou o caminho diante de si obstruído por alguns agricultores gesticulando energicamente e um pastor eufórico e vestido pela metade com um pijama de capuz.

Tinham acabado de ver um colosso passar rente à torre da igreja, soltando fogo e bradando, e que, contavam, despencara na outra margem do lago, no bosque de São José.

Pedaços de lona do balão esvoaçavam ali presos nos galhos, o cesto estava de ponta-cabeça e, debaixo dele, as costas encurvadas sobre as raízes de um antigo carvalho, via-se o corpo de Alberto.

Albert saiu correndo até ele e chamou-o pelo nome, mas não obteve resposta. Despencou a seu lado, abriu-lhe a camisa, atraiu-o para si e pôs a orelha em seu coração. Batia, mas vagarosamente, quase esmorecendo.

Foi então que soltou um grito animalesco e desinibido, trouxe-o para si e sentou-se com ele no colo.

— Santo Deus! — rezou. Espantou-se. — Leve a mim no lugar dele, leve a mim, ó Senhor, a mim, a mim!

Começou a embalar aqueles membros pesados e agora cantava. Que não se pergunte o quê, uma canção de nada; que não se pergunte por quê, mas era isso o que fazia, cantava para o moribundo. Pôs-se a beijar-lhe os cabelos. Massageou-lhe os flancos para manter seu sangue circulando, quente. Durante todo esse tempo, uma voz se elevava dentro dele.

— Não o deixe morrer, Senhor. Ele não. Ele não — dizia, até que de repente o ouviu arquejar. A vítima tentava respirar, três, quatro vezes, profundamente, até respirar com mais regularidade. Ao ritmo da cantiga de ninar, parecia.

Mais tarde, na mesma manhã

Não havia remédio. Assim que Santos-Dumont recuperou os sentidos, só quis uma coisa: voltar a Paris antes que a notícia do acidente aéreo se espalhasse.

— Quero estimular as pessoas a explorar o espaço aéreo, não assustá-las. Quando me virem flanando hoje à noite, vão achar que não passa de tempestade em copo d'água.

— Mas não foi o que aconteceu — disse, irritado, Albert, que o tinha carregado até o carro e levado a Charleville. Uma vez lá, pediram um quarto num hotel junto à praça Ducale sob o nome Chapin, caso contrário o incidente acabaria chegando aos ouvidos da imprensa.

Encheu a banheira, ajudou o patrão, cujo corpo estava retesado, a entrar na água quente, ajoelhou-se a seu lado e tentou massagear-lhe os músculos para espantar o frio e as câimbras da noite anterior.

— Espero que o senhor esteja orgulhoso de si próprio. — Albert tinha passado a noite inteira rezando para que o outro saísse incólume da aventura, mas, tendo descoberto que não tinha sido esse o caso, apertou com ambos os polegares um músculo da panturrilha e imprimiu-lhe uma força maldosa. — O senhor pôs sua vida em perigo, e eu gostaria de entender por quê.

— Não ache você que não amaldiçoei o meu excesso de confiança — disse o outro. — Quando me vi pendurado lá em cima, sozinho e perdido no meio dos relâmpagos e da trovoada - você se perde lá em cima completamente, não acha apoio nenhum, nada pelo que se pode orientar -, e assim vi a noite se aproximar...

— O senhor pensou: se eu pelo menos tivesse dado ouvidos àquele homem sábio... como é mesmo que ele se chamava?... que tentou me dissuadir desta loucura...

— Ai! — exclamou Santos-Dumont, rindo.

— O clarividente que me alertou para isto. — Albert apertou com mais força ainda, divertindo-se. — Refresque a minha memória, qual era mesmo o nome dele?

— Ai, ai, ai! — Alberto tentou desvencilhar a perna do aperto.

— Pois é, se pelo menos eu tivesse lhe dado ouvidos! Diga lá! Àquele homem com olhar de profeta, àquele que tinha as melhores intenções em relação a mim...!

— O senhor me solte! — gritou Santos-Dumont, debatendo-se, brincalhão, na banheira, espalhando a água. — Longe de mim, seu desvairado! Não faça isso! Já não basta o que eu sofri?

— Ao que tudo indica, não. — Albert puxou-lhe a perna para afundá-lo. Alberto chutou e esperneou, mas não tinha muito espaço. — Não vou soltá-la até ouvir o nome dele. Portanto, desembuche! Quem é o homem ao qual o senhor vai dar ouvidos daqui em diante?!

— Isso não mesmo — Santos-Dumont se esborrachava de rir. — Jamais! — Sua cabeça submergia repetidamente, e sempre que saía da água ele bufava. Fingia estar bravo, mas não parava de gargalhar. — Isso nunca!

De repente, Albert se levantou. "Ó, Deus!", pensou. "Estou brincando com ele como fazia com Nicolas! Onde estou com a cabeça? Eu trabalho para esse homem!"

Recuou um passo a fim de deixar o outro em paz para se endireitar na banheira. A água ainda marulhava. O chão estava molhado, uma toalha de mão foi parar na banheira. Não sabia o que lhe dera na telha. A esponja estava perto da porta, o sabão num canto.

Nenhum dos dois ria mais.

O silêncio pareceu mais silencioso que o normal.

Alberto Santos-Dumont olhou para diante de si como se estivesse pensando numa punição. Resmungou algo, mas não pronunciou nenhuma palavra. Passado um minuto, estendeu o braço sem olhar para a frente ou ao redor de si, gesticulando, arisco, para dar a entender que precisava de ajuda para se levantar.

— Sinto muito — conseguiu murmurar Albert.

Estendeu por sua vez o braço a fim de escorar o outro, mas, antes de conseguir ajudar, Santos-Dumont se adiantou.

Pegou-o pelo braço. Soltou um grito de vitória e júbilo e, rindo, puxou Albert para dentro da banheira, por cima dele próprio.

Após uma pilha de toalhas

— Era uma alegria selvagem — disse Santos-Dumont. — Eu ia avançando cada vez mais, rasgando a escuridão. Sabia que precisava de muita velocidade, não podia ser de outra maneira, mas, mesmo assim, não senti movimento nenhum dentro da tempestade.

Depois de secarem o chão do banheiro, os jovens se refestelaram sobre os travesseiros. O dia estava bonito. O sol iluminava a cama, filtrado pelas cortinas de vidro.

— Não vá me dizer que o senhor não teve medo em momento algum.

— Um homem só tem medo enquanto ainda tem uma chance. Eu sabia que estava em perigo, mas esse perigo não era palpável. Eufórico, sim, eu estava; sentia uma tempestade dentro de mim, uma intranquilidade acompanhada de uma, como dizer, uma...

— ... uma alegria selvagem... — completou Albert.

— Sim. Uma solidão encantadora.

Albert nunca havia ouvido ninguém chamar solidão de alegria.

— De noite a sensação é ainda mais intensa. — Santos-Dumont apanhou uma maçã do cesto de frutas sobre o cômodo da cabeceira e continuou o relato de boca cheia. — Um limbo escuro, de um negro turvo, pelo qual você flutua, uma alma libertada da gravidade do seu ser.

Ali estavam deitados ambos, como dois ginasianos! Quem sabe aquilo não bastava para compensar todas as preocupações?

— Vez por outra, para minha alegria, via passar lá embaixo as luzes da terra. Você sabe que abaixo delas há vida, mas essa vida não sabe da sua existência e passa por você ao largo.

Alberto rolou sobre a barriga. Estava de viés sobre o pé da cama, apoiado nos cotovelos. Seus cabelos lisos molhados, tão diferentes dos cachos de Albert, deslizavam para a frente dos olhos a cada gesto entusiasmado. Penteava-os com os dedos para trás.

— Assim que apareceu a lua, eu a vi refletida sobre um rio, uma faixa cinza-prateada, serpenteando. Algumas vezes era o maçarico de uma locomotiva sobre os trilhos de ferro, a fumaça que se dissipava iluminada um segundo pelo fogo. Se o chão se aproximava, eu me desfazia do lastro em nome da segurança e subia, subia até a luz das estrelas. Lá, a sós com os sistemas planetários, esperei pela manhã. Ah, Albert, quando o dia amanhece! — Pulou e saltitou ao seu redor como se fosse dançar, mas logo despencou outra vez na cama, já que aquilo tampouco expressava o fenômeno. — Ah, os céus, Albert! Vermelho, e dourado, e roxo, em toda a sua glória, você acaba abandonando o céu e descendo só muito a contragosto, com dor no coração, acredite se quiser.

— Não que nesse momento o senhor tivesse outra alternativa.

— Você espere só! — Santos-Dumont riu. — Você vai passar pela experiência a qualquer hora, eu o levo comigo!

— Olhe para as minhas costas! Vê um par de asas? — perguntou Albert.

— Você ainda vai ver. Aposto que vai enlouquecer!

— Não se eu tiver de recolher o senhor do chão todas as vezes como uma fruta madura demais. Acredite, esse seu hábito de aterrissar sobre as árvores é a pior propaganda para a aviação.

— Esse perigo logo, logo vai deixar de existir. Com a minha futura invenção, nós nunca mais vamos estar sem controle. Vamos determinar nós mesmos quando queremos subir e descer. Aí estaremos livres. Aí o céu será nosso!

— Lindo — disse Albert, virando-se para trás. — Por favor me acorde quando chegar a hora.

Só queria tirar uma soneca de meia hora. Após uma noite de vigília como aquela, um homem tinha mais do que direito de fechar os olhos antes de empreender um caminho de volta tão longo, ou não? Quando despertou, porém, o sol já estava se pondo.

Santos-Dumont também estava ali, deitado de lado, sonhando, com as pernas dobradas.

Seus cabelos revoltos, com as pontas ressecadas.

Albert quis acordá-lo, mas ele, dormindo, estava segurando seu braço.

Na manhã seguinte, o tratamento de "senhor" deixou de existir entre eles. Nunca mais voltariam a fazê-lo.

O verão de 98

Perto de casa, encontraram uma oficina pequena, na rua du Colisée, onde poderiam fazer experimentos sem restrições e sem que ninguém os incomodasse.

Alberto projetava, Albert executava.

Ninguém ainda achara possível controlar um balão; com efeito, os obstáculos superavam as soluções. Muito dependia do balão Brasil, mas até aquele momento ele não possuía direção e propulsor. Se a seda japonesa resistisse à pressão, o formato pequeno apresentasse alcance suficiente e o cesto se mantivesse estável na suspensão, já se daria o primeiro passo.

Alphonse de Rothschild, amigo de Santos-Dumont desde a aterrissagem de emergência em Ferrières, pôs o Jardin d'Acclimation, o jardim zoológico no Bois de Boulogne, do qual era diretor, à disposição dele para o primeiro voo e deu ordem a Lachambre de construir lá um tanque de hidrogênio.

No dia 4 de julho, encheu-se o Brasil. Ele era sete vezes menor que os balões de que se tinha notícia até então, e as talhas eram longas de uma maneira inédita. O cesto se mantinha suspenso tão mais abaixo da esfera que se fazia necessário o lastro máximo – sessenta e seis sacos de quinhentos gramas cada, tomando tanto espaço que, para a insatisfação de Alberto, não sobrava lugar para os talheres e o damasco, o champanhe e os quitutes do Maxim's para o lanche que ele queria fazer lá em cima.

— Solte tudo! — ecoou pelos ares.

Estavam presentes Louis Cartier e outros bons amigos como Sem, o cartunista, e Isabel, a condessa D'Eu, filha do ex-imperador dom Pedro II do Brasil. Novo no clube era um americano, James Gordon Bennett, editor do *New York Herald* e do *Paris Herald*, que confiava enormemente no futuro da aviação e que, em suas publicações, se referia a Santos-Dumont como o Leonardo da Vinci dos tempos modernos.

Aclamavam-no enquanto ele subia e passava flutuando acima da cabeça deles. A imperatriz Eugénie, que, com seu finado marido Napoleão III havia fundado o jardim zoológico, seguiu-o um trecho a pé tão fascinada que a ouviram gritar ao pioneiro assim como um pastor a seu rebanho.

Àquele voo se sucederam quase outros cem nos meses de verão, enquanto Alberto trabalhava em silêncio em seu sonho, um balão controlável, o *dirigível*.

Uma solução para a direção foi a primeira que se encontrou: um triângulo de tubos vazios também revestido de seda japonesa. Leve o suficiente, mas resistente. A propulsão, porém, continuava sendo um enigma. Machuron e Lachambre achavam que um balão que não voasse ao sabor do vento, mas sim impulsionado por um propulsor, acabaria voando *contra* o vento, rasgando-se ou dobrando-se.

— Exatamente — disse Santos-Dumont —, por isso mesmo foi que projetei uma forma com a qual a pressão que a envolve se equaliza. — Com alguns traços, esboçou um balão não redondo, como era o costume, mas sim com a forma de um charuto.

— Formato cilíndrico? Está falando sério?

— Como uma flecha, comprido, fino e reto, ele vai atravessar os ventos e rasgá-los.

Machuron se levantou.

— Eu teria preferido levar de vocês simplesmente um tapa na cara. Se os nossos conselhos não estiverem sendo apreciados, só me resta dizer então *morbleu*! Um cilindro! O senhor está fazendo chacota da nossa experiência e da nossa sabedoria, do nosso conhecimento e das leis mais básicas da aeronáutica.

Lachambre passou à ofensiva, um ritual que ao longo dos anos foi se repetindo: primeiro os aeronautas se opunham peremptoriamente às ideias com que Santos-Dumont se saía, sempre com o argumento de que punham sua própria vida em perigo e de que não queriam passar o resto de suas existências com a morte dele na consciência, mas o brasileiro acabava todas as vezes fazendo com que mudassem de ideia, após o que lhes fazia um cheque, para que executassem a tarefa, com o valor em branco a ser preenchido por eles.

Enquanto Lachambre e Machuron punham mãos à obra para construir o balão cilíndrico, Alberto e Albert lutavam com a propulsão.

O Número 1, como foi batizado, poderia levar duzentos e vinte e cinco quilos. Um motor a petróleo simples soltava chispas perigosamente e pesava demais. Uma caldeira a vapor seria ideal se não pesasse dezenas de vezes mais que um carburador. Um motor elétrico, como o do Chicago, a mais nova pérola do parque de veículos, não causava fedor e barulho, mas fora descartado por causa das baterias pesadas demais. Acabaram por escolher o De Dion de três rodas com o qual Santos-Dumont às vezes corria pelo parque Des Princes. Esse era notavelmente leve, mas só produzia potência de um cavalo e meio. Alberto comprou então dois deles e pediu que Albert os soldasse. Tudo isso decorreu no máximo segredo.

— Uma revolução de sucesso é sempre tramada em segredo — disse.

Somente a Divina Sarah não se deixou ficar do lado de fora. Vestida com camisa e calças de equitação, os cabelos ruivos enfiados por debaixo de um quepe da brigada suíça, irrompeu certo dia porta adentro e, solene como Lorenzo diante dos nobres de Florença, jurou sigilo.

Levava pela mão o filho Maurice, que era o assunto da cidade porque Sarah, que nunca se casara, o levava consigo para onde quer que fosse e fazia questão de que a chamassem de senhorita, não de senhora, justamente na presença dele. Abolir a divisão entre legítimo e ilegítimo era com ela mesmo, sobretudo no que dizia respeito às crianças, com as quais, segundo ela, não deveria haver diferenças. O fato de que se orgulhasse de sua maternidade causava, tanto quanto possível, ainda mais espalhafato em Paris que sua predileção por roupas masculinas e seu hábito de dormir num caixão.

Maurice Bernhardt, um jovem bonito e interessado que compartilhava o interesse da mãe pela navegação aérea, esperava conseguir algum dia construir sua própria máquina. Ficava com os olhos esbugalhados de tanto que olhava ao redor, enquanto Sarah tentava novamente convencer Alberto a levá-la até as nuvens.

— Quanto eu peso, no máximo? — disse, fazendo beicinho, quando ele explicou que sua invenção não aguentava mais de um passageiro. — Num dia de ventania tenho até dificuldade de ficar presa no chão!

Com uma máscara de boca, tinha se debruçado sobre os frascos de experimento de Louis Pasteur e, em Nova Jersey, visitado Thomas Alva Edison. Recebera dos Curies explicações sobre a diferença na radiação do urânio e do tório e, por recomendação deles, viajara para Würzburg na esperança de que Wilhelm Röntgen lhe elucidasse o eterno enigma de sua cintura mínima através da fotografia de esqueletos.

— Eu gosto de progresso — dizia — assim como gosto de viajar, apaixonadamente, por não ser o aqui e agora. O que a vida como nós a conhecemos tem a oferecer a pessoas como você e eu? Eu aclamo qualquer invenção que nos salve disso. Sabe o que é? — Levou Santos-Dumont para um lado como se pudessem ser ouvidos. — Eu sou como você, pertenço por natureza às nuvens. Por isso é que anseio tanto por elas. É o céu que nós temos de conquistar, o céu! Aqui embaixo não somos bem-vindos, não de coração, você bem sabe como é.

Olhou para Albert Chapin, que estava trabalhando junto à brasa do fogo. Nesse dia fazia calor; o mecânico estava com a camisa aberta, suando. Segurava com o alicate um tubo de aço que deveria ser dobrado nas chamas. A testa estava esbraseada, o peito brilhava.

Não tinha sentido Alberto agir como se não soubesse ao que ela se referia. Antes de ele conseguir responder, ela lhe pousou um dedo sobre os lábios.

— Não se deixe amedrontar pelas pessoas, *monsieur*, mas lhes sirva de modelo. Bata as suas asas!

No reflexo de uma vidraça, inspecionou seu quepe, que puxou por um lado para baixo, deixando-o graciosamente enviesado, e esticou os cachos ruivos.

— Quem sabe o senhor um dia não põe a mão no coração e me convida para acompanhá-lo? — Sarah segurou o filho pelo braço, pronta para partir. — E, até esse dia, espere pelo pior, porque nunca interpretei o papel de uma mulher que desiste! Nem saberia como, mas, se fizesse, quem acreditaria em mim?

20 de setembro

Um sopro rente às bochechas foi a primeira coisa que chamou a atenção de Santos Dumont, o vento que lhe afagava os cabelos, uma sensação de tirar o fôlego, de ser envolvido por uma corrente de ar!

Mas na verdade era ele que avançava para dentro da corrente e singrava o horizonte. Tão diferente do que ocorria no balão esférico, onde a aceleração passava despercebida e, mesmo a grande velocidade, nenhum fio de cabelo saía do lugar: agora tudo nele respirava.

O que ele tinha diante de si não conhecia fronteiras!

Com as franjas do casaco esvoaçantes como primeira evidência de que sua invenção funcionava, não flutuando ao vento, mas investindo contra ele, Alberto foi presa do espaço ilimitado que se abria diante dele. O primeiro homem a navegar nas nuvens. O primeiro a poder escolher para onde queria ir, como um pássaro.

Mas, quando se pode ir para qualquer lado, que caminho escolher?

O motor resmungava, o propulsor avançava em meio ao nada. Diferentemente das expectativas da maior parte das pessoas, o balão cilindrado quebrava a resistência do ar durante o voo experimental, exatamente como Alberto havia calculado.

O motor duplo a gasolina bastava. O escapamento curvilíneo, uma ideia de Alberto, conduzia a fumaça e as chispas para longe, a uma distância suficiente do reservatório de gás, a fim de evitar o perigo de explosões. Graças à nova suspensão que Alberto tinha inventado, o cesto se mantinha estável. O centro da gravidade da gôndola podia ser deslocado através de pesos deslizantes. Manobrando o nariz do balão não só horizontal, mas também verticalmente, podia mergulhar e ascender sem uso de lastro, o que lhe permitia economizar no peso enormemente.

Lá embaixo era ovacionado por milhares de pessoas.

Os parisienses viviam na euforia dos novos tempos com suas ilimitadas possibilidades, estimulados pelas perspectivas da nova Exposição Mundial, que tinha sido anunciada pouco antes da virada do século. O novo passo que nesse dia se dava no progresso técnico da humanidade os levava a um estado de espírito inflamado e contagiante.

Orgulhoso, o inventor fez seu dirigível descrever alguns círculos bem delineados acima da massa humana, em seguida uma série perfeita de oitos que se cruzavam sempre exatamente no mesmo ponto. Encorajado pela facilidade com que tudo ia saindo, decidiu tentar ver se dava certo fazer o mesmo a uma altura mais elevada.

Antes de ascender mais, apalpou o bolso da calça e tirou dele um grande lenço branco, desdobrou-o, espiou por sobre a borda do cesto e o agitou no ar para seus admiradores. Para um em especial.

Albert Chapin ergueu o olhar e viu o lenço se agitando no ar.

Ele lhe pertencia.

Havia pouco, logo antes da partida, uma vez desamarrada a âncora, se sentira subjugado pela necessidade premente, como sede no deserto, de dar algo seu para Alberto levar consigo. Um talismã, algo que o protegesse. Olhou ao redor - o que poderia ser? - e apalpou os bolsos.

Ignorava de onde vinha aquele desejo. Não era supersticioso, mas pensou de repente: "Se eu não fizer isso, ele há de cair".

— Solte tudo! — já havia exclamado Santos-Dumont.

Albert, porém, avançou até o balão, passando ao amigo seu lenço sem que este protestasse, a única coisa que encontrou naquele momento.

Infelizmente um lenço não possui o poder de proteger alguém de seu próprio capricho.

Alberto ascendeu a uma altura que não causaria problemas a um balão esférico, mas, a título de experimentação com o modelo novo, cuja resposta não se podia prever, quase quatrocentos metros eram simplesmente uma loucura.

Produzindo um zunido, lá ia ele, o Número 1, passando por cima de Longchamps, avançando cada vez mais, ficando cada vez menor, até que se encontrou sobre a pista de corrida. Não foi possível prever de imediato que aquilo não daria certo. A primeira pessoa a soltar um grito foi a condessa D'Eu, que tinha consigo um binóculo de teatro.

— Ele está se dobrando! — gritou. — Meu Deus, o balão está se esvaziando, ele está se abatendo todo!

A vida de um homem que quer voar consiste sobretudo em quedas.

No mês de julho anterior, três se haviam espatifado às margens do rio Tibre; logo em seguida, outro em Beuzeville, perto de Honfleur. Na Alemanha, fazia pouco, um vigário chamado Karl Wolfert explodira nos ares com seu assistente, a caminho do céu. Após a horripilante morte de Spinelli e Sivel, agora enterrados lado a lado no Père-Lachaise, todos já conheciam os perigos de elevar-se a uma altura exagerada um balão esférico; o que dizer então de um balão em forma de charuto e equipado com motor?

"Filho da mãe!", ouviu-se dizer a si mesmo Albert, com uma fúria sem precedentes. "Você e a sua maldita e irresponsável bravura!"

Pegou o binóculo que havia levado consigo e, de fato, viu o que acontecia: o Número 1 estava se esvaziando.

A bomba de ar revelou-se fraca demais. O gás, ao elevar-se, se dilatava pela diminuição da pressão. O excesso era eliminado através de uma válvula e se perdia. O gás restante se acumulava então em ambas as extremidades do cilindro. Ali ficava preso enquanto o ponto mediano da forma cilíndrica era atraído para baixo pelo peso do passageiro.

"É o fim", pensou Albert.

A estrutura se desarmava e dobrava. A tensão nas cordas aumentava demais, de maneira que o balão poderia rasgar-se a qualquer momento.

A velocidade da descida não tinha como ser regulada pelos meios de que se dispunha a bordo. A queda era rápida demais para que se pudesse sobreviver, lenta demais para que o balão se desfizesse de uma só vez. Santos-Dumont cogitou a possibilidade de saltar, pois assim seu fim seria mais rápido e misericordioso.

Olhou por sobre a beirada e viu o mundo vindo em sua direção.

Viu o Panhard também. Ao volante, Albert Chapin, que havia escapado à massa humana e conduzia na sua direção a toda velocidade.

O lenço estava preso em seus dedos enrijecidos. Não lhe ocorria nenhuma outra ideia salvadora. Sabia que não saltaria. Que não tinha como saltar, não diante dos olhos de Albert.

Jamais se verá Eros sem asas.

Quem esteve em seus braços sabe por quê. Para um mortal, é realmente a única maneira de desatar-se e de transcender a si mesmo.

Ele abre as asas completamente. Para tanto, o deus do amor necessita de espaço. Quer celebrar sua liberdade. Quão vulnerável, quão raro é! Voar às alturas ele só faz quando o vento lhe bate por debaixo das asas, à vista de todos. Afinal, o amor vinga melhor à luz e ao ar e não suporta o segredo.

Naquela noite

— Onde é que o senhor encontra coragem? — perguntou Bennett, o americano, ao herói do dia, enquanto urinavam lado a lado nos banheiros de madame Pi-Pi.

— Coragem? — perguntou Santos-Dumont.

Surpreso, ergueu o olhar para Bennett, que parecia enorme a seu lado. Enquanto urinava, o homem lançou um cuspe no mictório; uma obsessão masculina que continuava sendo um mistério para Alberto.

— Acho, sinceramente, que não é uma questão de coragem.

Quando, naquela tarde, tanto ele próprio como todos os que estavam lá embaixo deram o episódio por perdido, o Panhard, como se espantasse a tempestade para longe, trouxera consigo uma lufada de ar que, mal e mal, levantara o balão e o transportara, de modo que o Número 1 não caíra a pino, mas sim avançara flutuando de lado, descendo gradualmente e para longe dos terrenos rochosos, na direção dos campos suaves de Longchamps.

Foi nesse momento que Alberto finalmente entreviu a possibilidade de aterrissar, após ser arrastado por um bom trecho logo acima do solo. Mas tinha saltado para fora do cesto e rolado alguns metros, salvando a vida e sobrevivendo para contar a aventura.

— Eu fico branco de medo e com os nervos à flor da pele — confessou a Bennett, no lavatório do Maxim's. — Antes mesmo de sair do chão, fico com o coração na boca, batendo sem parar. O que o senhor acha, mais uma vez diante de uma ameaça desconhecida, um perigo ainda inexplorado? É claro que fico com medo. Nesses momentos, não há nada que eu queira mais do que sair correndo!

Terminaram e fecharam a calça.

— De onde é então que o senhor extrai tanta coragem? — Bennett o olhou através do espelho acima da pia. — O que o motiva tanto para o senhor empreender uma aventura como essa?

Madame Pi-Pi, a sacerdotisa daquele santuário, foi se arrastando até eles, com o ar de quem já viu de tudo na vida e uma toalhinha de mãos limpa.

— Eu me esforço para pensar em outras coisas.

— Não entendo — resmungou Bennett. — Como assim?

— E então o senhor não sabe? — perguntou madame Pi-Pi. — Quando a vida lhe parece difícil demais, desvia-se o olhar para outro lugar. Se não fosse assim, como o senhor acha que eu aguentaria estar aqui? Eu achava que acontecia o mesmo com todo mundo. — Enxugou as mãos do americano para ver se dobrava a gorjeta. — O dia em que eu não conseguir mais fazer isso, o senhor vai me encontrar com a corda no pescoço, balançando no galho de uma árvore.

— Fingir coragem — concordou Santos-Dumont. — Essa é a regra do jogo. Eu mantenho as costas endireitadas diante de todas as pessoas que olham para mim com tanta expectativa. Se elas soubessem como os meus joelhos fraquejam, ficariam decepcionadas.

— Um homem como o senhor... — Para mostrar sua reprovação, madame Pi-Pi estalou a língua duas vezes. — Em nome de Deus, de que maneira elas poderiam ficar decepcionadas?

— Além disso, se consigo convencer as pessoas da minha audácia, talvez consiga também convencer a mim mesmo.

— Se fosse tão simples — disse Bennett — deveríamos considerar cada passo em direção ao progresso como autoilusão. — Jogou algumas moedas na caixinha de cobre e voltou para a mesa de jantar ali abaixo, à qual estava sentado um sem-número de admiradores, esperando por

Alberto. Só disse ainda: — Eu gostaria que o senhor se visse a si mesmo como nós o vemos.

Madame Pi-Pi, arranhando com as garras a superfície da caixinha, apanhou o dinheiro e o pôs no bolso do avental. Aquela caixinha dela tinha certa reputação.

Todos sabiam que ela era alcoviteira. Quem procurasse alguém para a noite jogava com as moedas também seu cartão de visita e, ao voltar para casa, encontrava esperando-o na calçada aquilo de que tinha necessidade.

— Nunca poder ser você próprio! — Agora que se encontravam a sós, ela encarava Santos-Dumont ainda mais decidida e longamente do que seria decoroso. — Não poder seguir de coração o que dita a sua natureza, simplesmente por medo de decepcionar as pessoas, isso sim é o fim... — Com um suspiro, deixou-se escorregar sobre a banqueta e empurrou para um lado a caixa vazia. — Nesses momentos é que a gente se alegra de poder contar com alguém.

Não muito longe de onde Alberto fora parar naquela tarde, Albert saltara do Panhard e atravessara os gramados de Longchamps na sua direção. Talvez fosse um trecho de não mais que quarenta, cinquenta metros, mas o tempo parecia ter parado. "Mas é claro!" Esse fora o único pensamento que ocorrera a Santos-Dumont. Com que limpidez se dera conta disso durante a queda! Tinha sido um alívio, uma revelação, uma inspiração que agora se associava à imagem do jovem que vinha correndo em sua direção. "Mas é claro!"

Albert estava com os braços estendidos, voltados para ele.

E o consolo de ser ajudado a se levantar por alguém cujo cuidado se refletia nas lágrimas mesclou-se com o consolo que sentira durante a queda, quando o tinha assaltado o pensamento de que não só o amor vem dotado de asas, mas também a morte.

Noite de Réveillon

— *Por mares nunca dantes navegados!*

Santos-Dumont estendeu o braço e levantou a taça, e seus convidados brindaram com ele sua jornada pioneira. Já estavam havia um bom tempo à mesa do restaurante, num clima de alegria.

— *Por mares nunca dantes navegados!* — todos repetiram o novo mote de Alberto, as antigas palavras de Camões.

Só havia se passado um ano!, pensou Albert Chapin, ao tomar um gole e olhar para os convidados à mesa, de seu lugar cativo num canto perto da janela.

Do lado de fora passavam pessoas com as golas do casaco levantadas. Já havia nevado um pouco. Vez por outra, alguém de fora olhava pela janela, invejoso do calor ali dentro, e, a cada vez que olhavam, ele via por alguns segundos a si mesmo nos outros; no ano anterior tinha sido ele quem passara por ali encolhido de frio.

Fora também naquela época que se sentara ali pela primeira vez, paralisado diante da escolha dos talheres, intimidado pela elegância. Vergado diante de todos os olhares, tonto, na ciência de que poderia incorrer numa gafe a cada palavra.

Agora já tinha se familiarizado com o *chez* Maxim's. Assim que ele entrava ali, Gaillard se adiantava para cumprimentá-lo pessoalmente.

Ao mesmo tempo, algo o deixava pouco à vontade.

O tratamento cordial que lhe era dispensado, ele o recebia em comissão. O fato de que pudesse provar daquela vida, ele o devia a Santos-Dumont. Era aos amigos dele que se juntava. Na maioria, homens jovens, todos filhinhos de papai, todos tendo recebido aquela vida fácil de mão beijada.

Albert era mais que ciente do esforço que Alberto fazia para incluí-lo na conversa. Após cada chiste erudito, inclinava-se para ele quase imperceptivelmente e lhe explicava baixinho o contexto em poucas palavras. Compartilhava com ele cada elogio, nunca se esquecendo de mencionar "a colaboração inestimável de Albert". Se passava um tempinho sem que este participasse da conversa, Alberto, como quem não quer nada, lhe perguntava o que *ele* achava do assunto em questão.

Quando estavam a sós, a coisa era outra. Eram, sem sombra de dúvida, um só, como acontecia na oficina, onde agora trabalhavam no Número 2, que ganharia mais volume, uma bomba mais forte e uma divisória entre o ar e o hidrogênio que não só tornaria a forma mais resistente, mas também reduziria o risco de explosões. Nunca se sentiam mais felizes que juntos em casa, ou no automóvel a caminho de algum lugar, não vistos, não incomodados, não julgados.

— O que eu não entendo... — Louis Cartier estava sentado ao lado de Santos-Dumont. Empurrou a cadeira algo para trás e cruzou as pernas. O jovem tinha a mesma idade que eles, estava no começo da casa dos vinte, mas tinha um quê de maduro e elegante. Segurava o charuto com uma das mãos, enquanto apoiava a outra nos ombros de seu vizinho de mesa — ... é o quão abertamente você faz tudo.

— Os primeiros experimentos — disse Alberto —, nós mantivemos em segredo. Mas o que quero agora é que outros façam uso das minhas ideias, que as próprias pessoas ponham mãos à obra.

Nos céus de Paris ele tinha se tornado uma visão familiar. As dezenas de voos que fizera desde aquele espetacular voo inaugural foram seguidas de palmas e júbilo nas ruas. Os círculos que ousava descrever no céu se tornavam cada vez mais amplos, de maneira que cada vez mais bairros da cidade podiam avistá-lo lá em cima.

— Eu quero que comece a viver a ideia da aviação. Quanto mais as pessoas souberem que é factível, Louis, cada vez mais ansiarão por ela. Se porventura algo der errado, vão poder constatá-lo também. Na verdade, essa ideia é do Albert, não é, Albert? — Trouxe-lhe a atenção de volta para a mesa. — Foi o Albert quem pensou que o público não deve só compartilhar os nossos sucessos, mas também acompanhar a luta que os precede. Por que arriscar a minha vida na exclusão? Prefiro dividir com os outros também a minha agonia. Quanto mais as pessoas se derem conta da fragilidade e da precariedade da coisa, maior será a admiração quando der certo. Dessa maneira, um voo de sucesso não será só uma conquista minha, mas também de todos os parisienses. Quanto mais eles prenderem a respiração enquanto eu estou lá em cima, tanto maior será a sua alegria quando eu voltar para baixo.

— Todos os olhares estão voltados para você, eu reconheço... — Cartier procurou as palavras. — "O nosso pequeno Santos", é como eles o chamam. Acompanham a sua trajetória, e não só no céu. Essa abertura é naturalmente positiva... — Involuntariamente, lançou um olhar sobre a mesa na direção de Albert Chapin. — ... no que se refere à sua vida profissional. Mas a curiosidade das pessoas vai além disso...

Os jornais e as revistas se rendiam inteiramente ao fenômeno. Intrépido. Prodígio. Herdeiro excêntrico de uma fortuna ilimitada e, o melhor de tudo, solteiro. Não havia mãe que não visse nele seu genro, nem filhas que não fantasiassem sobre ele.

Os leitores se deliciavam. Qualquer idiossincrasia de Alberto era debatida exaustivamente. Qualquer característica sua que saísse da média merecia foto e comentário.

O aeronauta transformava a paisagem urbana. O chapéu-panamá tal como o que ele usava passou a ser *de rigueur*, assim como casacos esportivos em *pied-de-poule* e o cravo na lapela. Sobretudo o colarinho alto e branco de bordas arredondadas fazia furor e foi logo batizado pelas lojas de "colarinho Santos-Dumont".

Nas vitrines apareciam casacos de ópera de talha curta e graciosa como os seus e com o mesmo chamativo forro de seda cintilante, ainda que esse artigo, como os vendedores advertiam aos clientes nos provadores, não fosse para qualquer um.

Em dias de calor, mesmo os senhores de mais idade se viam vestindo bombachas e polainas. Com elas um boné largo, de viés, porque era assim que Alberto o vestia sempre que saía de carro; os óculos protetores que ele costumava usar atrás do volante já se viam na testa dos frequentadores do jardim de Luxemburgo. Prosperavam os negócios dos curtumeiros por causa do cinto esportivo de Santos-Dumont, tão largo que até então só se via em boxeadores, e mais ainda as botas altas, ainda que sem os saltos aumentados que tinham por função fazer o aeronauta parecer mais alto. Os sapatos para barco feitos de linho e as calças arregaçadas, impensáveis alguns meses antes, já não valiam o sarcasmo alheio, mas sim o elogio pela escolha do estilo aventuresco do brasileiro e o passo firme.

Sem contar as joias.

Alberto Santos-Dumont gostava de seu brilho. Agora que era um convidado bem-vindo em quaisquer recepções dignas de nota em que era frequente ser fotografado, os detalhes de sua apresentação passavam a chamar a atenção. Ele usava, por exemplo, não só uma corrente no pescoço, mas também alfinetes de gravata de ouro puro, cada um deles incrustado por Cartier com uma pedra preciosa diferente, botões de punho e lapela fazendo jogo. Além disso, fez o amigo conceber uma variedade de anéis para uso próprio.

Sucesso gera inveja.

Se o elefante toca trompete, os camundongos começam a chiar.

O primeiro alvo de veneno foi o medalhão de Bento, uma beleza que o próprio dom Pedro II havia usado. Sua filha, a condessa D'Eu, deu-a de presente a Alberto na esperança de que o santo de Núrsia protegesse seu amigo e compatriota de qualquer acidente. Aquele enfeite balançava num bracelete dourado, visível numa fotografia da *L'Illustration*, e deu ensejo à primeira caricatura em que o pioneiro da aviação, com os pulsos dobrados, os dedos cheios de anéis e um beicinho, joga beijinhos a seus admiradores enaltecidos. *Esperança frívola!*, de acordo com o subtítulo.

Aquilo teve o efeito de um sinal para a caça.

O tom dos comentários editoriais e das cartas enviadas que descreviam o aviador começou a mudar sutilmente; no início, com meras nuances, nada mais que a escolha de palavras femininas em detrimento das masculinas. Vez por outra, alguém fazia referência à sua voz aguda, que não se esperaria pertencer a um homem tão esportivo. Assim como seus dedos longos e finos, infantis segundo um, femininos segundo outro. Os cílios longos, os olhos semicerrados. *Uma estatura que não poderia fazê-lo pesar mais que uma menina em idade escolar,* escreveu alguém, e *uma cinturinha proporcional que desperta a inveja de qualquer mulher jovem.*

O cheiro da injúria é para os mesquinhos um *hallali.* Quem é excêntrico, o nome já diz tudo, se distanciou demais da média. Sedentos de sangue, os homens se atiram sobre o animal abatido.

Os ataques surtiram um efeito inesperado. Em vez de assumir uma postura mais masculina e vestir-se de acordo, Alberto encomendou um tear, algodão e lã, e retomou a atividade manual que por vezes o acalmara na infância e na adolescência. Demorou para que ele apanhasse novamente o jeito, mas, quando o fez, acostumou-se a ficar absorvido horas a fio na atividade de lazer. Quando tecia, era como se estivesse na companhia de sua antiga babá e, ao bordar, pensava na mãe. Nas frequentes vezes que passavam o tempo juntos na varanda. Era o que o arrancava do mundo real nos momentos em que ele literalmente não conseguia transcender a ele.

Em pouco tempo, os traços femininos de Alberto passaram a ser discutidos tão abertamente nas ruas como suas aventuras acima dos telhados da cidade. Até mesmo o elemento que ele vencia dava ensejo à dúvida: *As ondas revoltas de um oceano longínquo, as planícies de gelo no polo Norte, os penhascos rochosos do Himalaia,* escreveu um colunista, *esses sim são destinos de expedições de exploração; que homem deseja batalhar contra o céu? Isso é algo mais para uma sílfide!*

O fato de que fosse solteiro e preferisse a companhia masculina era visto por uns como prova de uma devassidão insinuada; para outros, era justamente o contrário, já que a maioria dos casamentos em Paris servia para mascarar vidas secretas. Se um homem tinha algum segredo, cuidava-se de que fosse casado. Além do mais, Santos-Dumont tinha uma covinha no queixo, de quantos indícios masculinos mais se precisava? Muitos outros também se apressavam em socorrê-lo com o argumento de que alguém dotado de tanta coragem e tanto conhecimento técnico não poderia ser senão um verdadeiro homem.

— Pois é, você sabe como são as pessoas — reiterou Louis Cartier. — Quando sugiro que você opere menos abertamente, não me refiro ao seu balão-charuto. Por mim você pode voar ao redor ou por debaixo do arco do Triunfo ou em volta da torre Eiffel, não importa; o que me preocupa é a sua vida privada.

— É o que eu estava mesmo planejando — interrompeu Alberto, como se não soubesse que rumo a conversa estava tomando. — Voar em volta da torre Eiffel. Eu calculei que, se subir a partir de Saint-Cloud, conseguirei cobrir o trajeto de ida e volta em menos de meia hora. O que eu realmente queria era organizar uma competição. Você está seguindo o folhetim que Wells acaba de começar no *The Graphic*? É a isso que estamos nos encaminhando, Louis, o dia em que não só eu, mas todo mundo, todo mundo mesmo, se deslocará por via aérea. Para agilizar a chegada desse dia, gostaria de oferecer um prêmio a outros pioneiros. Em um ou dois anos, quando as pessoas estiverem preparadas. Uma corrida de ida e volta entre Saint-Cloud e Champ-de-Mars. Não poderão aterrissar no meio do caminho e deverão voltar dentro de certo horário. Ganha o mais rápido. O que você acha que isso fará para a popularidade da aviação? O problema é que nem sei quanto demora. Como cronometrar enquanto se está voando? Levo o relógio no bolso, mas nunca fico com as mãos livres para pegá-lo, abri-lo e consultar os ponteiros.

— Você está apelando para um subterfúgio. — Cartier o chamou à ordem. — O que estou tentando dizer é…

— Eu sei o que está tentando dizer. — Alberto se encolheu de repente, como se estivesse com dor no estômago. Ficou sentado com os olhos fixos na toalha de mesa de damasco. — Você por acaso acha que estou surdo, cego? Eu sei de que se trata. Sobre o mesmo assunto que eles não param de discutir, é ou não é? O que posso lhe dizer é: não dou a mínima para eles.

— Não é a isso que eu me refiro, meu amigo — disse Cartier. — E você sabe disso. Estou ao seu lado, incondicionalmente, como todos os outros aqui.

Pôs um braço sobre os ombros do amigo, mas descobriu que Santos-Dumont estava todo rígido e encolhido.

Maxim Gaillard foi até a mesa ver se tudo estava a gosto.

— Vamos lá — Albert Chapin levantou-se e pegou o braço de Alberto. — Vou levar você até a madame Pi-Pi para nós nos refrescarmos um pouco.

Alberto olhou para ele com os olhos esbugalhados, indefeso de uma maneira que Albert nunca o tinha visto. Como uma criança, ele se deixou guiar, mas, após alguns passos, quase chegando às escadas, estacou, mudando de ideia, e voltou à mesa.

— Existe um fenômeno que não conhecemos na Terra...

Começou do mesmo ponto que num seminário que dera na Academia de Ciências, tremendo, sem olhar para ninguém em especial. Era como se trocar o olhar com alguém o pudesse desestabilizar - afinal, sua capacidade de enfrentar as pessoas era mínima.

— Assim que você se encontra sobre as nuvens — prosseguiu —, vê a si mesmo projetado nela. O sol cria uma imagem tão nítida como num aposento escuro, uma fotografia viva, mas de uma altura gigantesca. Você vê o balão com riqueza de detalhes, cada cabo, fino e nítido; vê o vime, o gancho no qual está pendurado o lastro, as fibras soltas nos lugares em que a corda está desgastada. Vê também a si próprio. Você se vê deslizando sobre a tela branca de lã dos vapores de água, com toda a precisão. O corte da sua roupa, as pontas do bigode, um cacho de cabelo fora do lugar, tudo em tamanho duplicado. Você se vê como os outros o veem e se diz: "Eu não sou isso".

Nesse momento ergueu o olhar e olhou para os amigos.

— É muito tentador você olhar para si mesmo como os outros o fazem. É uma reprodução, muito diferente do que imaginava, para a qual você tende a olhar fixamente. Mas não pode se permitir isso. Precisa continuar. A sua imagem reproduzida hipnotiza, porque parece verossímil. Mas não é a realidade. A realidade são os instrumentos, a válvula, o bico de gás, as tampas, o leme e os pesos. É tudo isso o que conta.

Que você não voe nem baixo nem alto demais. A realidade é você mesmo. E tudo o mais que aparece ao fio dos dias para salvaguardar a sua existência. A realidade não deve ser verossímil demais. Se você quiser permanecer acima das nuvens, não pode ter margem para ver a si mesmo como é, para refletir em como trabalha, como é a sua aparência, em que você consiste. Você só pode ir em frente. Executar o seu voo. Tomar um curso e navegar sem se deixar abstrair por nada e ninguém.

Voltou então para seu lugar, mais calmo. Albert também fez menção de sentar-se, mas Alberto lhe acenou e, gesticulando, lhe deu a entender que o queria sentado a seu lado, ao que ele obedeceu.

— Eu sei o que é dito, Louis. Sobre mim. Sobre nós. — Pôs a mão sobre a coxa de Albert, onde a deixou repousar. — Eu fico sabendo de tudo. E o que acho ainda pior, quase insuportável, é que Albert também fica. Mas eu faço o quê? Viro outro? Essa sorte não nos cabe nesta vida. Muito menos a pessoas como eu. Será que realmente esperam de mim que eu jogue com minhas próprias mãos da borda para fora o pouco que me foi destinado, como um lastro? As pessoas nos veem sempre juntos, sim, somos amigos inseparáveis. Por acaso querem que eu o mande embora? Que eu simplesmente o despeça e contrate outro mecânico? Meu Deus, logo eu, que faço de tudo para não escandalizar as pessoas? É certo que não pertenço ao mundo delas, mas mal eu não faço a ninguém. Cuido para que isso não aconteça. São tantas as facetas em que me faço parecer alguém que não sou! Só ter uma única pessoa diante da qual não seja necessário fingir, nem isso me é permitido? Faço de tudo para deixar os outros para trás, procuro até mesmo uma camada aérea que não a deles. Mas não é o suficiente, eles não descansam. Não enquanto nós estivermos vivos. Talvez isso aconteça algum dia no mundo que o senhor Wells concebeu, quando despertarmos daqui a dois séculos, quem sabe, mas antes disso, não.

— Sinto muito — disse Louis Cartier. — Eu sou mesmo um idiota, não deveria ter dito nada. Mas, sabe o que é?, enquanto você está lá em cima voando, eu ando nas ruas e, às vezes… Às vezes ouço as pessoas falar.

— Mas é como você acabou de dizer: eu estou lá em cima, voando sobre as pessoas. Sinto muito que você seja obrigado a ouvir as palavras delas. Mais do que você imagina. Mas lá em cima tudo se cala. Eu não sou obrigado a tolerá-las.

— Você fala isso como se fosse muito solitário — queixou-se Sem, o caricaturista —, ao passo que a cidade inteira o segue. Todo mundo prende a respiração quando vê você lá em cima!

— Essa distribuição está perfeita para todos. Enquanto eu estiver no céu e os outros no solo, somos um só. Dessa maneira eu represento algo para eles. Assim sendo, não olho para a minha projeção nas nuvens, por mais espetacular que seja o fenômeno. Essa imagem que existe de mim, se eu lhe desse um mínimo de importância, você acha que me permitiria manter a altura? A realidade está mais para os outros. Para mim ela é pesada e me puxa para o chão. Sou obrigado a ignorá-la. A quem quiser um dia despregar-se do solo, aconselho a fazer o mesmo.

Às onze e meia chegou La Goulue com suas bailarinas. Maxim as tinha contratado para entrarem dançando no Ano-Novo. Na expectativa, ficavam à toa nas imediações dos músicos e se aproximavam das mesinhas, rebolando, desafiadoras, famintas como um bando de animais selvagens pouco antes da hora de se alimentar. Babados espanhóis rumorejantes, algumas saias já levantadas, um vislumbre de calças argelinas aqui, acolá a promessa de suspensórios vermelhos, passos ensaiados do *Galop infernal*. Os risinhos curtos e agudos que sempre soltavam durante o cancã já soavam vez ou outra, o que acerbava a expectativa e fazia o estabelecimento tremer nas bases.

À mesa de Santos-Dumont, onde ninguém contava o número de bebidas, falava-se sobre as promessas de Ano-Novo de cada um.

— A partir de agora — declarava Alberto, solene — vou me dedicar de corpo e alma à aviação.

— Vá em frente — riu Albert. — Que grande surpresa! — A garrafa já tinha sido esvaziada. Fez sinal ao garçom para que trouxesse outra. — Um ótimo plano, queria me lembrar amanhã de manhã de virarmos a nossa vida do avesso.

— O que quero dizer... — Santos-Dumont balançou a cabeça, procurando as palavras. — Quero dizer que vou abordar a questão numa escala maior. Tenho em vista um lote de terreno onde quero mandar construir um hangar. Quero contratar mais pessoas. E uma produção mais rápida. Não ficar restrito só a esse modelo, mas sim estar sempre inventando outros. Se um deles não der certo, já teremos outro esperando para ser testado. Temos de pensar em novos modelos e em novas soluções para novos problemas. Vamos aperfeiçoar o dirigível, é claro, mas há um limite à sua capacidade, prevejo. Uma vez que devem ser sempre mais leves que o ar, só podem transportar uma carga limitada de pessoas, mas nunca um grupo inteiro. Não, acreditem nas minhas palavras: o futuro se encontra em transporte aéreo mais pesado que o ar. É nessa direção que nós temos de andar, se não neste ano, no próximo. Pois é... — Ergueu a taça e bebeu. — É isso o que me proponho a fazer!

Maxim Gaillard se aproximou da mesa.

Albert achou que fosse para abrir outra garrafa, mas o proprietário do restaurante tinha as mãos vazias. Remexia os dedos. Também seu olhar revelava um desconforto.

— Queiram perdoar o incômodo — gaguejou. — Principalmente agora que a festa mal começou, mas... mas é que há alguém na porta que pede para vir até a sua mesa.

— Quanto mais pessoas, melhor a festa, Maxim — disse Santos-Dumont, magnânimo. — Deixe entrar o senhor.

— Não é um senhor.

— Seja quem for. Estou curioso.

— É só que... — Gaillard hesitou. — Que não se trata de uma senhora propriamente dita.

— Como é possível isso? — riu Cartier, tendo consumido champanhe como uma esponja. — Traga-a para cá, Gaillard, traga-nos esse ser misterioso, eu quero vê-la.

— Não acho que vai querer, senhor. Está num certo... estado de selvageria. Nós achávamos que ela tinha vindo pedir esmola, mas ela não se deixa afugentar.

— Dê isto a ela. — Alberto apanhou a carteira e deu a Gaillard uma nota de dinheiro de grande valor. — Com os nossos votos de feliz Ano-Novo.

La Goulue nesse ínterim tinha se postado no alto da escada. Acompanhada do rufar de tambores, apoiou uma de suas botas sobre o corrimão e puxou a saia à altura das coxas. Nisso, começou a berrar como um beduíno em sinal de que começaria a contagem regressiva até as doze badaladas.

— Vou tentar, senhor... — Gaillard olhou para a nota que tinha em mãos. — Mas a criatura insiste em que não veio atrás de dinheiro. Disse que não vem buscar nada, mas sim trazer.

Nesse mesmo momento, alguém bateu no vidro com tanto ímpeto que todos se voltaram para ele, assustados.

Diante da janela, se via uma jovem mulher de fato andrajosa. Estava coberta com pouca roupa e tinha frio.

Por um breve momento só houve uma troca de olhares intensos.

Seus cabelos longos estavam molhados e colados no rosto. Olhou para o grupo de amigos com grandes olhos selvagens. Bateu então outra vez no vidro, dessa vez com um objeto duro.

— Pode ser que seja louca — opinou Cartier.

— Viciada em morfina, aposto eu.

— Já eu não faço ideia — disse Santos-Dumont. — Seja como for, não a conheço.

— De fato não. — Albert se levantou. Parecia abatido. — Você não a conhece.

A jovem abriu então sua capa de pelo de cavalo. Sob a capa, em seus braços, trazia algo enrolado numa manta.

— Mas eu sim — continuou, gaguejando. — Conheço-a dos meus tempos de Ferrières.

Era Ernestine.

Olhava-o no fundo dos olhos.

Assim que ela percebeu ter captado seu olhar, foi abrindo a manta com cuidado, com um só dedo. Com ambas as mãos, como se o ofertasse, levou aquele pacote envolto em trapos para perto da janela e mostrou a criança.

Estava adormecida.

1900
Uma manhã de agosto

A exposição mundial queria ser uma ode ao progresso. No Champ-de--Mars se pavoneavam palácios de eletricidade e engenharia hidráulica, indústria química e mecânica, mineração e metalurgia, templos de ensino e agricultura, artes e letras, indústria têxtil e da moda e de construção de linhas ferroviárias. Setenta e seis mil expositores, cinquenta milhões de visitantes com otimismo para dar e vender em relação às ilimitadas possibilidades do novo século.

Apenas no que se referia à aviação não se encontrava praticamente nada naquele um milhão e duzentos mil metros quadrados.

Mesmo no berço do século XX, Alberto continuava a ser o único a navegar pelas nuvens com direção e propulsão; seus experimentos eram considerados perigosos demais para uma demonstração pública.

Para mostrar que todos estavam enganados, executou sobre o terreno da exposição um voo-surpresa com seu Número 4.

O modelo tinha um aspecto mais perigoso que os antecedentes. Sem qualquer espécie de proteção, o aviador ficava sentado numa vara de bambu longa e fina como se fosse uma bruxa sobre a vassoura. Na parte dianteira estava a hélice, na do meio o motor a gasolina, na traseira o leme. O conjunto se mantinha suspenso em algumas cordas de piano abaixo do balão, que continuava tendo a forma oblonga, mas com a ponta menos pronunciada. Assemelhava-se a uma lagarta grande e amarela. Como único apoio, Santos-Dumont tinha um selim de bicicleta e dois pedais, com os quais poderia fazer o motor voltar a funcionar caso parasse.

— Vai precisar de um pouco mais que coragem para você se balançar tão livre e desprotegido — tinha dito Albert Chapin naquela mesma manhã. — Para se aventurar assim, só mesmo desdenhando muito a morte.

Essas palavras, porém, não deviam ser interpretadas como um elogio.

Fazia pouco tempo que Albert e Ernestine Chapin moravam nos aposentos de cima da oficina da rua du Colisée. Espantosamente, poucas palavras tinham sido pronunciadas em relação a esse assunto.

Na noite que se seguiu ao aparecimento da passadeira diante da janela do Maxim's, Alberto encontrara o amigo chorando. Tinha se aconchegado a seu lado na cama, onde permanecera até o dia raiar.

— Lá em cima sempre há pássaros, você sabia? — disse Alberto, que encontrava no céu uma fuga para todos os males. — Assim que você começa a subir para além dos telhados, lá vêm eles investigar o que veio fazer. Passado um tempinho, se acostumam com a sua presença. O seu lugar não é ali, mas mal você não faz. E isso basta para eles. Circulam um pouco à sua volta e seguem um trechinho ao seu lado. Às vezes tem um que aproveita e pousa. Saltita sobre um cabo de um lado para o outro. Por um curto intervalo, ainda mantém um olho em você, até que começa a tomar confiança e decide pegar carona por alguns minutos, enfia as unhas na corda para se estabilizar. Sacode as penas. Mas você continua sozinho, porque há uma distância entre ambos. Ela é necessária. Mesmo assim, porém, viajam juntos. Cria-se uma sensação de segurança. Ou melhor, uma ideia de segurança, já que não passa de um pensamento. Se algo der errado, ele só precisa sair voando, alegre da vida, ao passo que você se esborracha no chão. Mas o pensamento é tudo. Sabendo que ele está ali. Temporariamente. Sabendo que ele admite você no seu elemento e que confia. O que importa é não pensar para além desse momento.

Albert assentiu.

Tinham saído da cama.

Foram trabalhar como sempre.

Após o almoço, Alberto lhe ofereceu a chave do primeiro andar, onde se encontravam dobrados o Número 1 e o Número 2 e ainda algumas partes do Brasil. Às cinco, Albert saíra para ir buscar Ernestine, que fora repudiada na casa de um tio sobre um dos morros ao redor da cidade.

Alguns dias depois, foi celebrado um casamento no civil, que não tinha sido anunciado em parte alguma. Santos-Dumont foi o padrinho. Num diminuto escritório da prefeitura em uma travessa do Quai Branly, tirou do bolso as alianças e as entregou ao noivo. Eram de Cartier. Somente quando seu cônjuge a deslizou sobre seu anular foi que Ernestine ergueu o olhar.

Eram muitos os que diziam que Santos-Dumont realizava seus passes de mágica porque ansiava pela própria morte. Ledo engano. Quando ele olhava para baixo a uma grande altura, pensava antes de mais nada num renascimento, numa nova oportunidade. Como se a fase mais delicada já tivesse sido superada. A vida é capaz de subtrair alguém da realidade cotidiana a tal ponto que, certo dia, se dá conta de que, na verdade, já passou por essa fase. O perigo não lhe fora desagradável, mas sobretudo o lembrara de que ainda havia muito em jogo. Como se a vida lhe desse um cutucão.

O Número 4 se aproximava do terreno do festival, vindo da praça de la Concorde, ao longo da figura gigantesca de Sarah Bernhardt, que se arvorava sobre a cidade. A imagem de bronze, de autoria de Moreau-Vauthier, inspirada nas dimensões da Estátua da Liberdade, coroava o edifício de entrada, que, com cinquenta e oito bilheterias, conseguia absorver cem mil visitantes por hora.

— A minha mãe foi uma das *grandes horizontales* de Paris — sussurrara Sarah em seus ouvidos durante a cerimônia de inauguração. — Tinha esperado o mesmo de mim. O que você acha, ela ficaria orgulhosa de eu conseguir ser pelo menos uma *grande verticale*?

Seu balão se destacava, fino, diante da imagem dela.

Mesmo daquela altura, Alberto só conseguia enxergar um pavilhão da exposição, que se estendia da praça de la Concorde até o Trocadéro, ocupando toda a superfície do Champ-de-Mars até a Escola Militar, mas também na outra direção, do Hôtel des Invalides através da ponte Alexandre III, construída para esse fim, e da rua Nicolas II, passando pelo Grand Palais até mais além de Champs-Élysées. Toda a margem esquerda até a ponte d'Iéna estava coberta de pavilhões das nações mais importantes do mundo, proezas de sua arquitetura nacional com fachadas opulentas, escadarias largas, torres altas. Na margem direita, havia sido reconstruída a cidade medieval, a Paris de Pantagruel e Panurge, com igrejas, castelos e ruelas estreitas cheias de trovadores choramingueiros, donzelas e nobres a cavalo, enquanto, na praça de l'Alma, eram reproduzidas cenas de torneios e execuções.

Toda a quermesse estacou assim que apareceu nos céus o Número 4, como se alguém houvesse obstruído o movimento da roda-gigante.

Nas calçadas rolantes, até então a novidade do ano, se registraram quedas porque os visitantes deram meia-volta e passaram a andar no sentido contrário para seguir o trajeto de Santos-Dumont.

As damas acenavam, as crianças pulavam de alegria, os cavalheiros levantavam os chapéus e as bengalas. Quando chegou à ponte de l'Alma, um primeiro homem caiu na água por causa de uma obstrução na passarela.

— Mas e se você desmaiar? — tinha perguntado Albert no último momento, logo antes de o Número 4 começar a subir. — Nesse caso você não vai conseguir se agarrar em nada. Para que correr esse risco? Por favor me deixe fazer um cinto para você se afivelar. Senão, antes que você se dê conta, já vai ter se esborrachado no chão.

— Você pretende que eu me prenda numa trela? Não sou criança, nem você é meu pai. — Alberto parecia carrancudo. — Proteção serve para quem faz algo distraído, ao passo que eu sei exatamente o que estou fazendo. Principalmente agora que não tenho nada em que me escorar. Não vou me deixar amarrar. Quero poder tomar decisões sem travas. Enquanto eu me mantiver alerta em relação ao equilíbrio, vou estar alerta em cada um dos meus atos. Quanto mais arriscada a minha posição, mas seguro será o meu voo.

— Não digo por você, e sim por mim — respondeu Albert. — Essa sua imprudência! Não ache que eu não entendi o que você pretende. Não é para você assimilar a noção do risco que está correndo, mas eu sim. Para deixar o meu coração em estado de alerta. O que ele fez de mal a você? — Seus olhos ficaram rasos de lágrimas, mas ele se aguentou. — As pessoas precisam saber. Elas acham que é você quem passa o maior medo nas suas viagens, mas não sabem que você não ama suficiente a si próprio para sentir medo.

— Nesse caso, se fosse você eu ficaria contente — admitiu Alberto. — Se lá em cima eu pensasse em mim, você teria mais motivos ainda para ter medo.

O puxão que Santos-Dumont deu no leme foi enérgico demais.

De repente sentiu que lhe bastava. Já tinha descrito um círculo em volta da torre Eiffel e dado mostras do que podia. Agora desejava voltar. Desejava-o com uma intensidade tal que sentiu um espasmo percorrer seu corpo.

Por causa dessa inquietação, o Número 4 circulava rápido demais, praticamente girava em torno de seu eixo. O balão foi puxado e se inclinou para um lado. O gás tentava compensar o desajuste. Por sua natureza, fez o balão voltar à posição original, mas esse segundo choque fez rebentar uma das cordas de piano. O bordão de bambu se desprendeu na parte traseira.

Horrorizadas, as pessoas aglomeradas lá embaixo recuaram, o que fez com que algumas delas tropeçassem e caíssem no Sena. Ninguém se afogou, mas um ou outro só foi pescado no trecho de La Grande Jatte.

Alberto Santos-Dumont estava pendurado abaixo do bambu, agarrado a ele pela parte posterior do joelho que cingia o bambu, e com as mãos presas nas cordas. Enquanto balançava ali, só conseguia pensar que seu mecânico felizmente não podia vê-lo agora. Albert o estava esperando a quilômetros dali, em Saint-Cloud, não ciente daquele sufoco; saber que seu coração batia tranquilo valia mais para Alberto que sua própria salvação.

Bem acima do Champ-de-Mars, recuperou as forças, conseguiu se içar à posição vertical e readquiriu o equilíbrio. A vara de bambu estava torta de uma maneira medonha, embora nada pudesse acontecer enquanto mantivesse uma das mãos agarrada à suspensão.

Com a mão livre, Alberto manobrava acima dos *souks* da Tunísia, o conjunto de mercados e butiques recriados diante do Trocadéro, acima de ruas estreitas com vendedores trajando *jalaba* e da grande mesquita de Argel com seu minarete de Sis-Bou-Medina, passando pelo palácio do Sudão, construído com areia vermelha, e das aldeias de cabanas da Costa do Marfim e da Guiné.

Os nativos expostos – aldeias inteiras tinham sido levadas à exposição – olhavam para ele lá em cima e acenavam; as bailarinas do templo de Phuoc Kien da Indochina, os eunucos Co Loa de Tonkin, as sentinelas do monte sagrado de Phnom Penh, reconstruído com riqueza de detalhes, vigiado por tigres de sorriso amarelo e coroado com o pagode dos budas. O aroma dos perfumes e dos incensos acesos se elevava até o balão, mesclado com as canções dos budistas e brâmanes.

Quer dizer que é isso o que logo vai acontecer, pensou Santos-Dumont, com a euforia de um dos sobreviventes, avistando lá de cima a travessia de um continente, passando de um país ao outro, levando a fraternidade e o entendimento mútuo para além das fronteiras.

Sobrevoou as torres do Kremlin, que dominavam o Trocadéro, os jardins japoneses e os portões imperiais de Pequim. Avistou o templo de Dandour, o pavilhão dos africânderes do Transvaal, os graciosos telhados pontiagudos de Sumatra.

— Quer dizer que a minha vida só vai produzir isto e mais nada — disse a si mesmo com a paixão de quem vê seu futuro pendurado numa corda de piano arrebentada.

Acima da estátua da rainha Vitória, deu uma guinada na direção oeste, sobre o arco de Punjab e o pavilhão do chá do Ceilão, deixando para trás o terreno do festival para seguir na direção do Bois de Boulogne.

— Mesmo que o meu nome não esteja gravado no tronco de nenhuma árvore... — Eufórico, ondeou no encalço de seu susto. — Pelo menos isto fica sendo o meu legado para a humanidade: eu lhe dei asas.

Naquela noite

— Passei então na mesma hora da palavra à ação. — Santos-Dumont olhou ao redor, agradecido por seus amigos terem aceito ir ao Pavillon Bleu. — Hoje pela tarde nós nos sentamos à mesa com o meu advogado. Ele mandou redigir as atas, que foram assinadas às cinco.

— Isso é *off the record*? — perguntou James Gordon Bennett, que teve de se segurar para não telefonar no mesmo instante para as redações dos jornais a fim de espalhar a notícia. — Ou pode ficar sendo de conhecimento público?

— Calma aí, Jimmy! — riu Loie Fuller. A bailarina americana, que ele trouxera como mais uma comensal, fez com que ele se sentasse outra vez, puxando-o pelo braço e dando-lhe palmadinhas como se ele fosse um cachorrinho. — Quieto aí, você!

— Um momento — pediu a imperatriz Eugénie. A idosa senhora não gostava de espaços públicos, que praticamente convidavam as pessoas a gritar todas ao mesmo tempo, atropelando-se. — Você se refere a uma competição da qual todos podem participar?

— Todos os que achem que conseguem percorrer o trajeto num intervalo de meia hora.

— Onde é que eu assino? — perguntou Sarah, levantando o braço como uma criança na sala de aula.

— Competir com os anjos é uma coisa — sussurrou à imperatriz, inquieta, Isabel, a condessa D'Eu. — Agora, desafiar os mensageiros de Deus com as suas asas a toda hora, isso já é outra...

— Assim como o protegeram hoje, enquanto ele oscilava entre a terra e o céu — respondeu a outra. — Eu já acho que os anjos estão todos ao lado de Alberto.

— E o prêmio em dinheiro? — perguntou Sem. O caricaturista já via mentalmente diante de si a estampa que representaria o vencedor na linha de chegada do céu ser baleado por seus adversários.

— Cem mil francos. Henri Deutsch de la Meurthe é quem os oferece.

— O magnata do petróleo? — perguntou Louis Cartier. — Por que logo ele?

— Justamente por causa do petróleo. Se a minha visão se tornar realidade, o futuro da aviação e o do petróleo vão andar sempre de mãos dadas.

— O que quero dizer é: por que dar ao prêmio o nome dele, e não o seu?

— Porque eu próprio quero competir.

— Sei — ironizou Sem, enquanto pedia mais uma garrafa de champanhe, pondo-a na conta de Alberto. — Você também está desesperado atrás de dinheiro.

— Se acontecer de eu mesmo ganhar... — disse o anfitrião.

— E nós partimos desse pressuposto — interrompeu Loie Fuller.

— ... vou doar o montante do prêmio. Ou então usá-lo na expansão do conhecimento aeronáutico. Fazer com que o maior número de pessoas se entusiasme pela aviação, esse é o objetivo da competição. A minha participação vai estimular isso. As pessoas vão querer me desafiar, assim espero.

— E o percurso? — perguntou Sem.

— O mesmo que eu percorri hoje. Partida e chegada em Saint-Cloud. De lá até aqui são uns cinco quilômetros; quatro quilômetros e oitocentos e vinte metros, para ser exato. Para conseguir percorrê-lo em meia hora - incluindo a volta na torre - é preciso manter uma velocidade média de vinte e dois quilômetros e meio por hora. Inventores, criadores, amadores e outros loucos como eu, todos terão de trabalhar. Dez sabem mais que um, que eu sozinho. Em busca da forma perfeita, do motor ideal!

— E de estabilidade — sugeriu Bennett. — O vento continua sendo o seu inimigo.

— Transformar os inimigos em amigos, esse é o segredo da nossa missão, tanto no ar como na vida — disse Santos-Dumont. — Um balão continuará a ser sempre uma bola de jogo, nós precisamos buscar alguma coisa mais pesada. Olhe só para os pássaros, esses sim sabem utilizar o ar em proveito próprio. Nele se encontra o futuro. Eu estou maquinando. Não mais lutando contra a resistência, mas sobraçando-a debaixo das minhas asas.

— A mesma coisa vão tentar os outros participantes — disse Loie Fuller. — E se eles se saírem com a solução antes do senhor?

— Eu só me alegraria. Tenho em realidade esse sonho, minha senhora; já o tenho faz muito tempo. A única coisa que desejo nesta vida é não pesar mais nada...

— Isso eu consigo entender. — A americana, de cuja dança experimental nascera o *art nouveau*, mexeu os braços como se batendo asas. — É isso mesmo, se conseguirem entender!

— ... e qualquer um que quiser me ajudar, eu recebo com um abraço.

— Faça antes de mais nada que inventem uma maneira de garantir a sua segurança — implorou Isabel D'Eu. — Hoje de manhã eu quase desmaiei, fique sabendo disso. Quantas preces eu não fiz! Em detrimento da minha confiança em Deus, não achei que fôssemos estar sentados aqui juntos nesta noite.

— Que esse trajeto pode ser percorrido, apesar das adversidades, eu já deixei claro. Isso deveria ser um incentivo para os amadores. Uma competição assim, com um prêmio em dinheiro e um limite de tempo...

— A questão, é claro, é saber — disse Louis Cartier — como diabos você, na condição de aviador, conseguiria cronometrar o tempo enquanto tiver nas mãos tanta aparelhagem.

— Esse problema continua sendo insuperável — disse Alberto. — Se eu sentir um comichão, não posso usar nem um único dedo para me coçar.

— De maneira que esse seu relógio de bolso, uma vez no ar, não tem a menor utilidade? — Louis soava como um artista de show de variedades. Assim foi que olhou ao seu redor, sentado à mesa, para ver se tinha atraído a atenção de todos para seu truque. — Pois é, aí você tem de fato um problema.

Sacou do bolso do casaco um pequeno estojo de couro. Nele se via a inscrição da empresa da família na rua de la Paix. Ofereceu o presente a Alberto.

— Estive trabalhando escondido dentro do seu ateliê na mais nova invenção técnica — riu Cartier. — Por acaso você acha que é o único a inventar coisas?

A tampa se abriu como se fosse acionada por uma mola. Num revestimento aveludado azul-royal, havia um pequeno relógio dourado e elegante, quadrado e com os ângulos arredondados. No mostrador com os ponteiros, viam-se as horas bem destacadas com algarismos romanos. Só não havia corrente, tal como a dos relógios de bolso. Em seu lugar se viam duas correias finas de couro. Cartier retirou a joia do estojo, impaciente, e a afivelou no pulso do amigo. — A partir de agora, você só precisa lançar um olhar para consultar as horas!

A americana juntou as mãos, Sarah se debruçou sobre a novidade, todos queriam entender melhor aquilo.

— Essa facilidade utilitária é prerrogativa do nosso pioneiro? — perguntou a imperatriz Eugénie. — Se não, gostaria de encomendá-la também... como vai se chamar?

— Contrariamente ao que faz o nosso amigo, não vou chamá-lo de número tal ou tal, de maneira que pensei em lhe dar simplesmente o nome de Santos.

Após sua aventura, Alberto arrastara o Número 4 danificado para dentro do hangar que tinha mandado construir em Saint-Cloud. Este era suficientemente amplo para abrigar vários balões e possuía uma instalação própria de hidrogênio.

Quando no ar, assim como no mar, Santos-Dumont não ficava tonto nem apresentava sensibilidade às oscilações, mas bastou ancorar o balão para que logo tropeçasse na escada e caísse. Se Albert não tivesse estendido os braços para ampará-lo, teria, no mínimo, quebrado as pernas.

— Temos de encontrar uma alternativa para as cordas de piano — constatou Albert.

— Elas são fortes, resistentes, talvez o problema esteja só na suspensão. Se nós conseguíssemos criar mais elasticidade, as cordas não sofreriam mais tanta tensão. — Sempre que Alberto voltava para o solo, estava tão empolgado que ninguém podia com ele. — A propósito, os americanos estão demonstrando na exposição uma fibra artificial mais fina e, ao mesmo tempo, mais resistente. Vamos dar uma olhada nela amanhã? Se for possível torcer a fibra e transformá-la em corda...

Albert foi sentar-se a seu lado no canapé. Assim como sempre esperava ansiosamente a volta de Alberto, com a mão no coração, agora tinha verdadeira repulsa por esse momento. O incomensurável entusiasmo do amigo o fazia lembrar-se de suas próprias limitações. Das possibilidades que lhe faltavam. Das restrições que a vida lhe havia imposto. Do medo de perder o amigo.

— Você precisava ter ouvido o que as pessoas diziam, rapaz! — Alberto se encostou nele. — O jeito com que me animavam, centenas de gargantas ávidas gritando, você não faz ideia da sinfonia que aquilo produzia, a vibração palpável, o excitamento!

Toda a energia que um sentia durante a viagem correspondia à energia que custara ao outro em termos de medo e preocupação.

Albert o cingiu num abraço e, com leveza, apertou-lhe a cabeça contra o ombro em sinal de que deveria dar vazão ao cansaço.

— O seu amigo Chapin vai ficar todo empolgado! — exclamou Sarah Bernhardt naquela noite, à mesa no Pavillon Bleu. — Tenho certeza disso.

Santos-Dumont não conseguia tirar os olhos do pulso, como se estivesse esperando o ponteiro passar por todos os segundos. Ela se aproximou.

— É mesmo. — Alberto finalmente tirou os olhos do relógio, grato. — Como ele vai se alegrar com isto aqui, não é mesmo?

— Vai ficar feliz por você.

— Mais um dos nossos problemas resolvidos. E com que simplicidade! Meu Deus, não vejo a hora de pegar o automóvel e ir voando mostrá-lo a ele!

Ela enganchou um braço no dele, apanhou sua mão e examinou o relógio de pulso, mas depois não a largou mais. Muito pelo contrário, apertou o cotovelo contra a cintura, com o dele preso no seu, e assim ficou, a exemplo do que uma mãe faz com o filho chateado, até o momento em que passam a respirar no mesmo ritmo. Sem olhar um para o outro, permaneceram assim, como se tudo já houvesse sido dito.

Mais cedo no mesmo dia

Pelas altíssimas portas, ainda abertas de par em par, penetrava no hangar, cálido, o ar pesado e adocicado da mata, envolvendo os corpos dos dois homens que haviam pegado no sono sobre o sofá do escritório.

Albert estava todo esparramado, Alberto encostado nele, em posição algo desconfortável, deitado com as pernas dobradas, um braço no encosto para não escorregar e o outro sobre a barriga de Albert, a qual, após o esforço e a tensão do dia, subia e descia tranquilamente, com um intervalo cada vez mais espaçado entre a inspiração e a expiração, imóvel e consoladoramente inanimado, um antegosto da morte.

Assim os encontrara Ernestine.

Ou melhor, quase. As rodas do carrinho de bebê, não engraxadas, tinham despertado Albert um pouco antes. Reconhecera o rangido de imediato. Afastando Alberto de si com um cutucão, saltara como uma mola. Conseguira calçar os sapatos por milagre, mas a camisa não tivera tempo de vestir.

— Vocês é que estão certos, que dia, hein? — suspirara a mulher. — É para querer morrer de calor, inacreditável! — Pegara a filhinha no colo. — Você não quer completar a mamadeira com água? Em dias assim, com este calor, fico sempre com medo de que ela se desidrate. — Com uma expressão marota, soprou ar sobre o rostinho e as perninhas da nenê. — Que calor, não é, fofinha? Esta bebezinha não está com calor?

Irritado, Albert brigava com as mangas da camisa, que, por causa do nervosismo, estava do avesso.

Ernestine aproximou a filha do rosto de Albert, para que ele a beijasse. Este beijou a ambas e se afastou.

Alberto Santos-Dumont, nesse ínterim, tinha se sentado de cuecas e camisola no sofá, afastando-se o máximo possível da visitante, as pernas de fora, dobradas contra o peito, os braços abraçando os joelhos. Com os dedos do pé arranhando nervosamente uma areia imaginária, mais parecia um banhista na ressaca de Deauville. Para seu susto, a jovem mãe foi sentar-se a seu lado sobre a toalha de praia.

— Tirar uma soneca pela tarde não é uma delícia? — riu Ernestine, sentando-se no sofá. — Posso? Eu percebo que, com este tempo, ela adormece mais rápido e dorme mais que o normal. Não é mesmo, Berthe, você não está cansadinha? Isso mesmo, fofinha, a mamãe também queria poder dormir gostoso. — Reclinou-se de costas, como se sucumbisse ao desejo na mesma hora. — Eu acho divino dormir quando faz calor. Aliás, quando faz frio também. Na verdade, eu gostaria é de poder simplesmente dormir; uma noite a fio, sem ser incomodada... Dê-se por feliz por não ter filhos.

Beijou a filhinha e a embalou.

— Ainda bem que o senhor subiu com o balão hoje de manhã, quando ainda estava fresquinho. Eu vi o senhor passando lá em cima. A partir da Madeleine, eu consegui seguir um pouquinho o senhor, que estava indo na direção do terreno da exposição. Fiquei sabendo. Em volta da torre Eiffel, hein? Nossa! Estão falando disso por todos os lados. Foi então que eu pensei: "Sabe de uma coisa, ponho a nenê no carrinho e vamos nos refrescar no bosque, e aí eu aproveito para passar e saber como o senhor se saiu hoje no voo".

Albert ainda não tinha voltado. Encheria um balão com gás mais rápido que uma mamadeira com água.

— Ah, eu me saí bem — disse Alberto. — Foi só um susto.

— Eu acredito.

A cada vez que olhavam para o lado, ele tentava abotoar, com as mãos tremendo, mais um botão da camisola aberta.

— Fiquei suspenso entre a vida e a morte.

— Suspenso e pendurado, literalmente, ha, ha, ha. E como!

— *Et voilà*! Mais uma vez, porém, eu me salvei.

— Pode apostar! *Voilà*, por isso correu bem, pense nisso.

Será que Albert tinha ido buscar a água no Sena?

— O senhor quer segurá-la um pouco?

— Perdão?

— A nenê. — Ernestine estendeu os braços para passá-la para ele de maneira tão decidida que Alberto não pôde deixar de segurar aquele ser tão miúdo. — É nesta idade que os bebês são mais angelicais.

— Ah, sim.

Que corpinho quente! Seria melhor mantê-la no colo, apoiando-a sobre as pernas dobradas dele, de maneira que ficasse mais ou menos endireitada. Aquela pele alva como neve sobre suas pernas peludas.

— Quando elas acabam de nascer, é raro ouvir uma mãe dizendo isto... Ela as ama, como não podia deixar de ser, e cometeria um crime por elas, só que, pois é... Elas não formaram ainda um caráter. É mais ou menos nesta idade que ele começa a se formar. É então que a maioria das pessoas quer segurá-las.

— Nisso eu acredito, claro. — Olhou para a nenê e o sentiu no fundo do coração. — Que coisinha mais adorável!

— Não é?

Ernestine se aproximou ainda mais para observá-la com ele. Por ser uma moça do campo, não se assustava com um corpo seminu.

— É a partir de agora que se começam a distinguir os traços do rosto, o senhor não acha? No início é só um anjinho, mas agora passa a virar gente de verdade.

Examinavam juntos a nenê no colo de Alberto, que fazia as vezes de berço. Berthe pôs-se a balbuciar e sorriu agora que via a mãe outra vez.

— O senhor não acha? Esse olhar, a cor da pele, claro, mas também os olhinhos cerrados e a maneira como ela os fecha, nisso tudo ela puxou ao Albert. Esses traços ninguém tem na minha família. Diga lá o que o acha.

— Os olhos do Albert — disse ele, suavemente. — Posso vê-los.

— Sim.

Ernestine pousou a mão em seu joelho nu.

Se ele estivesse vestido, ela jamais teria ousado tocá-lo.

A palma da mão dela era quente. Ela deixou-a ficar ali. Com a outra mão, acariciava a penugem loira da filha.

— Eu sei quanto o senhor nos preza — sussurrou.

1901
Certo dia de novembro, a caminho de Calais

— Talvez fosse melhor você esperar até sairmos da cidade. — Albert Chapin, ao volante, estava envergonhado.

— Por quê? — Santos-Dumont levantou a agulha para contar os pontos. Estava tricotando um casaquinho cor-de-rosa para dar de presente a Berthe no Natal. — Se as pessoas não se assustam quando me veem sobrevoando o telhado das casas delas, com a vida por um fio, não é isto aqui que vai afugentá-las.

— As pessoas falam.

— As pessoas me comem até como biscoito de gengibre. — Alberto deu de ombros. — O que não quer dizer que saibam que gosto tenho.

Acenou para um grupo de fãs na calçada.

Os parisienses haviam se colocado ao longo do trajeto até Porte de Clichy, a fim de se despedirem do aeronauta, e lhe acenavam. Alguns seguravam cartazes, nos quais expressavam sua torcida. Outros se esgoelavam, dizendo que a cidade não podia prescindir de um homem como ele. O seu Semper Vivus, uma invenção híbrida do professor Porsche, porém, não desacelerou em parte alguma do trajeto.

— Para você, tudo não passa de uma piada.

— Muito pelo contrário — disse Alberto. — Para mim, isso tudo pesa demais. Cada palavra me oprime, sabe como é, eu despenco se me entregar. Assim sendo... — Levantou agora alguns novelos de lã. — O que você acha: continuo com o cor-de-rosa ou misturo agora um rosa mais arroxeado?

Biscoitos de gengibre com a figura dele apareceram pela primeira vez em circulação nas mãos de vendedores de doces do jardim de Luxemburgo, depois se encontravam em qualquer esquina e agora se vendiam até mesmo nas confeitarias.

— É o que a senhora acha — respondera Émile Zola quando Sarah Bernhardt se referira ao escritor, por sua coragem no caso Dreyfus, como "o homem mais famoso da França". — Mas a *minha* cabeça eu ainda não vejo em nenhum lugar como biscoito de canela. — A de Alberto já se via até em pirulitos e chocolates. As crianças mais novas os chuchavam nos carrinhos de bebê. No Crillon, as viúvas mergulhavam os biscoitos no chá, com o mindinho esticado.

Aquele bigode, o chapéu de linho branco, os olhos tristes caricaturados por Sem repetidamente, todos o reconheciam. Os quiosques de jornais estavam abarrotados de cartões-postais e cadernos com imagens de recordação em que figurava Santos-Dumont. Berloques e medalhões também eram vendidos, assim como canetas, saca-rolhas e quebra-nozes que partiam as cascas entre os maxilares de Alberto, abertos ao máximo.

De todos os confins do mundo, chegavam-lhe convites: dez mil dólares para subir com o balão na Pan American Expo em Buffalo; desafios para sobrevoar o polo Norte ou dar a volta ao mundo. Sua pátria, até então mais conhecida pelas revoluções, ofereceu-lhe uma soma para pesquisa de cem mil contos, de que ele não precisava.

As coleções de outono de todas as grandes lojas têxteis de departamentos mostravam em seus artigos a imagem dele com ou sem balão, e, em Nova York, entrou na moda um véu Santos-Dumont que adornava os chapéus. Fabricantes de brinquedo passaram a fazer balões com a forma de um charuto. Para adultos havia dirigíveis de mesa, enchidos com gás de hulha, que podiam, voando, levar aos convidados para um jantar pequenos pratos por via aérea. Em três meses foram vendidos vinte mil exemplares de uma miniatura do Número 5. Atuações em trapézio receberam seu nome, e Alberto era o protagonista de comédias de bulevar. Em Montmartre se cantavam canções dedicadas a ele, e uma orquestra napolitana angariou um troféu de ouro por incluir uma valsa *Santos-Dumont* no repertório; uma sinfonia foi dedicada ao aviador, assim como uma ópera em que ele era apresentado como um Ícaro dos tempos modernos.

Mas nenhum mortal voa impunemente.

Quanto mais alto sobe, mais intransigentes são seus inimigos; com os dele, Santos-Dumont se encontrou no Aeroclube.

Quando um jornal o batizou de "mosqueteiro moderno" e outro de "deus de Paris", seus adversários interpretaram aquilo como um toque de clarim.

Alberto Santos-Dumont conseguiu o prêmio Deutsch, mas não sem luta e certamente não sem oposição.

Suas primeiras tentativas foram um fracasso total, o que só fez aumentar sua fama de herói. O bramido de seu motor, que já se ouvia a meio quilômetro de distância, invocara a todos para a rua, de maneira que poucas vezes sobrevoou os telhados sem que acenassem a ele. Ninguém queria perder seu eventual triunfo, e sua catástrofe menos ainda.

Para começar, o Número 5 se enredou numa castanheira. Novamente num dos jardins dos Rothschild. Dessa vez o acidente ocorreu com Edmond, o irmão de *monsieur* Alphonse, e provocou muitos danos. O barão mandou um criado subir na árvore com um balde de gelo e uma garrafa de champanhe. Enquanto Alberto sacava a rolha na copa da árvore, chegou-lhes também um cesto de piquenique da princesa Isabel, que vivia no palácio ao lado, um almoço quente completo com toalhas de linho e talheres de prata, o que logo chegou aos ouvidos da imprensa.

Uma tentativa na sequência teve um resultado ainda pior quando os cordões nos quais estava suspenso o motor se distenderam. Eles atingiram as lâminas da hélice e ameaçaram ser cortados, o que acarretaria a morte de Alberto, sem escapatória. Numa altura duas vezes superior à da torre, Santos-Dumont viu-se obrigado a se equilibrar sobre algumas cordas e uma ripa para salvar a si mesmo e a seu balão, enquanto, lá embaixo, algumas pessoas passavam mal diante daquela visão e eram transportadas dali.

O pior e último acidente esperava pelo Número 5 já no dia seguinte.

Alberto, intranquilo, não havia esperado tempo suficiente para que se secasse a demão de verniz que ele aplicara sobre os remendos, de maneira que a traseira do balão aderiu onde não devia. Sobre o Champ-de-Mars, o colosso começou a girar para todos os lados como uma mangueira de bombeiros desgovernada. Descontrolado, foi na direção do Trocadéro a toda velocidade, arremessado de um lado para o outro como se estivesse num mar revolto. A esfera de lona roçou na hélice, rasgou-se e perdeu quase todo o gás.

Santos-Dumont fazia todo o possível para aterrissar sobre o Sena, mas era inútil; acabou despencando no último quilômetro, verticalmente, como um elevador com os cabos arrebentados. Uma chispa do motor alcançou o restante do gás, que explodiu com tal força que até mesmo longe dali se quebraram janelas.

Quando recobrou os sentidos, Alberto balançava a uns vinte metros acima do solo, de ponta-cabeça, os ombros e a cabeça estremecendo. Da cintura para baixo, estava preso nos detritos do Número 5, que oscilava sobre a beirada de uma parede sem portas e janelas de um hotel no Quai Passy.

Milhares de curiosos correram naquela direção. As ruas foram fechadas. Enquanto os bombeiros trabalhavam a fim de resgatá-lo, caiu sobre Santos-Dumont um charuto arremessado do telhado. Ele considerava o fumo uma fraqueza moral, mas, dessa vez, decidiu acendê-lo. A operação dos bombeiros levou algumas horas, mas naquela mesma noite, após um longo banho quente e uma massagem, deu início com Albert à construção do Número 6.

Diversos membros do Aeroclube trabalhavam naquele ano em seus próprios dirigíveis, mas nenhum dele finalizou a fabricação até o fim de outubro, o prazo para disputar o prêmio Deutsch.

Para evitar que Santos-Dumont lhes roubasse a vez, tentavam impor ao regulamento novas condições, de preferência exigências que ele não pudesse cumprir, como a de que o ganhador fosse francês de nascimento.

Alberto, por seu lado, escandalizava a comissão que entregaria o prêmio. Queria voar assim que as condições atmosféricas o permitissem. Segundo a regra, Alberto deveria avisar, com vinte e quatro horas de antecedência, os membros do Aeroclube que ia voar. Como eles se mostraram intransigentes, avisou-lhes que, a partir de então, voaria todo santo dia, de maneira que os membros, cada manhã, antes de os galos cantarem, se levantassem da cama a tempo de se dirigir a Saint-Cloud. Se acontecesse de fazer mau tempo, isso os mandaria de volta para casa a ver navios.

Ademais, anunciou publicamente que, se ganhasse, a metade dos cem mil francos do prêmio seria doada aos pobres da cidade, um gesto que nenhum dos outros participantes podia permitir-se fazer.

Em resumo, na hora em que o Número 6 estaria pronto para voar, começou-se a falar em guerra. Somente cinco membros do Aeroclube estavam presentes no dia 22 de outubro, a data de sua tentativa de quebrar o recorde.

A competição

Tudo estava colaborando naquele dia. Inclusive o vento, intenso. Em menos de nove minutos, Alberto atingiu a torre Eiffel.

A multidão lá embaixo, umas cinco mil pessoas, só a duras penas conseguia segui-lo. No meio do toque de alvorada por ocasião da presença do rei Jorge I da Grécia e de Olga Constantinovna da Rússia, a orquestra musical do vigésimo quarto regimento se desvencilhou dos instrumentos para sair em disparada na direção do Champ-de-Mars, sobre o qual Santos-Dumont estava a ponto de rodear a torre. Graças ao repentino vento lateral, ele conseguiu realizar a volta em quarenta e cinco espantosos segundos.

A alguns quilômetros dali, em Saint-Cloud, ninguém ainda tinha notícia de nada.

— Será que a senhora me permitiria, madame?

Aquela voz! Ernestine sabia antes de erguer o olhar que se tratava da Divina Sarah.

Esperar a volta do herói estava deixando intranquilos todos os que lhe haviam acenado à despedida, e Sarah Bernhardt parecia querer matar o tempo puxando conversa.

— Sua pequena Berthe... — A atriz se debruçou sobre o carrinho de bebê, com os braços estendidos. — Como eu gostaria de me sentar uns poucos segundos com ela no colo...

Ela não era mulher de pedir permissão: assim que Sarah Bernhardt sentia vontade de algo, o fazia. Mas, agora que fazia o pedido a madame Chapin, porém, expressava doçura. Quase timidez. Aproximou uma cadeira, levantou Berthe delicadamente e brincou de cavalinho com ela sobre os joelhos.

— Que menininha mais alegre! — suspirou. — Também pudera, criada como é pelos dois pais.

Ernestine assentiu.

— Ao meu filho, Maurice, nunca coube essa sorte — prosseguiu a atriz. — Para ele faltou um pai, do mesmo jeito que nunca cheguei a conhecer o meu. Sei que marcas deixa numa criança ter de crescer só com um dos pais, conheço os preconceitos da sociedade. No caso só com a mãe. Pois é, aquela noite em que a senhora apareceu no restaurante foi um choque para todos, primeiramente, claro, para o pobre rapaz com que a senhora se casou, mas para Santos-Dumont também, ou melhor, para ele provavelmente mais que para todos. Mas, no final das contas... só posso dizer: parabéns, a senhora fez o que tinha de ser feito. Deixar todos serem o que são.

— Eu confesso que não tive a sua coragem, madame. — Ernestine se corrigiu enfaticamente: — *Mademoiselle*.

Em tais momentos, um bebê sempre cria um elo, de maneira que as duas mulheres se alternavam, carinhosamente, brincando com os dedinhos miúdos de boneca da menina.

— Não é qualquer jovem mãe que tem a coragem de fazer tudo por conta própria — prosseguiu Ernestine, brandamente. — Mas nós costumávamos ler sobre a senhora, sobre como levava seu filho consigo fosse aonde fosse e se apresentava enfaticamente como "senhorita"! Uma mulher como deve ser! Sempre orgulhosa do filho, em todas as ocasiões. O seu exemplo fez com que muitas mulheres evitassem fazer... quer dizer, evitassem fazer coisas que se começam a pensar numa situação assim.

Ernestine se calou e Sarah a pegou pela mão.

— O que fiz, sabe, nunca foi para proteger a mim mesma. Foi para proteger o meu filho, Maurice. As palavras “meu filho” não são pouca coisa, verdade? Não é o tipo de coisa que se pode calar. Eu sempre fiz questão de alardear a existência dele. Também para mostrar a ele que, mais para a frente, deve entrar em qualquer salão de cabeça erguida.

Devolveu Berthe ao carrinho, cobriu-a e a embalou com uma das mãos.

Tanto ela como Ernestine fixaram o olhar no jovem pai, que não parava de andar de um lado para o outro no pequeno aeroporto, torcendo as mãos. Do aviador não havia ainda nenhum rastro no céu, e Albert, agoniado, estava mais próximo das lágrimas que do triunfo.

— Na realidade é uma luta constante, não é? — perguntou Sarah. — Para sermos honestas em relação à posição em que a vida nos colocou. A cada dia, diante de todos, tive sempre de me impor. Mas o amor não pode ser dissimulado, não é mesmo, madame?

Ambas as mulheres mantinham o olhar cravado em Albert Chapin.

— Temos de deixar o amor florescer onde nós o plantamos — admitiu Ernestine.

— E, por mais difícil que nos pareça, nada tem a ver com coragem, não quando amamos alguém.

O retorno, na direção oposta à do vento, estava sendo árduo. O motor de quatro cilindros volta e meia engasgava e teve de ser religado umas boas três vezes, o que fez com que se perdesse um tempo valioso. Assim que vislumbrou o parque, Santos-Dumont fez um voo picado a fim de passar pelo ponto final o mais baixo que podia. Levou a cabo o desafio em exatos vinte e nove minutos e quinze segundos após a partida. O árbitro do Aeroclube registrou oficialmente: quarenta e cinco segundos antes do tempo estipulado pelo regulamento do prêmio Deutsch!

Sarah Bernhardt entoou a Marselhesa e foi acompanhada de centenas de vozes. Os irmãos Rothschild se lançaram um aos braços do outro, *monsieur* Alphonse jogou pelos ares seu chapéu borsalino como um operário, após o que se seguiu uma chuva de bonés e cartolas. Marcel Proust, que observava tudo à distância de dentro de seu carro, deu ao motorista a ordem de buzinar alto. Gaillard mandou abrir um engradado de champanhe, que foi distribuído em taças por seus garçons. Isabel D'Eu caiu de joelhos e levantou os braços aos céus num gesto de gratidão, ao passo que a senhora Rockefeller saltitava à volta dela como uma mênade. Sem e Cartier saíram em disparada, aclamando e acenando, atrás do balão de Santos-Dumont, que ultrapassara a linha de chegada para dar meia-volta no terreno.

Ernestine Chapin estava ao lado do marido.

Envolveu-o com um braço. Beijou Albert, que não parava de tremer, e puxou-o com força para si até que Berthe, que ela segurava no outro braço, de repente começou a chorar, assustada com tanto barulho e com as lágrimas repentinas do pai.

"Você venceu!", gritaram todos assim que Alberto apeou do balão. "Vitória!" e "Viva!". Sob uma chuva de papel picado e pétalas de flores, ele desapareceu no meio da multidão que o cercava para abraçá-lo e dar-lhe um aperto de mãos.

Aquele tumulto eufórico ocultava uma péssima notícia. Tratava-se do conde Albert de Lion, chefe da comissão, que tentava avançar, cabisbaixo, por entre a confusão festiva.

— Sinto muito informar — disse, pigarreando. — Essa foi uma tentativa louvável, meu amigo, e quase fez jus ao prêmio estipulado, mas, infelizmente, é meu dever comunicar que a comissão decidiu que o senhor ultrapassou em quarenta segundos o limite de tempo.

Todos ficaram boquiabertos e começaram a vaiar: "Buuuuu!".

— Mas eu próprio marquei o tempo! — protestou Chapin. — Todos são testemunhas de que o meu senhor aqui voltou ao lugar de onde partiu dentro do limite! Eu o vi. O seu próprio árbitro o registrou.

— Segundo os membros da comissão, não basta ultrapassar a faixa de chegada. Acabamos de deliberar sobre o tema e chegamos à conclusão: um assistente é obrigado a segurar a corda com ambas as mãos. Só assim termina o voo e o tempo para de ser contado. Isso hoje, infelizmente, só aconteceu mais além e mais de um minuto depois, o que, de acordo com o nosso julgamento — assim decidiu a comissão — fez com que o senhor não cumprisse com os requisitos. — Procurou a saída mais curta daquele amontoado de gente, após fazer uma pequena vênia. — É evidente que, como sempre, lhe desejamos toda a sorte numa tentativa futura.

Alberto parecia o menos abalado de todos. Subiu numa cadeira e fez um pequeno discurso, no qual dizia refutar a decisão, não por uma questão de honra, mas em prol dos pobres de Paris, que haviam perdido sua parte do prêmio em dinheiro.

— Agora é que nós vamos ver como eles vão se safar dessa — desdenhou, enquanto Albert o levava de carro de volta para casa, uma viagem que, na altura da praça de l'Étoile, se transformou numa marcha triunfal quando se juntaram a eles centenas de ciclistas, automóveis e ônibus que os acompanharam até a porta de casa.

Mais uma vez, aquele dia de novembro, a caminho de Calais

— Você não vai ter como escapar — disse Alberto a Albert.

Para fazer-se ouvir acima do estrondo do motor de cubo, às vezes tinha de levantar o tom de voz. O Semper Vivus avançava em ritmo constante. As torres da catedral de Beauvais, onde pretendiam almoçar, já estavam à vista.

— Você pode conceber o desenho na sua cabeça, mas, depois, tem de passá-lo obrigatoriamente ao papel. Para lhe insuflar vida, você tem de pôr mãos à obra. É claro que pode fazer isso em silêncio, ninguém precisa vê-lo mexendo e apagando, fazendo os seus cálculos e cometendo erros. O que lhe custa aperfeiçoar a sua criação não é da conta de ninguém. Mas eis que, um dia, é chegada a hora de ir à rua e expor o seu sonho aos elementos.

— Os meus sonhos, eu prefiro guardar para mim.

— Como quiser, mas, nesse caso, não vão levar você a nenhum lugar. O *rally* Paris-Biarritz, por exemplo: você sabe quantos carros saem da linha de partida?

— Um pouco menos de duzentos — disse Albert Chapin.

— Cento e oitenta e nove. E sabe quantos chegaram ao segundo dia?

— A metade?

— Menos. Não chegaram nem a oitenta.

Santos-Dumont se calou por alguns segundos a fim de contar os pontos. No resto da viagem a partir de Clichy - um ponto tricô, dois pontos meia - só se ouviam os cliques das agulhas. A parte dianteira já estava pronta, e uma das mangas quase.

— E dos oitenta que ainda estavam em condição de participar — prosseguiu — acabaram por chegar ao final somente dezenove.

— Quer dizer que é isso o que acontece com os nossos sonhos quando os levamos para a rua?

— Foram ficando pelo caminho. Mas não é esse o ponto. Aqueles homens se atreveram. Tinham tido uma ideia, factível ou não, que eles efetivaram e em que tomaram seus lugares e saíram para a rua. E dos dezenove, só poucos conseguiram chegar incólumes à reta final. Mas nenhum deles satisfeito. Todos tiveram a alguma altura de mexer no carro, consertar, restaurar, fundir e aplainar.

— Todos eles foram danificados em algum momento, é isso o que você está tentando me dizer? A maior parte deles teve o sonho de chegar à final destruído.

— Você tem de testar na realidade. Só assim o sonho se destaca e recebe seu valor. É a única maneira de avançar. Você pode acalantar o seu sonho dentro de quatro paredes, mas a competição se dá do lado de fora. Um sonho não testado na prática se transforma numa desilusão.

— Ainda não entendi o que isso tem a ver conosco, com você e comigo.

— Cada um dos cento e oitenta e nove competidores do *rally* acreditava ter construído a máquina perfeita. É provável que realmente assim fosse, porque tinham posto o coração nas suas invenções. Mas isso foi só o começo. Na sua oficina você não adquire experiência; para isso, você tem de sair dela e entrar no mundo. Mas isso você sabe, não sabe? Por melhor que seja a sua máquina, você tem de testá-la na estrada. No céu. Ver como ela reage ao atrito, à resistência, e como você próprio reage. Ver se você tem força o suficiente para dirigi-lo. Praticar quilômetros e mais quilômetros.

— Não entendi a que você se refere.

— Eu acho que você entendeu. — Alberto ficou em silêncio.

Passaram por um riacho e entraram na cidade.

— Você tem vergonha de mim.

— Que bobagem! — exclamou Albert. — De onde você tirou essa ideia? De você eu só tenho orgulho. Nem mais nem menos! Como é que você me diz isso depois de tudo o que nós atingimos?

Estacionou sob o olhar de muitos diante de um bistrô, onde lhes prepararam uma mesa no mesmo instante.

— Eu recebi uma carta — disse Alberto. Levantou a taça e tomou um gole do *bourgogne*. — Hoje de manhã. De um rapazinho, ou melhor, de um homem agora, chamado Pedro, que eu conheci no Brasil. Em Cabangu. Quando éramos crianças. — Tirou a carta do bolso e leu: — "Você ainda se lembra", ele escreveu, "daquele nosso jogo 'A pomba voa'? E de como você sempre insistia em que o homem voava? Que insistência, a sua! Que bravo que você ficava porque a gente não aceitava a sua resposta. Está lembrado? Pois é, a sua fama já chegou ao Rio, sabia? Só queria que você soubesse. Nós continuamos a jogar o jogo aqui também. Ou melhor, ele está sendo jogado mais que nunca. Só mudaram as regras. E o nome. Em vez de 'A pomba voa' ele passou a se chamar 'O homem voa'. Quem ouve essa frase no jogo levanta o braço!".

Foi servido então um caldinho de peixe e uma tigela repleta de produtos frios de carne.

Comeram.

— Eu me envergonho — disse Albert, baixinho. — Nisso você tem plena razão. — Chapin olhou para os campos ondulados através da janela. Pegou um pedaço de pão, o partiu e, mastigando, disse: — Mas, não me entenda mal, a minha vergonha não tem nada que ver com você.

A proprietária pôs diante deles um prato de omelete e uma travessa de cogumelos frescos que ainda soltavam vapor, com alho e salsa.

— Não passava de um jogo. — Santos-Dumont deu de ombros e assoprou o vapor. — Eu era uma criança, o que me teria custado admitir? "Vamos lá", eu poderia ter dito. "Se você insiste, Pedro. Se vocês insistem tanto, o homem não voa, satisfeitos?" Tão fácil. Mais fácil que fácil. Eu gosto de vencer. Já naquela época. Eu amava vencer, delicado como eu era, sempre tão estranho, tão calado. Eu tinha carência de aceitação. Não gostava de perder. Mesmo assim me aguentava, dia após dia, ano após ano, mas sempre perdendo por me aferrar a uma realidade que evidentemente não existia. Que sabia que ninguém ia aceitar como resposta válida. E por quê?

— Por você saber que um dia essa sua realidade se confirmaria. Você conseguiria. Um dia.

— Não mesmo. Você realmente acha que eu tinha tanta confiança? Ainda hoje eu não tenho, você sabe como ninguém. Muito menos em mim próprio. Todas as vezes que eu subo, penso: "Isto aqui é uma loucura, e eu sou um lunático. Não tenho asas, desta vez eu despenco".

— Ainda assim, você vai.

— Nunca tinha visto alguém voar. Não tinha razão alguma para esperar que desse certo. Na minha cabeça e nos livros, sim. Tudo o que eu tinha eram dúvidas. E vergonha. De como eu era. De tudo, da minha aparência física — você tinha de ter me visto —, do que eu pensava, do que eu era. Jamais pensei que eu conseguiria fazer o que quer que fosse; o impossível, então, menos ainda. Só sabia que não me daria por satisfeito dentro do possível, nunca, não eu. Sempre soube disso, não me pergunte como. Talvez fosse essa a razão pela qual eu tinha tanta resistência àquele jogo. Porque nele tudo o que saísse do normal era desclassificado na mesma hora, assim como o desconhecido, o inexistente.

— Hoje em dia, não mais. Hoje nada disso é descartado sem mais.

— Mais bonito ainda que o prêmio Deutsch, você não acha? — riu Alberto. Acenou para a proprietária e pediu queijo. — O que eu penso e estou tentando dizer... — Fez uma pausa enquanto se retirava a mesa e eram trazidas as taças de vinho do Porto. — Você pode se adaptar às regras ou resistir até que os regulamentos se adaptem a você.

— É mais fácil falar que fazer.

— Não, eu não acho — disse Santos-Dumont, pensativo. — Fácil nunca foi. Mas tampouco mais difícil do que teria sido sucumbir em prol dos outros. No final das contas, não é preciso mais coragem para uma coisa que para a outra.

Entreolharam-se, enquanto Albert refletia sobre aquelas palavras. Balançou a cabeça.

— Eu sou casado. Tenho uma filha — disse.

— E dia após dia você é visto comigo. É a isso que você se refere? — perguntou Santos-Dumont, frio. — Eu, com os dedos cobertos de anéis e as minhas correntes de ouro. O que será que eles pensam por aí? A meu serviço, na minha companhia. Eu, com o meu tear e os meus bordados. O meu jeito de andar, os trejeitos... Você acha que eu não leio o que escrevem na imprensa?

— Eu não leio todas essas porcarias. Já as outras pessoas...

— ... elas falam, sim, eu sei. E o que tenho que fazer com isso? O que você queria, que no fim das contas me entregasse às regras dos outros?

O porto fora servido, um queijo esfarelado e picante veio à mesa, assim como uma tigela de queijo suave com mel.

Tiraram cada um um pedaço e deixaram o outro provar do seu.

— A vergonha não é só uma tristeza — disse Santos-Dumont, por fim. — Se eu tivesse me sentido mais seguro de mim e podido dizer a mim mesmo que era como todo mundo, teria permanecido para sempre no chão, teria me adaptado. — Bebeu o porto e olhou para fora. — Eu acho que cada passo que a humanidade dá é realizado por alguém que tem vergonha de si mesmo e quer provar o contrário para o resto do mundo.

Os pobres de Paris haviam irrompido no Aeroclube. Pairava no ar uma suspeita de revolução. Nas delegacias de polícia, por onde Santos--Dumont queria distribuir o dinheiro, haviam se reunido centenas de mendigos esperançosos, que poder nenhum conseguia dispersar. Reivindicavam a metade que Alberto tinha lhes prometido do valor do prêmio.

Conforme o dia ia passando, aumentava a ira do povo. Até a classe média baixa começou a exigir que Santos-Dumont fosse nomeado vencedor, seguido pela juventude de rua, expedita e entediada, que, combatendo em pequenos grupos, ia se espalhando pela cidade. Ouviam-se boatos sobre pilhagens, e em Neuilly um casal foi atacado e assaltado. Esse tipo de episódio se registrava com frequência, mas os ricos da cidade, nervosos após um século de insurreições sanguinárias, temiam que a história se repetisse.

A fim de abrandar a questão, sobre a qual a imprensa discorria amplamente e que ameaçava ultrapassar os limites do Estado, começaram a chegar doações dos mais abastados. Deutsch de la Meurthe doou às cozinhas públicas de Paris vinte e cinco mil francos, e a ele se sucederam outros benfeitores. Um deles prometera que, se o Aeroclube não cobrisse o valor, ele próprio disporia todos os cem mil francos.

Sob a pressão das ruas, a comissão acabara tendo de dar o braço a torcer. Alberto Santos-Dumont foi nomeado o primeiríssimo aviador mundial, o primeiro a navegar através das nuvens, em condição de determinar ele próprio para que lado mover-se no céu.

Quando entrou no escritório do Crédit Lyonnais para cobrar o cheque, já era considerado o herói do povo, a tal ponto que, ao receber a exorbitante quantia, nem mesmo lhe pediram documentos de identificação.

A metade das notas ele levou às autoridades com o pedido de distribuí-las aos mais necessitados. O próprio Alberto se encarregou das negociações para que as lojas e casas de penhores resgatassem e devolvessem aos trabalhadores manuais os instrumentos que estes haviam tido de penhorar. Inúmeras microempresas foram salvas dessa maneira, assim como as empresas de família falidas, que puderam voltar a trabalhar. O restante do dinheiro Alberto distribuiu entre seus próprios funcionários.

Deu por encerrada a sua participação no Aeroclube, deixando para trás toda aquela intriga e, para a tristeza dos parisienses, decidiu continuar a demonstrar ao resto do mundo suas invenções.

O ilustríssimo príncipe Albert tinha convidado Alberto a viver em Mônaco e ofereceu derrubar parte do quebra-mar para dar lugar à construção de um hangar maior ainda e com uma fábrica própria de hidrogênio. Partindo da Riviera, Alberto poderia cruzar o Mediterrâneo até a Córsega, depois talvez ainda Tânger e quem sabe mais além...

Em Pequim, a imperatriz Cixi esperava que Santos-Dumont lhe fabricasse um balão para que ela pudesse viajar sem ser vista da Cidade Proibida ao Palácio de Verão. J. Pierpont Morgan, o banqueiro, o havia convidado a Nova York a fim de fazer demonstrações públicas. O presidente Roosevelt, à Casa Branca, e Thomas Edison, um de seus maiores fãs, o chamou para uma temporada em West Orange, Nova Jersey.

A viagem do dia no Semper Vivus era só o início, a primeira de muitas que Alberto e Albert queriam fazer em todo o mundo.

Após o almoço em Beauvais, foram até Calais para arriscar a travessia do canal da Mancha até a Inglaterra, onde C.S. Rolls organizava uma recepção em sua homenagem, seguida de um voo de demonstração ao redor da cúpula da catedral de Saint Paul.

— Certa vez alguém me perguntou — disse Santos-Dumont a caminho de Amiens —, acho que foi James Bennett, de onde eu tirava tanta coragem para me descolar do chão. Achei a pergunta estranhíssima. A coragem denota a existência de uma escolha.

— É fato que as pessoas têm curiosidade — disse Albert. — Veem a sua proeza, algo que elas não conseguem realizar, e querem saber de onde vem tudo aquilo.

— Nessa mesma linha, poderiam perguntar onde uma pessoa acha a coragem de viver. Ou a coragem de amar.

— Você acha a pergunta tão estranha assim?

— Não se você acredita ter feito uma escolha. Como se você tivesse dentro de si uma alternativa. Se você achar que poderia muito bem deixar de fazê-lo.

— Eu já tentei isso.

— E?

Albert se manteve calado.

— Você pode ficar à mesa de desenho infinitamente — concluiu o outro —, mas, no final, tem de testar a vida diante dos seus elementos. Fora do hangar!

— Não é fácil se todo mundo afirma que você nunca vai conseguir.

— E isso é razão para não sair do hangar? — Alberto Santos-Dumont balançou a cabeça. — Você não quer ver a vida como ela foi feita? Em funcionamento? A todo vento? Saber como se sente? Sentir as suas forças e limitações? — Virou-se para o amigo, que tinha o olhar fixo diante de si. — A arte é aprender a lidar com os ventos adversos. Conseguir prendê-los debaixo das asas.

O horizonte oscilava sobre os vales ondulados da Picardia. Era como uma viagem de barco sobre altas ondas, em que num momento se parece estar abaixo de uma pessoa e em seguida acima dela - os cinco sentidos ficam agradavelmente confusos.

Os homens já tinham avançado um bom trecho quando viram se aproximar do norte uma revoada enorme de pássaros migratórios.

— O grou! — exclamou Albert de supetão.

Alberto ergueu o olhar.

— Voa! — disse.

A resposta veio da mesma maneira espontânea de quando era criança. Riu e levantou o braço.

— O ganso.

— Voa. A perdiz.

— Voa, apesar de que...

— Caso duvidoso, mas, tudo bem, Albert, você é principiante.

Santos-Dumont envolveu seu mecânico com os braços. O sol estava baixo no horizonte e afagava os campos lavrados. Ao longe, parecia encostar nas nuvens. Imperturbável, o Semper Vivus avançava entre estrépitos. Desapareceu entre duas colinas e, em seguida, reapareceu, escalando uma outra.

— A coruja.

— Voa. O cavalo.

— Não voa. A pomba...

A ODISSEIA DE UM CORAÇÃO

No momento em que o Pai da Aviação teve de afundar na terra, submergindo irrevogavelmente no elemento que mais tentara evitar em vida, eles apareceram sobre Ipanema em voo rasante.

A frota aérea brasileira em peso se aproximou vinda do mar, um avião atrás do outro. Voaram diretamente a seu destino, o cemitério de São João Batista, e, no momento em que o corpo de Alberto descia ao sepulcro, dispararam uma salva de tiros logo acima. Cada um deles primeiro enviesou a asa direita, voou de lado por alguns segundos, voltou então à horizontal para saudar mais uma vez o aviador, agora abaixando a asa esquerda.

Esse cumprimento foi executado mundialmente.

Precisamente no momento estipulado, pilotos do mundo inteiro realizaram a mesma manobra, numa última homenagem entre as nuvens.

22 de dezembro de 1932

— Quer dizer que os senhores ainda não deram a este quarto o nome dele!

Berthe Levaisseur estava postada ao lado da bagagem e olhou ao redor.

— Todas as escolas e ruas parecem ter sido rebatizadas com o nome dele. No caminho para cá, nós passamos até por um café Santos--Dumont!

— Algum dia, quem sabe? — O gerente do hotel lhes entregou a chave com uma vênia. — Por enquanto o que nós mais queremos é que se esqueça a tragédia que teve lugar aqui.

— Essa tragédia... — Madame Chapin, que tinha se dirigido à janela a fim de ver a baía de Guarujá do mesmo ângulo que *ele*, girou sobre os tornozelos. — O senhor poderia nos contar mais sobre ela?

— O quarto já foi higienizado meticulosamente, minha senhora.

— Sem dúvida.

— Já faz meses que entrou novamente em uso.

— Eu me refiro ao incidente. Como foi que aconteceu exatamente?

— Não aconteceu durante o meu expediente, senhora.

— Mas com certeza se falou a respeito entre os funcionários, ou não?

— Infelizmente — disse o homem, comedido — desconheço os detalhes. Algo mais que eu possa fazer pela senhora?

— Mamãe, tem certeza de que quer ficar neste quarto? — perguntou Berthe.

— Acho que sim. — Ernestine se dirigiu à escrivaninha. Deslizou a mão sobre o mata-borrão. — Sim, sim, é aqui mesmo, me diz a minha intuição — decidiu.

Berthe, que ocupou o quarto contíguo, deixou aberta a porta entre os dois quartos de maneira a formar uma suíte. A mãe tinha posto a mala sobre a cama e ia pendurando as peças de roupa nos cabides.

— Agora eu quero que você me explique.

— Como assim? — Ernestine enganchou num cabide o cinto da camisola. — Não é maravilhoso este quarto? Pode crer, se o nosso senhorzinho estava cômodo aqui, então só pode ser perfeito.

— Estou falando sério, mamãe! Já faz duas semanas que você me surpreendeu ao dizer que queria me acompanhar nesta viagem, a todo custo.

— O que você esperava? Que eu deixasse você atravessar o Atlântico sozinha para vir parar na América do Sul?

A porta do banheiro tinha um gancho bastante resistente.

Pendurou nele a camisola.

— Você nunca tinha saído nem de Paris!

— Uma vez, sim, com o seu pai. Para Deauville. — Abriu uma gaveta e dispôs nela uma pilha de roupas íntimas. — Por sinal, você foi com a gente.

— E, além de tudo, você quis vir aqui de repente, agora que nos restam só mais alguns dias.

— Uma única noite.

— Como se no Rio não houvesse emoções suficientes. Que raios eu faço em Guarujá? Nós não somos duas viúvas de férias na praia.

— O fato de termos de vir para cá tem a ver com aquela mulher, a Saint-FlonFlon de Saint-FlanFlan. Foi por causa da surpresa que ela nos fez.

— E que nós nunca deveríamos ter aceitado.

— Agora me diga você: há como rejeitar o coração de uma pessoa?

— Você deveria ter me deixado agir livremente. Você acha que eu poderia ter recusado aceitar um coração num frasco? Reflita um pouco!

— O coração *dele*.

— Exatamente. Para que se preocupar com ele?

— Porque em seus dias ele se preocupou com o meu.

Ernestine fez uma força descomunal para erguer a maleta de Pomponette, deslizou-a sobre a prateleira de chapéus e fechou a porta do armário.

— Eu tenho de falar com o doutor de qualquer maneira — disse —, o tal Haberfield.

— *Tem de*? Por que isso?

— Porque eu tenho umas perguntas. Para ele. Como aconteceu. Porque eu quero entender... — Sentiu-se de repente ansiosa. Foi até a janela e olhou por sobre o bulevar. — Vamos — disse. — Quero primeiro dar uma volta. E comer alguma coisa. Meu bem, você me acompanha? Eles têm ali embaixo um terraço bonito.

— Ainda assim... — Berthe balançava a cabeça, enquanto a mãe fechava a porta atrás de si e percorria o corredor. — Trata-se de um grande equívoco. Tenho de ver se conseguimos retornar ao Rio a tempo de pegar o voo de volta.

— Pelo amor de Deus; entrar de novo em avião, três longos dias, só de pensar já me dá horror!

— E mais. Você não só me fez vir até aqui: teve ainda de pedir para ficar no quarto justamente dele! Eu não acreditei quando ouvi você fazer o pedido expressamente.

Apertando um botão, Ernestine Chapin chamou o elevador com o ascensorista. No alto do poço, a engrenagem começou a chacoalhar.

— Quando você anda por aí levando debaixo do braço o coração de alguém — disse, melancólica —, instalar-se provisoriamente no lugar onde esse coração parou é o mínimo.

Apesar de calcular os preços em francos franceses pela terceira vez, pagar o restaurante do hotel La Plage tinha seu custo.

— Não sei se algum dia vou me acostumar — suspirou Ernestine. Fechou o menu. — A partir de agora você até pode se permitir, mas, ainda assim, quando você fica sabendo quanto custa, a comida acaba perdendo o gosto, não acha?

— Coma e se cale, mamãe. — Rindo, Berthe apanhou a mãe pelo pulso. — Ah, se o papai nos visse comendo aqui! Olhe só esse mar, este lugar! Como ele teria gostado de saber, não é?, que o senhor Santos se preocuparia tanto conosco! Meu deus, se tivesse alguma maneira de compartilhar isso com ele!

— Veja bem... — Ernestine inalou o ar marinho e olhou à sua volta na varanda. — Acho que o seu pai já tinha lá as suas suspeitas de que isso aconteceria.

— Você acha?

— Que o senhor Santos não se esqueceria de nós? Sim, acho que o Albert partia desse pressuposto. Alguma ajuda financeira, certamente. Ele não só trabalhou arduamente para ele, como você sabe, mas também foram amigos íntimos, e por muito tempo.

— Eu sei, mas mesmo assim. Tampouco é uma grande fortuna. Já falei para o Thomas; nós continuamos com o nosso negócio, os artigos de ferro Levaisseur vão continuar no mercado. Mas uma coisa é certa: não vamos mais ter preocupações daqui para a frente. — Berthe refletiu, algo envergonhada. — Por isso mesmo, você tem razão, mamãe, eu me alegro de que a gente tenha vindo para cá. Se pudermos fazer algo em troca, fazer com que... você sabe, fazer com que o dito-cujo encontre um destino seguro, é mais ou menos uma obrigação que nós temos para com o senhor Santos.

— Obrigação? — A mãe como que disparou a palavra. Brandiu o guardanapo no ar para desdobrá-lo. — Não, para isso já se sofreu muito. No que se refere ao caso presente, ninguém tem mais nenhuma obrigação em relação a ninguém.

Apareceu um garçom para anotar os pedidos.

— O senhor trabalhou aqui no último verão também? — quis saber Ernestine. — Se trabalhou, com certeza se lembra de um amigo nosso que foi hóspede aqui, Alberto Santos-Dumont.

— Ah, minha senhora! Como eu gostaria de me esquecer do episódio...

— Juro que não entendo você — berrava Berthe pouco depois, a caminho do quarto. — Você parecia estar fazendo um interrogatório com o sujeito.

— Pelo menos ficamos sabendo muito mais.

— Como o fato de ele gostar de se sentar na fileira mais afastada?

— Isso eu até poderia ter adivinhado — disse a mãe —, sempre o mais longe possível de todo mundo.

— E que o senhor Santos às vezes descia, mas que preferia comer no quarto. E daí?

— Boa tarde, senhoras — cantou o jovem ascensorista, que abriu as grades de ferro para deixá-las entrar. Um rapazinho de uns doze anos com um uniforme vermelho. Orgulhoso das dragonas douradas, levou a mão até o boné. — Meu nome é Olympio, sempre às suas ordens.

— E que não se cuidava — prosseguiu Ernestine. — Isso não lhe parece sintomático? Justo um homem como ele? A vida inteira só a fina flor em tudo, mas, no fim, nem sequer uma gravata ele quis vestir, e terno, menos ainda. Só andava de camisa!

— Para as senhoras o terceiro andar — lembrou-se Olympio. Fechou a gaiola e, sério como um capitão no castelo de proa, destravou a alavanca de cobre.

— Pois é, ele estava mesmo no fundo do poço — disse Berthe. — É o que tudo indica. E isso coincide com o que a madame de Saint-Pompon contou, não é? Que ele... — Lançou um olhar ao ascensorista. — Bom, você já sabe o que, não é mesmo?

— Que os bombardeios o tivessem deixado tão consternado foi algo que ninguém me contou. — Ernestine parecia até ávida. — É uma informação de peso ele ter chorado na manhã em que sobrevoaram os bombardeiros.

— Informação de peso para quem?

— Para mim, Berthe! — ela disse num tom de voz um tanto alto demais quando o elevador parou.

— Senhoras, terceiro andar. — As portas se abriram. — Que tenham uma agradável tarde.

— São essas as coisas que realmente têm importância. — Madame Chapin, andando pelo corredor, procurou a chave na bolsa freneticamente até que a encontrou. Tentava manter a calma, mas na excitação enfiou a chave duas, três vezes de ponta-cabeça na fechadura. — Você consegue imaginar como o homem se sentiu? Você não se sente comovida? Como ele se sentiu nas suas últimas horas de vida? O seu pai teria gostado de saber, meu Deus do céu! Mas agora é para mim também de importância vital. Por favor, respeite o meu sentimento. Quero saber exatamente como a coisa se deu.

— Foi essa a razão de termos empreendido toda esta viagem? — Berthe parou, espantada, enquanto a mãe se dirigia diretamente à janela. Queria ver a ilhota onde Alberto, pelo que lhe contaram, passava dias inteiros. — Eu achei que você estava fazendo isso por gratidão. Como uma espécie de homenagem a ele.

— O que é verdade. Quando eu penso em tudo o que devo a ele... Tudo mesmo, você não tem ideia. Foi por isso, sim. — Estava na sacada, olhando por uma fresta das cortinas para o mar. — Mas, agora que estou aqui, tantos sentimentos vêm à tona.

Ernestine tirou da manga o lenço que guardava ali, assoou o nariz e o devolveu ao lugar. Felizmente a filha foi se postar atrás dela. Abraçou-a e, sobre o ombro da mãe, também olhou para a paisagem.

— Muito bem, Charlie Chan — tranquilizou-a. — Já que estamos aqui, vamos investigar mais.

Soltaram gritinhos como crianças entusiasmadas, as madames francesas.

Antônio Mendes, sentado na boleia, não conseguiu se segurar e começou a rir em alto e bom som, balançando a cabeça. Estalando a língua e com umas leves chicotadas, fez com que a charrete entrasse nas ondas. Ernestine e a filha se dobravam de rir, rolando de um lado para o outro na carroceria.

Havia alguma coisa na charrete, talvez pela pintura exuberante, laranja, amarela e azul, havia algo na atividade tiritante e resfolegante do animal de tração, com as patas largas chafurdando nas ondas - enfim, havia algo nessa corrida através da ressaca que fazia vir à tona a criança em cada um. Antônio Mendes percebeu a próxima poça, mas não conseguiu resistir à tentação. Ei-las ali: duas meninas na praia permaneciam para todo o sempre duas meninas na praia, rebentando de rir com o prazer do pseudopânico diante da água espirrando!

Pompeva, a trezentos e cinquenta metros do litoral, podia ser alcançada nos dias de maré baixa por sobre a areia alagadiça.

— Quer dizer que ele gostava disso todos os dias? — Berthe, que se segurava no apoio como se sua vida dependesse daquilo, mal podia acreditar.

— Pode parecer que não — disse o rapaz —, mas você acaba se acostumando. — Tinha dezessete anos, a pele morena queimada pelo sol. — Todo santo dia, madame. Às vezes ele queria ficar ali o dia inteiro.

— Mesmo com maré alta?

— Para ele não existia coisa melhor. Porque aí ninguém mais vinha, e a gente ficava sozinho. Eu levava sempre uma cesta de comida para ele, e com bebida suficiente. O que mais poderia acontecer? Mesmo assim, o senhor Jorge, o sobrinho dele, não gostava lá muito da ideia, não. Sempre preocupado. Ele me prometia um bom dinheiro se eu trouxesse o tio antes da hora, mas o tio me pagava o dobro para poder ficar mais tempo.

Antônio Mendes saltou da boleia numa prainha de pedra, ajudou as duas a apear e as carregou até a areia, a mãe primeiro.

— O sobrinho... — começou a perguntar Ernestine, ainda nos braços dele — do que é que ele tinha medo, você sabe? O que ele achava que podia acontecer ao tio?

— Quem saberia dizer, madame? O senhor Santos-Dumont parece que ficava meio melancólico. Dizem que era por causa de tanta violência, mas eu não sei, não. A madame tinha de tê-lo visto! Sempre contente como uma criança, juro. Aqui ele parecia se esquecer de tudo. O que às vezes digo é que, para mim, se tivessem deixado o senhor ficar aqui dia e noite, podia até ser que hoje ele ainda estivesse vivo!

Havia algum lugar em especial aqui onde ele gostava de se sentar? — perguntou Berthe, limpando a areia da roupa.

Antônio as conduziu até a ponta de uma rocha do outro lado da ilha, de onde não se podia ver o litoral. As duas se sentaram ali e fixaram o olhar no mar.

— E você?

— Eu, madame? Eu nadava. Às vezes ele nadava comigo um trechinho. Depois eu me deitava. Do lado dele. Ele apreciava. Aí a gente ficava se secando ao sol.

— E enquanto isso? — perguntou Ernestine. — Qual costumava ser a pauta do dia?

— A pauta?

— Sobre o que vocês falavam, a minha mãe quis dizer.

— Ah, não, madame! Falar a gente não falava. Nem uma palavrinha sequer. Era só ficar ouvindo as ondas, mais nada. A gente ficava deitado, e já estava de bom tamanho. Um do lado do outro, como se a gente fosse amigo, fazia bem para ele. Com o senhor nem se precisava falar. A gente se entendia sem palavras.

— Todos esses dias, todas essas horas, não dava tédio?

— Às vezes eu ia pegar conchas para ele. As mais bonitas as ondas trazem para cá. Ou então mergulhava para pegá-las do fundo do mar. Se eu achava uma mais especial, trazia para ele. Às vezes era ele quem achava e me trazia.

— Tudo isso soa como alguém que estivesse de férias, não como quem quer se matar.

— Mamãe! — repreendeu-a Berthe.

— Quero dizer, soa como se ele estivesse feliz. Isso eu posso dizer, não posso? Eu me alegro, de verdade. Não parece exatamente uma pessoa de luto com a vida, não é?

— É isso mesmo, madame. Justamente por isso... — Antônio Mendes se calou um momento. Apertou os olhos como se estivesse olhando contra o sol. Apanhou um cascalho e o fez ricochetear sobre as ondas furiosamente. — Às vezes as pessoas nos decepcionam mesmo.

— No dia fatal vocês estiveram aqui?

O rapaz assentiu.

— Foi a manhã do dia dos bombardeiros. A gente estava deitado aí só uma meia hora quando eles apareceram. Num voo rasante sobre a praia, voaram depois para a cidade. A gente ouviu explosões, mas não viu nada. O Getúlio tinha escolhido três alvos, onde eles achavam que os rebeldes estavam escondidos. A gente correu para o outro lado da ilha e viu as nuvens de fumaça.

— Isso deve tê-lo afetado muito.

— E eu, então? Eu tenho família e parentes em todos aqueles lugares. Ele e eu, os dois ficamos abalados. Mas, até aí, não suspeitei de nada. É claro que uma coisa assim afeta a gente, como não? A gente voltou na mesma hora. Foi a única vez que ele sentou ao meu lado na boleia.

— Você para ir ver a sua família, ele para o hotel.

— Ainda assim, não é justo, as madames não acham? — perguntou Antônio. — Passar tanto tempo nadando com uma pessoa, deitando ao seu lado e trocando conchinhas. Aí, no final de uma manhã assim, vocês se separam, você ainda olha uma vez para trás e acena, então sobe para o quarto e se enforca. Não. — Sacudiu a cabeça, resoluto. — Isso não é jeito de lidar com as pessoas.

— Não era novidade para você que ele próprio deu fim à vida. — Berthe, irrequieta, caminhava a passos largos no saguão do hotel. Atraíram para si o olhar de dois hóspedes. Parecia agastada. — Agora ouvimos de fonte segura o porquê. O que mais você espera descobrir, santa paciência?

Sua mãe a olhou no fundo dos olhos, procurando uma resposta, a qual, porém, ela ficou lhe devendo.

— Olympio, ao seu dispor — soou a voz assim que o elevador se abriu. O rapaz saltou do assento dobrável como uma mola. — Terceiro andar, correto?

— Isso mesmo, Olympio, por favor — disse madame Chapin, e de um só fôlego se dirigiu à filha. — Mas, ainda assim, ninguém me tira da cabeça que já vinha acontecendo com ele alguma coisa bem antes disso.

— Sem sombra de dúvida. É um horror, mas é verdade. Mas que diferença faz agora saber o que aconteceu antes?

— Não muda nada — começou Ernestine —, eu bem sei disso. Eu só queria saber com certeza.... — Enquanto hesitava, teve uma súbita inspiração. — Olympio, meu rapaz...

— Sim, senhora.

— Um hotel como este não tem médico próprio?

— Se a senhora estiver se sentindo mal, eu telefono ao posto de primeiros socorros. Sempre há alguém lá.

— Não é preciso, obrigada. Era só por curiosidade. Essa pessoa por acaso é a mesma que foi chamada naquela noite fatal, durante o verão passado, quando a vítima foi encontrada no quarto?

— É, sim, mas já era tarde demais.

— E esse posto de primeiros socorros fica onde?

— No térreo, senhora. No final do corredor ao lado da recepção. Só que... — Consultou o relógio. — Já passa das quatro.

— Ele não está de plantão?

— Não é isso, senhora, o problema é justamente esse, ele está sempre de plantão — disse o ascensorista. — Terceiro andar, senhoras!

Ergueu a mão até o boné, mas as mulheres não se moveram. Mãe e filha se entreolharam.

— Desculpe, Olympio — suspirou Berthe —, mas nós mudamos de ideia.

Voltando para baixo, Ernestine pegou o braço da filha e o segurou contra si.

— Quer saber o que me interessa? — perguntou mansamente. — A morte do senhor Alberto... Eu gostaria muito, enormemente, de saber que ela não teve nada a ver comigo!

— Ele parecia tão desapontado.

— O senhor saberia dizer com quê? — perguntou Ernestine ao enfermeiro.

— Com a vida, creio eu — disse o enfermeiro. Ele já tinha visto tanta coisa na vida que falava de cátedra. Alto e pesado, estava sentado no pé da cama de aço, que praticamente ocupava todo o espaço da enfermaria.

Seu domínio, onde reinava dia e noite, circunscrevia pouco mais que um enorme armário de vassouras com um caduceu na porta. Cabia ainda, no máximo, uma mesinha com uma banqueta que ele oferecera à senhora Chapin. À filha desta ele ofereceu sentar-se a seu lado no colchão, mas ela preferiu ficar em pé.

— Como é que alguém chega a esses extremos? — Desanimando, deu de ombros. — Quem saberá a fonte da tristeza dele? Nós, os humanos, nadamos e nos revolvemos nela, sem conhecer o conteúdo de que é feita. Uns alcançam a margem; outros, não.

Vestia um uniforme hospitalar branco, com a gola redonda e mangas curtas, como um cirurgião a ponto de realizar uma operação. Se irradiasse força de vontade, poderia parecer um homem de fibra, mas, no presente estado, não se lhe poderia pedir nem que girasse a pipeta de um frasco de iodo. Tampouco se esperaria mais que isso dele. Parecia uma criança presa dentro de um cercado, uma viúva com insônia. Podia-se perceber que seus dias ali eram longos, e como ele lidava com o tédio - o cheiro de álcool no ambiente não provinha do armário de remédios pendurado na parede.

— Às vezes eu penso — continuou — que os que se entregam ao sumidouro, alguém que encontra em si mesmo a coragem de se afundar completamente na sua dor e usar a própria vida, esse sim é mais afortunado que o que passa a vida nadando contra a corrente.

— Só me resta esperar que o senhor não tenha dado expressão a essa filosofia de vida na presença do senhor Santos — disse Berthe, irritada. — O que a minha mãe prefere ouvir, imagino, é se ele, nos meses que passou aqui, desabafou em relação a alguma tristeza específica.

— Ele próprio eu só vi duas vezes: uma para lhe administrar um sedativo, e, claro, quando já não estava mais respirando. Com o sobrinho, porém, falei várias vezes. Já no primeiro dia em que vieram se instalar aqui, ele me pôs a par da condição médica do tio, naturalmente.

— Naturalmente — repetiu Berthe, sem muita convicção.

— Havia um histórico médico, e ele achou importante que eu estivesse completamente informado para a eventualidade... Mais que isso eu não posso dizer, claro.

— Entendo perfeitamente.

— Mas isto a senhora pode saber: apetite o senhor Santos não tinha. Incontestavelmente um sinal de tristeza, não é? Alimentá-lo era a cada dia uma preocupação renovada.

— No passado nós também já estivemos às voltas com esse problema dele — lembrou Ernestine. — Já faz anos, sabe, durante a grande guerra. Ele perdeu o apetite de um dia para o outro.

— Eu não sabia disso — disse Berthe.

— Pois é isso mesmo que você ouviu. Meu Deus, como o seu pai estava morto de preocupação. Três vezes por dia levava a ele alguma coisa de bom que eu tinha cozinhado. Aí ele se sentava na beirada da cama. Dias inteiros, às vezes, na esperança de fazê-lo comer. Mas nada. Nem uma mordida. Você não imagina como ele emagreceu, e olhe que ele já era magérrimo. No final das contas, o senhor Cartier o levou para a Suíça, a uma dessas clínicas para doentes psíquicos em St.-Moritz. Ficou se tratando lá por um bom tempo e recuperou algo do apetite, mas eu sempre me perguntei se um caso assim não teria de ver com... com males de amor.

Essas palavras tinham um quê de acanhamento, de tão inesperadamente frágil, que Berthe olhou melhor para a mãe. Foi quando entendeu de repente de onde vinha toda aquela preocupação.

Ela não estava exatamente certa, claro, já que uma pessoa só entende a vida através do pouco que lhe couber dela vivenciar, mas, de qualquer maneira, se acendeu dentro de sua mente uma luz: a causa de tudo era o amor!

A mãe baixou o olhar, ainda envergonhada, após tantos e tantos anos, em relação àqueles sentimentos.

Como era possível, pensou Berthe, mas como não: ela e ele.

— Males de amor! — bramiu o enfermeiro. Ergueu-se, uma tarefa não exatamente fácil, dado seu volume corporal, pegou o molho de chaves e abriu o armário com os medicamentos. — A senhora deseja saber se um caso assim pode ter sido por causa de um mal de amor. Então, deixe que eu lhe diga: com efeito, senhora. É bastante provável que tenha sido isso mesmo.

Por entre a gaze, as pílulas e as ampolas, retirou uma garrafa de cachaça. Com o assunto em pauta, Ernestine lhe havia deixado com a garganta seca.

— O amor parece ser a fonte de inúmeros males, também fisicamente. Sobretudo fisicamente. Muito mais do que nós até hoje vínhamos suspeitando. Ah, minhas senhoras, um coração despedaçado, devem poder imaginar o suplício! Não me surpreenderia nada se a ciência puder no futuro nos provar por A mais B que essa é a maior causa de óbitos.

Tomou um gole e se perguntou se deveria oferecê-la às duas. Ainda eram ainda quatro e meia, e ele deveria fazer a garrafa durar a noite toda.

— Entretanto, no nosso caso, o sofrimento parecia ser de outra ordem. Eu o sei de fonte segura. Quem me contou foi o próprio sobrinho, o senhor Jorge. — Enfiou outra vez a rolha no gargalo, com duas palmadas enérgicas. — Bem, esse aí sim é que virava um copo quando acompanhado. Era um tipo de hóspede como poucos por aqui, experiente e animadíssimo. Bom de papo. Tinha conversas até altas horas da madrugada, dessas em que a gente sempre acaba aprendendo alguma coisa. Lado a lado no bar, já de madrugada, quando já fazia muito que o tio tinha ido dormir, aí sim, depois da enésima rodada, é que eu ficava sabendo de uma ou outra coisa.

— Que pena, não? — ironizou Berthe. — Com certeza, todos são assuntos de que o senhor não pode falar com ninguém.

— Pois é! — Ele parecia agora solene. — Sabem como é, não? Ética profissional.

— Certamente.

— A única coisa que não é segredo é que as coisas degringolaram completamente havia quatro anos, a partir do dia em que ele voltou ao Brasil. Afinal, todos os jornais noticiaram em detalhes esses acontecimentos.

— Não na França — disse Ernestine.

— Ah, não? — Aproximou a cadeira. — Bom, o senhor Jorge tinha ido à França com o único objetivo de convencer o tio a voltar para a pátria. No começo de janeiro um navio francês entrava na baía de Guanabara. O Rio estava em festa, como se fosse Carnaval antecipado. Santos-Dumont não tinha sido esquecido por nós. Lá estava ele no deque, maravilhado, comovido. Os maiores intelectuais entre nós queriam homenageá-lo. Chegaram em estilo, a bordo de um balão, voando ao encontro do navio para dar as boas-vindas. Doutores, cientistas, artistas; todos planavam pela baía. Já tinham se aproximado mais, ele pôde ver todos aqueles rostos sorridentes e acenou. Logo ao lado estava Jorge, o sobrinho. Ele me contou que o tio ficou emocionadíssimo e chorou. Mas aos nossos intelectuais, como de costume, não bastava só a emoção. De repente fizeram um mergulho rasante para espalhar confetes e balões de festa sobre o herói. A euforia os tornou imprudentes. Ficaram inclinados para o lado de maneira que o hidrogênio foi liberado e as chamas atingiram o bico de gás. Tinham pretendido subir ao ar juntos e, muito bem, haviam conseguido. Diante dos olhos de Santos-Dumont, a fina flor brasileira se espalhou em cento e tantos pedaços. A explosão foi de cegar. Os membros arrancados voavam pelos ares. Nenhum dos passageiros do balão sobreviveu.

Em homenagem a eles, o enfermeiro sentiu que merecia outro gole e tirou outra vez a rolha da garrafa de cachaça. Teria feito a garrafa passar de mão em mão, se mãe e filha não o estivessem observando com olhar de desaprovação.

— Deus meu — suspirou Berthe. — Como uma pessoa se cura de um trauma assim?

— O senhor Santos-Dumont insistiu em assistir a cada um dos enterros, foi cumprimentar pessoalmente os familiares de cada finado.

Estudou toda a obra de cada um dos personagens caídos. "Todas aquelas vidas sacrificadas inutilmente pela minha, insignificante como é!", chorava. "Logo eu, que não tenho ninguém nem represento nada para quem quer que seja! Eu não deveria estar aqui, eu só pratico o mal." Passou dias a fio repetindo isso *ad infinitum*. Ele só queria uma coisa: ficar sentado na cova que escavara para si próprio.

— Nós estivemos ali ontem, no cemitério de São João Batista.

— Agora ele conseguiu ficar onde queria. Depois do acidente, o senhor Jorge sempre ia buscá-lo de volta. Às vezes o encontrava sobre as mãos e o joelhos, como um lunático, escavando a terra com os dedos!

Ernestine fechou os olhos, como se, assim, aquela imagem desaparecesse. O enfermeiro coroou o silêncio com outro gole.

— O senhor Santos-Dumont já não suportava quando ficou claro que a sua invenção faria vítimas — disse ela. — Durante a guerra, ele e o meu marido fizeram uma viagem, visitando um por um os dirigentes dos governos europeus, suplicando que não utilizassem os aviões como armas. É claro que não lhes deram ouvido. Foi quando o senhor Santos-Dumont interrompeu o seu trabalho, de um dia para o outro. Ponto final.

— Há dois anos ele fez o mesmo pedido a Getúlio, logo que este ocupou o poder. Também em vão.

— Você ouviu isso, mamãe? — perguntou Berthe, porque a lembrança afetara a mãe fortemente. — Não foi o amor que o impulsionou ao ato extremo, mas a violência.

— Eu ouvi, meu bem, eu ouvi.

— A partir daquele momento, Santos-Dumont começou a atribuir a si mesmo a culpa de cada vítima — contou o enfermeiro —, fosse num desastre aéreo, fosse num bombardeio. "Fui eu que dei asas à morte", ele costumava dizer. Aquilo era diametralmente oposto ao que ele tinha se proposto. Sua invenção, sua responsabilidade, era assim que ele via a coisa. Sabia de cor o texto dos jornais. Ele se martirizava em relação a cada novo episódio. A coisa tinha chegado a um ponto tal - quem me confiou essa informação foi o sobrinho - que se convenceu de ser ele próprio o diabo que arruinaria a humanidade, porque tinha conquistado o céu e o transformado em inferno.

Madame Chapin estendeu o braço para provar da cachaça. O enfermeiro, que reconhecia de imediato um caso de emergência assim que o via, arrancou a rolha com os dentes e lhe ofereceu a garrafa. Acompanhou o trago que ela deu como se estivesse ingerindo um medicamento.

A bebida lhe queimava a garganta enquanto a engolia. Expirou longa e vagarosamente pela boca, como se o rumorejar do ar através da glote lhe fizesse bem.

— O que esses dois nunca entenderam — disse, suspirando outra vez —, nem seu pai, Berthe, é que para cada ação sempre há uma reação. — Com as costas da mão limpou os lábios. — Nenhum sonho deixa de ter uma consequência prática. Mas, como crianças, jamais paravam para pensar na realidade da vida. Enfim, conquistaram o céu, mas sem refletir.

— Provavelmente — disse Berthe —, essa é a única maneira.

— Amanhã de manhã, às nove e meia? — A cabeça de Ernestine Chapin, que estava ao telefone, apareceu por um momento através das portinholas em ébano da cabine telefônica no saguão.

A filha assentia.

— Amanhã de manhã às nove e meia está perfeito, doutor Haberfield. Até lá, até amanhã! — A voz de Ernestine soou com força no receptor do telefone antes de desligá-lo.

— Qual é o plano? — perguntou Berthe, enquanto se dirigiam ao elevador. — Você vai amanhã devolvê-lo a ele?

— Primeiro vamos ver que espécie de pessoa é ele.

— Alguém que arranca o coração de um morto…

— Ele não soou como alguém irracional. Muito pelo contrário, foi bastante simpático, na verdade. Preocupado, eu diria.

— Preocupado me soa mais verossímil. — Decidida, Berthe chamou o elevador. — Desde o começo, a ideia foi dele, e, agora, ele que resolva a questão.

— A gente pensa nisso amanhã. O essencial é que nós encontremos um destino digno para ele. Seja como for. Um lugar onde ele esteja abrigado e onde possa descansar em paz para todo o sempre.

— Por favor, não me diga agora que você está cogitando a ideia de levar esse traste como suvenir e traficá-lo pela alfândega para transportá-lo para casa!

O uniformizado de vermelho abriu as grades de sua jaula-elevador com estrépito.

— Bom dia, senhoras, eis aqui outra vez Olympio, às suas ordens! — O pequeno capitão tinha um ar tão cansado que parecia proferir seu nome em meio a um bocejo. — Aposto que vamos ao terceiro andar!

Deu-lhes as boas-vindas e puxou a alavanca de cobre com firmeza, mas deixou transparecer que era uma criança antes mesmo de chegarem ao primeiro andar, com suas pestanas pesadas de sono.

— O seu expediente é bem longo, não é, Olympio?

— A serviço das senhoras. Pela manhã a partir das sete, à noite até a meia-noite.

— Todos os dias? — De repente um pensamento percorreu a mente de Ernestine. — E no dia em que morreu o herói do Brasil, você estava no seu posto?

— Infelizmente, senhora.

— Quer dizer que você o viu subir...?

— Eu não só o vi, senhora, mas também o transportei, como estou transportando as senhoras. — Sacudiu a cabeça para espantar um pensamento. — Não pude fazer nada, Deus é testemunha disso!

— Ele chegou a dizer alguma coisa?

— Quando os hóspedes entram aqui, sempre tento cumprimentá-los alegremente. Mais que isso não dura a conversa, porque após alguns segundos eles já chegam ao destino.

— Mas ele chegou a dizer alguma coisa?

— Terceiro andar, senhoras! — exclamou Olympio. — Chegamos.

As portas se abriram.

As francesas não se moveram.

— Se você se lembrar do que for — disse a senhora Chapin —, mesmo que seja alguma coisa insignificante, me faria muito bem saber.

Olympio desviou o olhar. Esperava que alguém o chamasse de outro andar, mas, como isso não acontecia, o menino começou a chorar baixinho.

— Ninguém vai levar você a mal, Olympio, está entendendo?

O jovem fez que sim com a cabeça.

— Ele me disse: "O que foi que eu fiz?". Foram essas mesmo as palavras. Eu ainda ouço nos meus sonhos a voz dele, senhora, quando ele disse: "O que é que eu fui fazer? Como foi que pude?". Foi isso o que eu ouvi. Ouvi e, mesmo assim, deixei que ele fosse embora. Eu ainda me lembro de tê-lo visto atravessar o corredor até o quarto dele, de como ele se inclinou, procurando a chave. Ele até deixou a chave cair e, chorando, a pegou do chão. Eu ainda vejo isso hoje, como vi naquele dia. Eu deveria ter chamado alguém. Ah, se eu tivesse avisado alguém. Mas e eu lá imaginava que alguém pudesse fazer aquilo a si próprio? Nem sabia que isso existia.

Ernestine puxou a cadeira dobrável e pôs o menino no colo. Só agora que ela o acalentava as lágrimas saíam em profusão.

— Ele entrou no quarto — soluçava Olympio — e eu fechei as grades. Continuei a trabalhar, até que ele foi encontrado. Todo mundo queria subir ao terceiro, mas usaram as escadas. Foi uma gritaria só. Fiquei curioso e saí do elevador para ir ver. As pessoas entravam e saíam correndo. A porta ficou aberta. Eu entrei. Foi aí que eu vi. Ele estava pendurado no gancho da porta do banheiro. Os pés balançando. Estava de terno. Achei estranho, porque ele nunca se vestia assim. Mas agora ele estava de terno preto. Foi o que achei mais estranho de tudo. O terno preto, as botas pretas. Como ele tinha se vestido com elegância! Achei isso até mais estranho que a gravata vermelha tão apertada no pescoço dele. Mais estranho que a cabeça dele. Quebrada, como se ele estivesse olhando para cima. E o tempo inteiro aqueles pés balançando. A única coisa que eu conseguia pensar era: "Meu Deus, ele está de terno!". Aí entrou alguém com uma faca de cozinha e o soltou. Ele desmontou. Com um baque abafado! Caiu sobre os pés, mas em dois segundos ele despencou. Um baque abafado! Foi aí que entendi, que Deus me perdoe. Entendi por que o senhor estava chorando no corredor, não era porque a chave dele tinha caído.

Um casal no segundo andar, que viu o elevador passar na frente de seu nariz, imaginou ver num *flash* algo que não fazia sentido: o painel sendo operado pela senhora Levaisseur.

Ernestine estava segurando com uma das mãos Olympio e com a outra um maço de notas na bolsa para dar a ele. Ensaiou mentalmente as palavras com as quais queria convencer o gerente do hotel a deixar Olympio ir mais cedo para casa.

Enquanto isso, Berthe pensava só em seu filho.

Sabia que seu coração também deveria sentir compaixão por Olympio, mas ela já tinha sua própria dor. Seu filho era um pedaço dela, mas estava tão longe, tão longe dali! Sentiu-se presa das saudades e se imobilizou de um segundo para o outro. Todo o seu corpo gemia por ele.

Envergonhou-se por seu egoísmo, ainda que o egoísmo fosse o de menos, porque justamente nesse momento compreendeu a tristeza de todas as mães, também a da mãe de Olympio, sem se esquecer de dona Francisca. Ao mesmo tempo, seu coração se voltou para todos os que alguma vez choraram quando finalmente entenderam que uma pessoa não é capaz de proteger outra nesta vida.

Por volta das duas e meia, naquela madrugada, Ernestine se levantou para ir ao banheiro. Agachada sobre a privada, lançou um olhar à porta do cômodo e ao gancho de pendurar roupas ali fixado.

De repente, nem mesmo ela entendeu, ficou chocada com o fato de que aquele pedaço de ferro tivesse sobrevivido incólume a todo um drama. Estava como sempre esteve. Nem mesmo tinha se encurvado. Até os parafusos estavam cravados nos devidos lugares.

O borbulhar do jato sobre a porcelana do sanitário lhe evocou a lembrança daquela noite quente, havia muito tempo, em que urinara no campo em Ferrières, diante dos olhos de Albert.

Do cheiro carregado da terra. E de como a terra ressecada de outono entre seus pés ia se desmanchando, virando lama.

Um pouco depois, Berthe despertou com o tênue brilho que penetrava no quarto através das frestas.

Encontrou a mãe na cadeira de balanço.

As portas da varanda estavam abertas de par em par. Sobre o mar, a lua havia estendido um tapete prateado até o corrimão. Um calor salino era trazido pela brisa sussurrante da vida noturna ao redor do candeeiro. Abaixo dele, dois volumes de Júlio Verne com as inscrições douradas resplandecendo no azul-escuro. Um terceiro estava no colo de Ernestine.

Sua filha puxou uma cadeira para perto dela. Ficaram um tempo caladas, olhando para o mar.

— Você o amava.

— E como! — exclamou a mãe.

Imaginavam se entenderem, mas não se referiam à mesma pessoa. Dois homens cujos nomes só se diferenciavam por uma letra.

— E ele?

— Fazia o possível. — Madame Chapin pensava no marido. Balançava a cabeça. — Mas não conseguia.

— Sei. — A filha via Santos-Dumont diante de si, como ela, de criança, convivera com ele. — Não mesmo, nem teria sido possível.

— Afinal, era um amor impossível.

Berthe também pegou um volume, para lerem por um momento lado a lado. Saltava de ilustração em ilustração. De aventura em aventura, navegando e voando, do firmamento ao horizonte.

— Sabe de uma coisa, meu bem? — disse Ernestine. Seus olhos doeram, e ela fechou o livro. — A maravilha da vida não é que uma pessoa ganhe asas e vá embora voando. O milagre é que consiga ficar no chão e suporte estar entre os demais.

Faço estágio para o ofício de pássaro.

Santos=Dumont

Posfácio

O CORAÇÃO

Durante treze anos o coração de Alberto levou uma vida nômade.

Em 1944, o doutor Walther Haberfield ofereceu o órgão – o qual ele realmente furtou como descrito – à família Villares-Dumont, que não demonstrou nenhum interesse.

Depois de Getúlio Vargas ser deposto, em 1945, o médico ofereceu o coração ao Estado brasileiro com a condição de que pudesse ser visitado livremente, por qualquer um.

Atualmente, o coração de Santos-Dumont se encontra numa sala da academia de aviação no Campo dos Alfonsos, nos arredores do Rio de Janeiro. Repousa num receptáculo dourado, uma forma esférica que representa a abóbada celeste como vista do hemisfério Sul, suspensa por uma figura alada.

Pode ser visitado.

O que não acontece com frequência.

A FAMA

O pontapé inicial da Copa do Mundo de 2014 foi dado por um jovem paraplégico em São Paulo. Ele pôde dar esse passe de futebol graças a

Santos-Dumont, com a primeira prótese robótica monitorada pelo cérebro humano. Nesse contexto, usou o lenço de bolso de Alberto, um objeto têxtil considerado uma relíquia no Brasil: está avaliado em quase um milhão de dólares e é guardado num cofre de banco.

"Eu dedico a ele a minha vida", diz o curador responsável pelo lenço, Ricardo Jacob de Magalhães, presidente da Fundação Santos-Dumont: "Ele jamais sai de perto de mim". Antes disso, em 2006, o primeiro astronauta brasileiro o levou consigo numa viagem espacial.

H.G. Wells se refere às proezas de Alberto em *The truth about pyecraft*. Mundo afora, dez mil escolas, ruas e praças receberam o nome de Alberto, como também uma banda de rock chilena, uma estrada no Estado de São Paulo e vários aeroportos, entre os quais o do Rio de Janeiro. O avião presidencial brasileiro também leva seu nome, assim como uma cratera na Lua!

Cabangu, em Minas Gerais, foi crescendo até se tornar uma cidade de tamanho médio chamada Santos-Dumont.

A COMITIVA

Sarah Bernhardt jamais se recuperou completamente de uma queda durante a apresentação da *La Tosca* de Sardou no Teatro Lírico do Rio de Janeiro. Sentiu durante dez anos dores no joelho direito. Em 1915, sua perna sofreu uma gangrena e teve de ser amputada até acima do joelho. A operação foi paga pelos Rothschild. Passou o resto da vida numa cadeira de rodas, uma deficiência que não a impediu de apresentar-se por anos em palcos de todo o mundo, no papel de Hamlet e da donzela de Orléans, entre outros. Seu hábito de vestir-se com roupas masculinas causava espanto na sociedade. Ela era alvo da aversão alheia e a instigava constantemente, como com a série de fotografias nas quais abraçava sua amiga Louise Abbéma, que era sabidamente lésbica.

Sua vida foi biografada inúmeras vezes, inclusive por ela própria. Também acalentava o desejo de voar e fez uma viagem de balão, a qual descreveu na novela *Nas nuvens*. O narrador é a banqueta de vime em que se sentou durante o voo.

Louis Cartier pôs no mercado em 1911 o relógio de pulso Santos-Dumont, que inventara para o amigo. É até hoje um dos relógios masculinos mais vendidos da Cartier. Além disso, a coleção inclui correntes de pescoço masculinas de ouro que — não surpreendentemente — receberam o nome de Santos-Dumont.

Olympio Peres Muñoz, o pequeno ascensorista do Grand Hotel La Plage, a última pessoa a ver Alberto com vida, continuou no ramo hoteleiro até a morte. Nos últimos quarenta anos de vida, autodeclarado anarco-comunista, esteve atrás do bar da cantina do Lucas em Belo Horizonte. Pouco antes de morrer, entrou para o *Guinness book of records* como o garçom mais antigo do país. Veio a falecer em 2003, aos oitenta e quatro anos.

Seu colega no Guarujá, **Antônio Mendes**, o Charon do Pompeva, morreu um ano depois.

Pedro, que em Cabangu jogava com Alberto "A pomba voa", mandou-lhe em 1902 uma carta que parafraseei neste romance. Foi apenas mais uma entre as mil cartas que chegaram a Alberto após o aviador ganhar o prêmio Deutsch. Santos-Dumont guardou somente as medalhas e as condecorações recebidas de inúmeros dirigentes mundiais, algumas mensagens de parabéns de pessoas como Marconi e Edison, e a simples missiva de Pedro, que rebatizava aquele jogo de infância após o sucesso de suas descobertas.

ALBERTO & ALBERT

O inventor e seu mecânico permaneceram inseparáveis.

Juntos foram aperfeiçoando os dirigíveis, cujo clímax foi a *baladeuse*, o Número 9 deles, com a qual Alberto se locomovia diariamente pelas ruas de Paris como nós fazemos hoje com os automóveis. Utilizava sua *baladeuse* para fazer compras, almoçar no Maxim's ou visitar amigos. No ponto de destino, atava seu meio de locomoção num poste elétrico, apeava ali e entregava o cordame do balão ao porteiro como se fossem as rédeas de um cavalo.

Para nenhuma de suas criações pediu patente, porque continuava sendo o sonho de Alberto que todos pudéssemos um dia, como ele, locomover-nos sem dificuldades por entre as nuvens. A fim de entusiasmar mais e mais pessoas a querer voar pelo céu, organizou um sem-número de competições, mas também de jantares, com frequência para grande quantidade de pessoas, num espaço onde mesas e cadeiras se encontravam a alguns metros acima do chão.

Após o sucesso da *baladeuse*, Alberto e Albert se empenharam na tarefa de construir uma máquina voadora com asas.

Em 1906, Santos-Dumont executou seu primeiríssimo voo com o Número 14 Bis. Há inúmeras fotografias e gravações dele.

Por essa guinada dada na história da aviação, granjeou o prêmio Archdeacon, que o americano Ernest Archdeacon oferecera ao primeiro voo de um aparato mais pesado que o ar.

Foi só depois de essas notícias se espalharem internacionalmente que os irmãos Orville e Wilbur Wright alegaram ter voado já muito antes nos Estados Unidos. Por terem-no feito no mais absoluto segredo, não tinham como prová-lo. Assim sendo, no início do século XX, Santos-Dumont continuou sendo considerado o inventor do avião. Muitos ainda o fazem.

Seja como for, Santos-Dumont continua a ser lembrado como a primeira pessoa que conseguiu navegar através das nuvens.

Albert Chapin foi elevado à condição de "escudeiro". Recebeu a Palme d'Officier de l'Académie, uma honraria excepcional para artistas e cientistas de peso.

Os dois homens fizeram juntos inúmeros voos internacionais a fim de demonstrar o resultado de seu trabalho, o que costumava causar furor. Eram recebidos e celebrados por inúmeros líderes mundiais, artistas e inventores.

Jamais alguém morreu nos artefatos criados por Santos-Dumont, fosse em balão, fosse em avião.

OS ÚLTIMOS ANOS DE ALBERTO

Também num outro ramo que o da aviação, Alberto continuou a fazer novas invenções. Durante sua estada na clínica de St. Moritz, por exemplo, fabricou esquis motorizados sobre os quais não só se desciam, mas também se subiam as montanhas, uma concepção que descreveu em seu livro *L'Homme mécanique*.

De volta ao Brasil, queimou todos os seus diários, cartas e desenhos. Construiu, incrustrada num monte de Petrópolis, a Encantada, uma casa pequena e mirabolante com um observatório, do qual se podem ver sem nenhum impedimento o céu e as estrelas. Para chegar lá, concebeu uma escada - interessante, mas não muito prática - constituída apenas de meios degraus, para obrigar os usuários a começarem a subir com o pé direito.

Hoje a casa é um museu.

Alberto tinha o sobrenome tanto da mãe quanto do pai, prática comum no Brasil. O curioso era que os unia por um hífen, a fim de que o mundo entendesse que não devia mais ao pai que à mãe.

Com o passar dos anos, foi visto na companhia de uma variedade de mulheres sofisticadas, mas nunca se casou.

Sobre sua sexualidade, como era de esperar naquela época, sabia-se pouco, mas, justamente por isso, especulou-se abundantemente. O fato de ele e Sem, o caricaturista, toda vez que saíam se vestirem sempre com a mesmíssima roupa, exageradamente elegante, deu ensejo a muitos boatos maliciosos, assim como a predileção de Santos-Dumont por anéis, pulseiras e colares.

Tanto a aparência como o comportamento femininos de Alberto foram muito comentados. Práticas como tricotar, tecer e fazer bordados em público eram inusitadas; até mesmo a decoração *jeune fille* de sua casa chegou aos jornais americanos. As citações que aparecem no romance são literais. O tom das reportagens varia do espanto irônico à indignação absoluta.

Como nos disse um conhecido brasileiro, era e continua sendo "o pai e a tia da aviação".

Morreu sem deixar filhos. Pouco antes da morte, desenhou para um fã, que lhe pediu apenas um autógrafo, alguns de seus balões, acrescentando ao lado: *Minha família!*

LITERATURA UTILIZADA

O homem com asas é um romance. Fatos da vida de meus protagonistas serviram como ponto de partida. Reuni-os de diversas fontes.

Alberto Santos-Dumont escreveu ele próprio vários livros. A fim de entender sua vida, foram-me úteis sobretudo: *Dans l'air,* de 1904, e *O que eu vi, o que nós veremos,* de 1918. Para a descrição neste livro de seu voo noturno em meio à tempestade sobre Péronne, eu me servi das palavras do próprio Alberto. Também o entusiasmo com que fala a Albert sobre o ato de voar veio de sua boca. Do que *não* pude lançar mão, já que se transformou num lugar-comum, foi de sua descrição da confusão das pessoas sobre o solo que ele via das alturas, todas correndo de um lado para o outro como formigas num formigueiro. Atualmente é essa a maneira como as vemos sempre que voamos, mas Santos-Dumont foi o primeiríssimo a descrever essa sensação.

Em 1941, o Ministério Brasileiro de Relações Exteriores publicou uma grande coletânea de todo tipo de documento que, até então, havia aparecido internacionalmente sobre Alberto e sua obra. Santos-Dumont foi objeto de muitos estudos biográficos, dos quais um dos mais completos é o *Asas da loucura,* de Paul Hoffman, de 2003, e o mais divertido, *Man flies, master of the baloon,* de Nancy Winters, de 1997.

Além desses, cito também *Santos-Dumont,* de Gondin da Fonseca, de 1940; *O pai da aviação,* de Henrique Dumont Villares, de 1973; além da coletânea *Alberto Santos-Dumont: I sailed the wind,* de 2003, com amplo material fotográfico, selecionado por João Luiz Musa, Marcelo Breda Mourão e Ricardo Tilkian.

De muitos desses livros, também consegui fazer grato uso, como *Aux États-Unis du Brésil, Voyages de M. T. Durand,* de Frederico-José de Santa-Anna Néry, de 1891, e *La navigation aérienne,* de J. Lecornu, de 1910.

Cyrano de Bergerac escreveu em 1657 um romance sobre viagens pelo céu. Nele prevê vários inventos que só muitíssimo depois viriam a aparecer, como o balão e o foguete, mas também os livros gravados. Foi um exemplo brilhante para Júlio Verne.

A estreia da peça que recebeu o nome de *Cyrano,* de Edmond Rostand, ocorreu em 1897, conforme anunciado, e foi um imenso sucesso de bilheteria.

Mais conhecimento sobre a navegação em balões, os primeiros anos de navegação com aviões e um pano de fundo disso tudo pode ser encontrado em *Lighter than air,* de Tom D. Crouch, de 2009; em *De Wereld Vanuit een Luchtballon,* de Robert Verhoogt, de 2013; em *Paris,* de Andrew Hussey, de 2008; em *Dawn of the Belle Époque,* de Mary McAuliffe, de 2011; e em *Falling upwards,* de Richard Holmes, de 2013.

Há uma quantidade notável de material visual de e sobre Alberto e outros personagens deste livro. *O homem com asas* (*De Gevleugelde*) possui uma página própria e homônima no Facebook na qual o leitor encontrará uma profusão de fotos e outros materiais secundários.

Agradeço a Gilvado Amaral Santo, antiquário de São Paulo, por ter me ajudado na busca dos livros, e a Carlos Alberto Asfora, embaixador brasileiro em Tbilisi. Agradeço igualmente aos primeiros leitores dos originais, principalmente àquela a quem eu pude lê-los em voz alta com toda a tranquilidade, Janine van den Ende. É com prazer, por fim, que penso em todas as noites de verão em que Benjamin Moser foi recitando a Lex e a mim e traduzindo para o holandês os textos de Alberto.

Arthur Japin
2015

Este livro foi composto em Utopia e impresso
pela Intergraf para a Editora Planeta do Brasil
em junho de 2016.